es 1886
edition suhrkamp
Neue Folge Band 886

Der heilige Markt ist ein kulturhistorischer Essay, der die Rolle des Marktes in der Geschichte unserer Zivilisation nachzeichnet und die kulturstiftende Funktion von Markt und Handel bis heute aufzeigt: Der Markt ist das Zentrum der gesellschaftlichen Synthesis, Geburtsort sozialer Utopien und Austragungsort gesellschaftlicher Konflikte, von ihm gehen Kriege und Revolutionen wie soziale Befreiung und Unterdrückung aus. Als Gesellschaft konstituierende Instanz ist der Markt der Ort, an dem nicht realisierte soziale Utopien immer wieder reklamiert und reformuliert werden.

Er bringt Subjekt und Objekt der Begierde zusammen. Durch die zivilisierende Funktion des Handels, der tendenziell alle Schranken niederreißt, verdanken wir dem Markt zugleich die Entwicklung der Kultur. Sie ist immer aus Mischungen und aus der Inkorporation fremder Elemente hervorgegangen. Das macht die Attraktivität des Marktes aus: Er vermittelt das Unbekannte, Ungeahnte, das noch nie Dagewesene – alte, bislang unerfüllte Wünsche.

Auf dem Markt wurde in Festen der gesellschaftliche Zusammenhalt und zugleich der Protest gegen den damit verbundenen Zwang artikuliert. Er war der Ort des Opferkults, der Kunst, Philosophie und aller für Produktion und Handel notwendigen praktischen Künste und Wissenschaften. Als Ort der allgemeinen gesellschaftlichen Kommunikation verdanken wir dem Markt die Utopie der Demokratie und die Entstehung eines sozialen Geschichtsbewußtseins, das in der Erinnerung die Erfahrung von Katastrophen festhält, mit dem Ziel, eine katastrophenfreie Zukunft anzustreben.

Horst Kurnitzky, geb. 1938, freier Publizist und Herausgeber, lebt in Berlin. Veröffentlichungen: u. a. *Triebstruktur des Geldes, Ödipus.*

Horst Kurnitzky
Der heilige Markt

Kulturhistorische Anmerkungen

Suhrkamp

edition suhrkamp 1886
Neue Folge Band 886
Erste Auflage 1994

Erstausgabe

Satz: Gutfreund, Darmstadt
Druck: Nomos Verlagsgesellschaft, Baden-Baden
Umschlagentwurf: Willy Fleckhaus
Printed in Germany
1 2 3 4 5 6 – 99 98 97 96 95 94

Udo Klückmann: Schauplatz 1987

Vorwort

> Ich glaube nicht, daß jemand, der nur Ökonom ist und soziale wie politische Gedanken ausklammert, irgendeine Bedeutung für die reale Welt hat.
>
> *John Kenneth Galbraith*

Die gegenwärtige Krise der Weltwirtschaft und die zu erwartenden ökonomischen und sozialen Katastrophen in der nächsten Zukunft lassen Zweifel an der Kompetenz von Ökonomen aufkommen, die Darwins Gesetz von der natürlichen Zuchtwahl als Naturgesetz auch der Gesellschaft anempfehlen. Die Lösung gesellschaftlicher Probleme allein der Natur des ökonomischen Wettbewerbs zu überlassen hieße, dem dumpfen Glauben an eine höhere Macht zu verfallen.

Natürlich sind es nicht nur Ökonomen, die heute der Unvernunft das Wort reden. Schon der Glaube, daß Ökonomen genug von Wirtschaft und Gesellschaft verstünden, um die sozialen Probleme zu artikulieren und Lösungen anbieten zu können, verrät magisches Denken. Dem korrespondiert die öffentliche Funktion der Ökonomen als Magier in einer Gesellschaft, die sich mit großen Schritten zurück in eine Welt bewegt, in der Magie und Aberglauben in vielen Bereichen längst wieder vernünftiges Denken und Handeln ersetzt haben.

Dazu kommt die Beschränkung ökonomischen Denkens und Handelns aufs eigene Haus. Kein Wunder, daß allenthalben vom Einzelnen aufs Ganze geschlossen wird, von der Firma auf die Gesellschaft – der Ökonom als Buchhalter mit Buchhalterweltbild –, wie der neoliberale Nobelpreisträger Gary Becker, der allen Ernstes glaubt, daß die Kosten-Nutzen-Relation der Betriebswirtschaft auch die Relationen von Liebe, Religion und Kriminalität bestimmt, wo doch zumindest eines klar ist: In der Liebe zählt nur der Nutzen, koste es, was es wolle.

Ist schon im ökonomischen Denken kein Fortschritt zu erzielen, so sollte doch wenigstens die Reflexion über den ökonomischen Prozeß der Gesellschaft Licht in das Dunkel werfen können. Für die Menschen sind die Schlüsselbegriffe vor allem das Geld und der Markt. Aus Kult und Religion erwachsen, haben Geld und Markt den zivilisatorischen Prozeß initiiert und durch die gesamte Geschichte hindurch stimuliert, und sie sind noch immer die Angelpunkte, um die sich Wirtschaft und Gesellschaft drehen. Also liegt es nahe, die offenbar noch wirksamen archaischen Wurzeln des Marktes zu untersuchen und die Frage zu stellen: Weshalb gibt es überhaupt den Markt, welche Rolle hat der Markt in der Geschichte unserer Zivilisation gespielt, und welche Funktion hatten Markt und Handel für die Entwicklung der Gesellschaft? Welche Triebkräfte haben Menschen zur Einrichtung des Marktes bewegt und führen sie immer wieder auf dem Markt zusammen? Sollte der Markt selbst ein utopischer Ort sein, oder ist er nur der Markt für neue gesellschaftliche Utopien?

Der moderne Fundamentalismus drängt schließlich die Frage auf, wo und wie die aktuellen regressiven Tendenzen in der Gesellschaft aus dem Markt hervorgegangen sind, wo sie doch, das Wort Markt wie ein Transparent immer vor sich hertragend, im Grunde die Liquidation des Marktes anstreben und jeder gesellschaftlichen Utopie eine Absage erteilen möchten.

I.

Er übt eine unbestrittene Attraktivität aus. Seine Trompeten haben zwar nicht die Mauern von Jericho, wohl aber seine Feinde einfach in sich zusammenbrechen lassen ohne die angekündigte Wiederholung der Entscheidungsschlacht von Armageddon. Wird er das Königreich Jerusalem vollenden, das irdische Paradies auch da einrichten, wo das Heilige Grab niemals gewesen war? Denn das war einmal der Ausgangspunkt: die Kreuzzüge, mit dem Ziel der Befreiung des Heiligen Grabes und des Heiligen Landes, als Reconquista fortgeführt durch die Vertreibung der Mauren aus Spanien und schließlich gekrönt durch die Eroberung Amerikas unter Führung der katholischen Könige Ferdinand und Isabel. Sie legten den Grundstein für den heutigen Weltmarkt, der, immer seinen eigenen Widerspruch aus sich selbst gebärend, zu Recht der Meister der Neuzeit genannt werden kann, hat er doch mit der Abwendung von Katastrophen auch die ständige Produktion von Katastrophen inkorporiert, mit der Anziehung von ganzen Völkern auch die Vertreibung und Ausrottung ganzer Völker. Gehören nicht Fluchtbewegungen heute sowohl zu den inneren als auch äußeren Erscheinungsformen des Weltmarktes?

Es heißt, daß das 20. Jahrhundert das Jahrhundert der Flüchtlinge gewesen sei – und noch ist, denn die Bewegung hält an. Nie vorher haben sich so viele Menschen von einem Land in ein anderes, von einem Erdteil in einen anderen bewegt: politische Flüchtlinge, die um ihr Leben fliehen mußten, um nicht in Lagern – das ist ein zweites, hervorstechendes Merkmal des 20. Jahrhunderts: die massenhafte Ausbürgerung von Gesellschaftsmitgliedern in Gefangenen- oder Konzentrationslagern – interniert und getötet zu werden, weil sie ihre Meinung frei äußerten oder ihre Religion frei ausüben wollten oder einfach nur einer verfolgten Partei, Religionsgemeinschaft oder ethnischen Gruppe angehörten; aber auch Flüchtlinge, die aus wirtschaftlichem Elend in eine vermeintlich bessere Welt fliehen, um dort wenn auch nicht immer menschenwürdig leben, so doch wenigstens überleben zu können. Meist verächtlich als Wirtschaftsflüchtlinge apostrophiert, sind sie doch nichts anderes als Opfer der politischen Verfassung der Weltwirtschaft. Im Grunde folgen sie nur der neoliberalen Wirtschaftsmaxime, indem sie ihre einzige Ware, nämlich ihre Arbeitskraft, dahin transportieren, wo sie Kaufkraft vermuten.

Die aktuelle, neoliberale Tendenz hat die Spannung zwischen den Habenden und den Habenichtsen eher verschärft, fordert sie doch weltweit *free trade*, um das wirtschaftliche Leben dem freien Spiel der Kräfte auf dem Markt zu überlassen. Damit wird automatisch der Konzentration ökonomischer und das heißt auch politischer Macht Vorschub geleistet und der Schwächere nicht selten seiner Existenz beraubt oder zumindest derart in Abhängigkeit von sogenannten Marktführern gebracht, daß er als Wirtschaftssubjekt am Markt nicht mehr teilhat. Er kann nur noch seine Haut zum Markte tragen, in der Hoffnung, jemanden zu finden, der dafür Verwendung hat. Derart marginalisiert, treten viele dann, als Teilnehmer am Drogenmarkt, im Vollrausch die Flucht in eine andere Welt an, bleiben am Ort, sind aber als Objekte ausgeschlossen vom öffentlichen, politischen Leben oder dem, was an seine Stelle getreten ist.

Das verbindet Drogen- und Konsumabhängige und legt die Vermutung nahe, daß der Markt in seiner aktuellen Form von Produktion und Konsum sich in einer Weise zu einem Verfahren entwickelt hat, das Fluchtbewegungen in jeder Form begünstigt, ja fordert, um einem vermutlich unerträglichen Schicksal zu entgehen, nämlich als Individuum restlos unterzugehen, was dann ein Einverständnis mit der drohenden Katastrophe provoziert und dazu verleitet, lieber selbst den ersten Schritt, wenn nicht aus der Welt, so doch wenigstens aus der permanenten Anspannungssituation zu unternehmen, der man nicht mehr gewachsen ist. Es ist der gleiche Markt, der mit seinen halluzinogenen Konsumangeboten dazu einlädt und andererseits den direkten Ausstieg via Droge aufs schärfste bekämpft, bekämpfen muß, weil die Droge letzten Endes seine eigene Existenz untergräbt, sich als gefährlicher und anscheinend auch erfolgreicher erweist als historisch voraufgegangene Massenopiate wie Religionen und andere Heilsbewegungen.

Schließlich hat der Weltmarkt, indem er große Teile der Weltbevölkerung marginalisierte, selbst den Boden für das Entstehen eines der derzeit größten Märkte der Welt geschaffen, für den sogenannten informellen Markt in den Ländern der Dritten Welt und seit einiger Zeit auch Osteuropas. Angesiedelt vor allem in den Ballungszentren der großen Städte und jenseits von staatlicher Kontrolle und Steuerhoheit, hat sich hier ein Überlebensmarkt der Marginalisierten entwickelt, der neben dem Unterhaltungs-, Waffen- und Drogenmarkt zu den derzeit produktivsten Märkten der Welt gehört, wenn man das produktiv nennen kann. In den Grauzonen zwischen staatlicher Korruption, illegalen Waffengeschäften und Drogenhandel dient er als Geldwaschanlage ebenso wie der Versorgung der Marginalisierten mit Überlebensmitteln. Auf der Basis von Familien- und Clanbanden haben sich auf dem informellen Markt archaische Strukturen reetabliert, die mit Darwins Formel des *survival of the fittest* in aller Schärfe treffend umschrieben werden können. Daß dieser Markt, zugleich mit allen anderen Märkten verzahnt, auch in die Zentren der Weltwirtschaft in den westlichen und östlichen Industrienationen reicht, weist auch ihn als Teil der Weltwirtschaft aus.

Obgleich der Weltmarkt nicht aus dem Freihandel hervorgegangen ist, wird heute von den den Weltmarkt beherrschenden Nationen immer wieder der Freihandel geradezu als Voraussetzung für gesellschaftlichen Wohlstand angesehen und gefordert. Dabei wird die Begünstigung der heimischen Industrie durch in Subventionen versteckte Zölle ebensowenig thematisiert wie die eigene Wirtschaftsgeschichte. Denn die europäische, nordamerikanische und japanische Wirtschaft hatten sich ja nur durch Schutzzölle und andere, den freien Handel blockierende Maßnahmen zu jener Gruppe von Marktführern entwickeln können, die sie heute sind. Man denke nur an den Merkantilismus und die Schutzzölle für Importe sowie die Praxis einiger europäischer Staaten im 17. Jahrhundert, Unternehmern eingefangene Landstreicher und Heiminsassen als kostenlose Arbeitskräfte zur Verfügung zu stellen, und an das billige Startkapital aus den amerikanischen Kolonien, um die nationale Produktion zu fördern und ihr auf dem Markt überhaupt eine Chance zu geben. Auch die Entwicklung der Wirtschaft der USA hat mit rigiden Schutzmaßnahmen ihren Aufschwung genommen, von der andauernden versteckten und offenen Protektion der eigenen Wirtschaft in Japan gar nicht erst zu reden.

Die Forderung nach Freihandel ging und geht immer von Marktführern aus, die ihre Position, ihr Imperium, festigen und erweitern wollen. Darum ist es auch kein Wunder, daß sie im 19. Jahrhundert zuerst von britischer Seite erhoben wurde, zum Wohle des britischen Imperiums, das sich zu dieser Zeit zu einem wahren politischen Herrscher über die Weltwirtschaft entwickelt hatte. Absoluter Freihandel bedeutet immer die Herrschaft und Kontrolle des Marktbeherrschenden über den Markt und trägt oft zur Eliminierung politischer Freiheit bei. Heute hat sich der Markt zu einer der gesellschaftlichen Kontrolle weitgehend entzogenen Institution der Marktführer entwickelt. Sie sind es, die über den Markt, im allgemeinen und auch im besonderen, die Öffentlichkeit kontrollieren. Man könnte auch sagen: Der Weltmarkt ist an die Stelle dessen getreten, was einmal, wenigstens temporär, regionale gesellschaftliche Öffentlichkeit, Markt genannt werden konnte. Jedoch nachdem sich alle anderen Wirtschaftsformen scheinbar als untauglich erwiesen haben, die sozialen und ökonomischen Probleme der Völker zu lösen, bleiben *free trade* und Privatisierung auch des öffentlichen Eigentums als »unerschöpfliche Quelle des wirtschaftlichen Wachstums und des Wohlstands« (so nicht Adam Smith, sondern Richard von Weizsäcker 1990 bei der Eröffnung des 30. Weltkongresses der International Chamber of Commerce in Hamburg) anscheinend allein das Heilmittel für die nähere und fernere Zukunft, um den angeschlagenen Nationalwirtschaften in Osteuropa und in der Dritten Welt wenn nicht auf die Beine zu helfen, so doch wenigstens das Krankenbett komfortabler zu machen, vielleicht das Sterben zu erleichtern.

Folgerichtig hatte auch der amerikanische Präsident Bush eine amerikanische Freihandelszone von Alaska bis Feuerland vorgeschlagen, um den *forgotten south*, so erscheint Lateinamerika im Rahmen der Weltmarkt-Triade Japan – Nordamerika – Europa, für die USA besser in den Weltmarkt zu integrieren. Wieweit die Propagierung des Freihandels in Verbindung mit der vollständigen Privatisierung aller öffentlichen Institutionen auch zur Eliminierung öffentlicher Kontrolle und zur Abschaffung einer demokratischen Gesellschaft, Gerechtigkeit und Moral – wenn sie jemals existiert haben – beiträgt, offenbart die Absicht des Justizministeriums der argentinischen Regierung Menem, nach allen anderen öffentlichen Einrichtungen nun auch die Gefängnisse zu privatisieren, um, wie es heißt, »die Haftanstalten in wahre Produktionsstätten zu verwandeln, statt nur Friedhöfe für Menschen zu sein«, eine frühkapitalistische Maßnahme, die zweifellos zur weiteren sozialen Unterentwicklung der argentinischen Gesellschaft führen wird.

Wenn er auch nicht gerade eine gerechtere Verteilung der Produkte und eine gerechtere Gesellschaft garantiert, so kann doch unterstellt werden, daß der Freihandel zumindest ganz allgemein die Produktivität steigert und damit zum Wachstum wenigstens statistischen Wohlstands in der Welt beiträgt. Markt, das war einmal und ist noch immer eine lebenswichtige Institution der Gesellschaft, ihre Basis. Mit der Entwicklung der Zivilisation unlösbar verknüpft, war er sozusagen die Wickelkommode der abendländischen Gesellschaften. In den ersten Städten angesiedelt, ging von ihm nicht nur der Austausch von allem und jedem aus, der Austausch von Waren und Meinungen, sondern auch der Streit um die wahre Meinung, etwa auf der Agorá, dem Marktplatz Athens, wo auch die abendländische Philosophie und Demokratie einen ihrer Geburtsorte haben. Wie das Profane stets aus der Emanzipation vom Heiligen noch am heiligen Ort hervorging, so war auch der Marktplatz einmal der Ort, wo, von Ahnenkult und Götterverehrung ausgehend, sich immer wieder neue Wirtschafts- und Sozialverhältnisse herausgebildet haben. Von ihm ging der zivilisatorische Prozeß aus, der heute in Frage gestellt und scheinbar in die Sackgasse geraten ist. Doch bleibt Sankt Markt immer noch der Schlüssel zum Verständnis dieses Prozesses von Austausch und Kommunikation, die allesamt nur eines zum Ziel haben: die Befriedigung der sowohl leiblichen als auch psychischen Bedürfnisse der einzelnen Gesellschaftsmitglieder. Immer wieder Angriffen von innen und von außen ausgesetzt – ob durch die Vertreibung der Händler aus dem Tempel oder die Ersetzung des Marktes durch staatliche Planwirtschaft –, hat der Markt bis heute seine Attraktivität nicht eingebüßt, wie die jüngsten Flucht-

und Wanderungsbewegungen in Europa und Asien zu beweisen scheinen. Aber ist es die aktuelle Marktwirtschaft, die hier ihre Anziehungskraft ausübt, oder ist das nur eine Deckerinnerung, die einer Wende zum Durchbruch verhilft, mit der eigentlich etwas anderes gemeint ist?

Es scheint, daß der zivilisatorische Prozeß sich vom Bürger vollends emanzipiert hat oder daß die *civitas* selbst aus ihrem eigenen Prozeß ausgestiegen ist, einfach nicht mehr teilnimmt, dem vermeintlichen Vertreter ihrer Interessen, ihrem Anwalt, offenbar Generalvollmacht erteilt und damit ihr Schicksal einem quasi außerirdischen Wesen überantwortet hat. Die Marktwirtschaft wird es schon regeln, so lautet der neoliberale Glaubenssatz der *Chicago-boys*, der weltweit seinen Siegeszug angetreten hat. Keiner soll zu kurz kommen, jedenfalls jeder auf seine Kosten, fügt er sich nur in den Prozeß. Gerechtigkeit stellt sich für den willigen Teilnehmer automatisch ein, sobald er seinen Beitrag widerspruchslos geleistet hat. Denkbar ist auch, daß es sich nur um ein semantisches Problem handelt, vielleicht ein Mißverständnis, denn wer denkt bei dem Wort Marktwirtschaft nicht sogleich an Markt, an Öffentlichkeit, an jenen utopischen Platz, wo jeder zu Wort kommen, wo jeder seine Bedürfnisse anmelden kann, wo nicht nur Worte und Waren ausgetauscht, sondern auch alle anderen Arten vitaler Bedürfnisse befriedigt, Interessen vermittelt, Kompromisse gefunden werden; wer denkt nicht an einen Ort, wo Bürger eines Gemeinwesens ihre Geschäfte selber regeln, ihr irdisches Schicksal in ihre eigenen Hände nehmen, ist doch Marktwirtschaft nur das beschreibende Wort einer Vermittlung von Hauswirtschaften – darauf geht schließlich das Wort Ökonomie zurück –, also der Vermittlung konkreter Bedürfnisse der Gesellschaftsmitglieder auf dem Markt.

Sicher ist, daß die Marktwirtschaft nicht eine Ausgeburt extraterrestrischer Wesen von einem Planeten des Hundssterns ist, denen es durch *camouflage* gelang, die Menschen zu täuschen. Vielmehr ist es die Marktwirtschaft selbst, die sich mit mehr oder weniger freiwilliger Billigung aller Beteiligten in jenes für den einzelnen unkalkulierbare und vor allem undurchschaubare Monster verwandelt hat, vor dem er sich als Subjekt aufgibt und willig als Objekt unterordnet und zur Verfügung stellt oder von dem er sich gelegentlich resigniert abwendet und gegen das er auch manchmal ebenso blindwütig angeht wie der Gläubige gegen untreu gewordene Idole. Selbst die Hohenpriester der Marktwirtschaft in den dafür firmierenden Instituten sehen sich außerstande, die irdischen Zeichen so zu deuten, daß daraus eine einigermaßen haltbare Prognose abzuleiten wäre. Kein Wunder, daß Banken zunehmend Wahrsager, also wirkliche Schamanen beschäftigen, um wenigstens sicher zu sein, Statistiken nicht wieder falsch gelesen oder unvollständig erhoben zu haben; besser dann schon, sich gar nicht damit zu beschäftigen. Richtig ist auch, daß es unmöglich ist, alle auf die Wirtschaftsprozesse Einfluß nehmenden Bedingungen genau und vollständig zu erfassen. Das macht einigermaßen sichere Prognosen prinzipiell unmöglich und verbindet die Wirtschaftswissenschaft mit der Meteorologie. Die Erfahrung eines Chaos unkalkulierbarer Schicksalsmächte führt endlich zur Rückwendung auf archaische, scheinbar sichere schamanistische Welterfassungs- und -ordnungsverfahren, zu neuen religiösen Heilsbewegungen. Wir leben in einer Zeit ganz allgemeiner Rückwendung zum Aberglauben und zu einer Religiosität längst vergangener Zeiten, selbst wenn es sich bei manchen religionsähnlichen Gebilden scheinbar um Neuschöpfungen handelt. Auch ökonomisch leben wir in einer Zeit regressiven Fortschritts. Fundamentalismus auf allen Ebenen gesellschaftlichen Selbstverständnisses: was für die Religionen der Ursprungsmythos, ist für die neoliberalen Ökonomen Darwins Schema der Entwicklung durch natürliche Zuchtwahl via *survival of the fittest*, ein Glaube, der mit der revitalisierten religiösen Naturerfassung mitsamt dem damit verbundenen Gesellschaftsverständnis auf einer Stufe steht. Der Liberalismus hat Gott durch die Naturgesetze, ein Supersubjekt durch ein anderes ersetzt. Im Unterschied zu Darwins Naturbild aber hat der Unterlegene im Wirtschaftskampf nicht die Möglichkeit zu fliehen; es gibt keinen Fluchtpunkt außerhalb der Weltwirtschaft. Wie die Gladiatoren im römischen Zirkus ist er den Löwen auf Gedeih und Verderb ausgeliefert.

Erwiesen ist auch, daß die Ersetzung des Marktes durch zentrale staatliche Planung von Produktion und Konsum weder allen Bedürfnissen der Menschen gerecht werden kann noch überhaupt in der Lage ist, auf komplizierte Sozialgefüge in angemessener Weise zu reagieren. Denn die Abschaffung aller historischen Errungenschaften des Marktes und die Ersetzung dieser fundamentalen gesellschaftlichen Institution der Vermittlung durch eine zentrale Planungs- und Verteilungsapparatur führt die Gesellschaft mit modernsten Mitteln nur wieder zurück in archaische autoritäre Strukturen. Das war schon immer eine Falle für das autoritäre Bewußtsein. Es geht schließlich nicht nur darum, die Gesellschaftsmitglieder zu alimentieren. Nicht Versorgung, sondern Selbstbestimmung und Vereinigung sind das vornehmliche Bedürfnis der Individuen. Sicher: Erst kommt das Fressen und dann die Moral, aber die eben auch, und vor beiden der Wunsch nach Vereinigung, wenn auch gerade durch diesen Wunsch getragenes Handeln oft in die Katastrophe geführt hat. Es müssen ja nicht unbedingt wieder die Platonschen Kugelwesen werden, aus denen die Geschlechter einmal hervorgegangen sein sollen. Demokratische Institutionen, individuelle Freiheit, insbesondere Bewegungsfreiheit, Publikations- und Redefreiheit sind ebenso lebenswichtig wie das tägliche Brot. Auch hier erleben wir also einen »Fortschritt« in scheinbar längst überwundene, archaische Sozialverhältnisse.

Markt, das war historisch viel mehr als bloß ein Ort der Verteilung oder Umschichtung von Gütern. Er stand im Zeichen von Wünschen und deren Befriedigung, darauf geht noch jede uns heute bekannte Form von Marktwirtschaft zurück, auch wenn sie zumeist weit von der Idealgestalt eines lebendigen Marktplatzes entfernt ist. Ganz im Vordergrund stand der Wunsch nach Vereinigung, nach der Zurückstellung oder Überwindung trennender Gesetze, nach unmittelbarer Befriedigung von letzten Endes sexuellen Wünschen. Das war die Basis des Handels, der Vermittlung von Angebot und Nachfrage. Nicht nur wegen des gelegentlich auf Märkten heimischen Betrugs war der Markt der Platz, wo auf Zeit die restriktive gesellschaftliche Ordnung außer Kraft gesetzt war. Darum waren Märkte historisch auch immer mit Festen verbunden. Noch die Worte *feriae*, *foire*, *fair* und *Fest* weisen über die sprachliche Verbindung auf eine gemeinsame Wurzel von Markt und Fest, Tausch und Lust, Elemente, die heute in verzerrter Form vielleicht noch auf Jahrmärkten und Messen hier und da aufblitzen. Markt heißt auch Kommunikation, Sprechen und Sprache, die auf die Befriedigung von Bedürfnissen gerichtet ist, auch wenn darum herumgeredet wird. Denn noch jedes Gespräch geht auf die Befriedigung von Bedürfnissen zurück, so wie der Markt als soziale Einrichtung universellen Austausch, mithin einen universellen Vereinigungswunsch verkörpert. Auf dieses Bedürfnis bezieht sich das erste Wort jedes Kindes ebenso wie das Gespräch während des Handels auf dem Markt; das erweckt zuweilen den Eindruck, der Handel würde überhaupt nur wegen des damit verbundenen Gesprächs eingegangen. Das Verbindende ist zugleich ein erotisches Element, ohne das auf dem Marktplatz auch kein Handel zustande kommt.

Liebe, Diebstahl und Handel sind nicht nur die herrschenden Interessen, die Menschen auf dem Markt zusammengeführt haben, sondern überhaupt wesentliche Elemente der Gesellschaftsbildung, Bindemittel einer jeden Gesellschaft, die sich von der durch despotische Anführer geführten Horde, vom Clan zu emanzipieren beginnt. Erst die List macht den Menschen zum Menschen. Erst mit Hilfe einer List gelingt es, wenn wir der psychoanalytischen Deutung folgen, die sozial unterdrückten Wünsche wenigstens teilweise zu befriedigen. Zumindest entspricht das einer Erfahrung, an die noch jeder sich aus seiner Kindheit zu erinnern vermag. Das lateinische Wort *furtum*, das sowohl Diebstahl, Gaunerei als auch die verstohlene Liebschaft, die heimliche Zusammenkunft Verliebter meint, spielt an auf diese Emanzipation von der als Naturgesetz erfahrenen Herrschaft durch die vom Triebwunsch gesteuerte List. Vermutlich deshalb wird Frauen und Unterdrückten schlechthin, meist auch Fremden, als Verkörperungen unterdrückter Triebwünsche diese List zugeschrieben. Sie ist ebenso grundlegend für die menschliche Gesellschaft wie die Gesetze, die der Realisierung von Bedürfnissen im Wege stehen. Aus dieser Spannung erwächst der soziale Fortschritt. Erst durch List setzt sich eine Vernunft in der Geschichte durch, die die Bedürfnisse der Menschen reflektiert und deren Träger die unterdrückten Wünsche verkörpern. Darum berichtet auch schon der griechische Mythos von listenreichen Heroen und Halbgöttern, die, indem sie Götter bestahlen und betrogen, erst eine menschliche Gesellschaft begründen halfen.

Ein solcher mythischer Heros war Hermes, der Gott der Diebe und Kaufleute, Schutzpatron aller Märkte, dessen Name heute, vielleicht mit Hintersinn, gelegentlich von marktbeherrschenden Kapitalunternehmen oder Rückversicherern entliehen wird. In der griechischen Mythologie wird er als Sohn Zeus' und der Bergnymphe Maia dargestellt, die ihn in einer Höhle des Berges Kyllene im paradiesischen Arkadien geboren haben soll. Wie der Mythos erzählt, hatte Zeus sich, während Hera schlief, zu Maia geschlichen und sie verführt. So wurde Hermes schon durch Verführung gezeugt, Verführung, die auch als ein in jeder Form konstitutives Element für das Anknüpfen von Handelsbeziehungen gar nicht hoch genug eingeschätzt werden kann. Man könnte auch sagen, der Gott der Diebe sei selbst schon Produkt eines Diebstahls gewesen, denn so wurde nicht selten der Ehebruch in Mythen und Rechtsvorstellungen der Völker verstanden. Darüber hinaus berichtet der Mythos, daß Hermes selbst wiederum Opfer einer Verführung wurde, wenn man das Opfer nennen kann. Als seine Mutter wird gelegentlich auch Persephone oder Brimo genannt – dieselbe Göttin, die seine Natur schamlos erregt haben soll, weshalb ihm Kultmale in Form eines Phallos aus Holz oder Stein oder auch jene Hermen errichtet wurden, wie sie heute noch in Antiken-Museen zu besichtigen sind. Ein Kultobjekt, das, wie Kerényi[1] erzählt, den Mysterien der Kabiren entstammen soll, also jenem aus Kleinasien stammenden Kult der ständigen Begleiter der großen Fruchtbarkeitsgöttin.

Vermutlich begegnet uns also im Hermes-Mythos die in Mythen immer wiederkehrende Geschichte vom Sohn einer Großen Göttin, der zugleich ihr Gatte werden wollte: eine Ödipus-Geschichte. Schließlich gehört auch der Ödipus-Mythos[2] triebgeschichtlich zu den Gründungsmythen der um den Markt zentrierten Entwicklung der abendländischen Gesellschaften. Ödipus hatte bekanntlich, wiewohl unwissentlich, seinen Vater aus dem Weg geräumt, um an sein Lustobjekt zu gelangen, ist also den Triebkräften der

1 Karl Kerényi, *Die Mythologie der Griechen*, München 1966.
2 Horst Kurnitzky, *Ödipus. Ein Held der westlichen Welt*, Berlin 1978.

Ökonomie gefolgt, wenn man den Mythos ökonomisch interpretiert. Auch Hermes' Mutter Maia tritt als Bergnymphe oder Stern der Pleiaden in der Mythologie nie als Subjekt in Erscheinung; sie kam niemals zur Versammlung der Götter, wie es bei Homer heißt. Ist also Hermes' Geburtsstätte jene Höhle im Berg Kyllenne und seine Mutter als Erdmutter zugleich jedes Mannes Mutter, und wird er selbst ganz allgemein durch einen Phallos repräsentiert, beschreibt der Mythos die sexuelle Basis sozialer Verhältnisse. Daß es daran keinen Zweifel gibt, belegt auch die im Mythos mehrfach berichtete Fähigkeit des kleinen Hermes, ganz schnell wachsen und ebenso schnell wieder klein werden zu können. Es heißt nämlich, daß er, kaum geboren, mit erstaunlicher Schnelligkeit heranwuchs und in einem unbeobachteten Augenblick sich auf der Suche nach Abenteuern aus der Höhle seiner Mutter stahl. Da es sich aber bei Hermes zugleich um einen Phallos handelt, ist leicht zu erraten, was für eine Geschichte, über das Geburtsszenario hinaus, uns der Mythos erzählen will.

Auf der Suche nach Abenteuern soll er nach Pieria gekommen sein, wo er auf eine Herde Kühe traf, die von seinem Bruder Apollon geweidet wurde. Er beschloß, sie zu stehlen. Um keine Spur zu hinterlassen, stellte er aus der Rinde gestürzter Eichen Schuhe her, die er mit geflochtenem Gras den Kühen an die Hufe band. Dann trieb er, im Schutze der Nacht, die Herde über Berge und durch Täler. Am nächsten Morgen versteckte er sie in einer Höhle und ließ sie weiden. Er sammelte Holz und bastelte aus Lorbeer ein Feuerzeug – ihm wird die Erfindung des Feuermachens zugeschrieben –, machte Feuer, zog zwei Kühe heran, tötete sie, schnitt Fleisch und Fett aus und briet das Ganze an hölzernen Spießen. Seither gilt er als Erfinder des Fleischopfers. Das Fleisch teilte er in zwölf Teile, eins für sich und elf für die Götter, rührte aber selbst sein Teil nicht an, da die

Götter auch ihren Anteil nicht zu sich nahmen. Als Denkmal seines ersten Diebstahls soll er das Fleisch dann zu einem Haufen aufgeschichtet und den Rest verbrannt haben.

Aus der kulturanthropologischen Forschung wissen wir, daß die Kunst Feuer zu machen – eine der größten Leistungen in der Entwicklungsgeschichte der Gattung – mit einem die Gesellschaft konstituierenden Triebverzicht gewissermaßen erkauft wurde. Man könnte sagen, es war ein äußerst gewinnbringendes Geschäft. Jedenfalls berichten die Mythen der Völker davon, und die primitiven Methoden, mit Hilfe von Feuerbohrern Feuer zu machen, lassen unschwer ihr Vorbild im Geschlechtsakt erkennen. Zudem wird das sexuelle Vorbild dieser symbolischen Darstellung in den Volkserzählungen auch ausdrücklich erwähnt. Auf jeden Fall ist der Zusammenhang von Opfer und Triebverzicht so alt, wie die Mythen der Völker, die davon erzählen, zurückreichen. Er war immer mit Kulthandlungen verbunden, wurde in Ritualen dargestellt, die ohne das dazugehörende gemeinsame Opfermahl ihren kulturstiftenden Sinn verfehlen. Von diesem Springpunkt ging noch jede soziale Ökonomie aus: Opfer – Verteilung des Opferbratens – gemeinsames Opfermahl. Das ist noch keine Marktwirtschaft, wohl aber eine Ökonomie, die alle am Opfer beteiligten Mitglieder der Gemeinschaft mehr oder weniger auch am Braten teilhaben läßt.

Wie es sich in der Realgeschichte unzählige Male zugetragen hat, so beginnt auch der mythologische Schutzpatron des Marktes seine wirtschaftlichen Aktivitäten mit Kapitalraub. Raub unter Strafe zu stellen war erst eine Kulturleistung der Räuber, um ihr einmal geraubtes Kapital vor fremdem Zugriff zu sichern, auch eines der Motive der Staatsbildung. Herden wie die, die Hermes seinem Bruder gestohlen haben soll, wurden in der Antike nach Köpfen gezählt, und darauf geht das Wort Kapital zurück: der Dieb als Bankier? Und wenn nicht er, dann zumindest die Kultbeamten an den griechischen Tempeln, die die Opfer veranstalteten und durch den Tausch von Bratspießen – die Stellvertreter der Opfertiere, die als Geld oder Vorformen des Geldes auf die Altäre gelegt wurden – gegen Opfertiere reich wurden. Geld oder Vorformen des Geldes sind so alt wie die Gesellschaft selbst.[1] Aus dem Opferkult hervorgegangen, vermittelt das Geld Ersatz, Ersatz für das Opfer, Ersatz für das durchs Opfer verlorene, geopferte Triebziel, das nicht mehr zu haben ist. Die Frage bleibt, wieweit es überhaupt jemals zu haben war und nicht vielmehr Produkt einer allerdings realen Wunschprojektion gewesen ist?

Zurück in seine Höhle am Berg Kyllene kam Hermes am Morgen nach der zweiten Nacht und legte sich, wieder ganz klein geworden, schnell in seine Wiege. Von seiner Mutter, die sein Verschwinden bemerkt hatte, zur Rede gestellt, gestand er sein Abenteuer, versicherte aber sogleich, daß dies erst der Anfang sei und er noch weit größere Diebeszüge vorhabe, um Wertgegenstände aller Art zu rauben. Der Mythos verrät, wie der mythische Schöpfer der Geldentwicklung und Schutzpatron des Marktes sich sein Startkapital verschaffte, und läßt vermuten, daß erfolgreiche Wirtschaftssysteme sich offenbar weniger Krediten verdanken, als daß vielmehr das Kreditwesen ein Resultat und vor allem ein unverzichtbarer Bestandteil erfolgreicher Wirtschaftssysteme ist, deren Anfangskapital durch außerökonomische Zwangsgewalt beschafft wurde. Auch das heute bestehende System der Weltwirtschaft, das mit der Kolonisierung Amerikas und der Industrialisierung Europas entstand, ist letzten Endes ein Ergebnis der Raubzüge der Amerikafahrer, die Gold und Silber direkt oder vermittelt durch den Überseehandel in die Höhle von Mutter Europa schafften, wo es

1 Horst Kurnitzky, *Triebstruktur des Geldes*, Berlin 1974.

durch Arbeit gewissermaßen wieder in Waren umgeschmolzen wurde. Natürlich war es zuletzt der Amerika-Handel, der, wie Pierre Chaunu[1] bemerkt, den Grundstein für die Industrialisierung Europas und die Entwicklung des Weltmarktes legte. Denn das Silber aus Amerika wurde ja zum großen Teil gegen reichlich überteuerte Waren aus Europa und Asien eingetauscht. Psychischer und praktischer Antrieb für die Entwicklung des Handels aber bleibt der vermutete, schließlich gefundene und dann geraubte Schatz, der die Begierde der Conquistadoren reizte und ihr mächtiges Triebziel bildete – sie waren immer auf der Suche nach Frauen und Gold, wie bereits Kolumbus in seinen Tagebüchern vermerkte.

Da wir wissen, wenn wir den Ergebnissen der psychoanalytischen Forschung folgen, daß es bislang keine Gesellschaft gab, die nicht auf Triebverzicht aufbaute, ist die mythische Geschichte, bezogen auf ihre sexuelle Basis, vermutlich so zu lesen: Hermes war die Mutter durchs Inzesttabu verwehrt, die Höhle tabu für ihn. Darum mußte er sie verlassen. Durch die derart unterdrückten Triebwünsche, deren Dynamik damit nicht gebrochen war, zu Abenteuern getrieben, setzte er sich durch den Diebstahl über das Verbot hinweg und ersetzte mit den gestohlenen Kühen das tabuierte Triebziel. Sie waren, wie alles andere, Ersatz fürs verbotene Lustobjekt. Dazu kommt, daß es die Kühe seines Bruders waren, der als Bruder in vielen Mythen und Märchen bei derartigen Konflikten die Stelle des Vaters einnimmt, um den Konflikt zu entschärfen. Anstatt den Vater zu erschlagen und sich der Mutter zu bemächtigen, stiehlt er dem Bruder die Kühe. Im übrigen kommen ja vergleichbare Stellvertreterkonflikte immer wieder bei Erbschaftsstreitigkeiten hoch, wenn die Erben sich gegenseitig um den Nach-

1 Pierre Chaunu, *Conquête et exploitation des nouveaux mondes*, Paris 1986.

laß des insgeheim sehnlichst Totgewünschten zu hintergehen suchen. Daß Hermes dann doch in die Höhle zurückkehrt, zeigt, daß auch sie bereits Ersatz für das tabuierte Triebziel war. Der Mythos beschreibt den zivilisatorischen Prozeß. Mythen sind Produkte eines kollektiven Verarbeitungsprozesses von sozialen Katastrophen, denen als Katastrophenerfahrung sicher die Erfahrung von Naturkatastrophen voraufgegangen ist. Das, was in den Mythen als Ursprung erscheint, ist eher eine Kette von katastrophalen Veränderungen, die immer wieder den Neuanfang beschreiben oder beschwören, indem sie die ungelösten Konflikte schonungslos darstellen. Sie sind transitorische Gebilde, die aufklären und Konfliktlösungen vorschlagen, sind nie Anfang, sondern immer bereits Folge. Darum beschreiben die Mythen ähnliche Konflikte immer wieder in neuer Form und weisen damit auf das Fortbestehen ungelöster Konflikte. Das ist ihr Realismus.

Sehen wir also, wie die Geschichte des Schutzpatrons der Märkte weitergeht: Apollon, der sich währenddessen auf die Suche nach seiner Herde gemacht hatte, fand Hermes schließlich in seine Windeln verkrochen in der Höhle. Er schalt ihn einen Dieb und forderte ihn auf, die Herde wieder herauszugeben. Hermes beteuerte jedoch seine Unschuld mit dem Hinweis, daß ein Baby keine Herde stehlen könne, dafür nicht potent genug sei. Apollon gab sich damit nicht zufrieden, brachte ihn vor den Olymp, wo Hermes nach anfänglichen Weigerungen seinem Vater Zeus dann doch gestand, die Herde gestohlen, zwei Tiere getötet und zwölf Opfergaben bereitet zu haben. Auf die Frage, für wen denn der zwölfte Teil gewesen sei, antwortete er, daß er diesen Teil für sich selbst gedacht habe. Der Zivilisationsheros hatte sich damit selbst zum Gott erhoben, oder anders gelesen, den Olymp sozialisiert, nämlich die sozialen Formen der Ernährung durch Opfer begründet, die er als Trickster selbst veranstaltet hatte. Trotz allem, die Macht des Olymps war unerschüttert: er sollte die Herde wieder herausgeben.

Da zeigt sich aber, daß ihm eine Erfindung – weit mehr als eine einfache List, nämlich wirklich etwas Neues geschaffen zu haben – schließlich doch noch half, seinen Wunsch zu befriedigen: Als er mit Apollon zu der Höhle kam, in der er die Kühe versteckt hatte, entdeckte Apollon jene Schildpattleier, die ihn später berühmt machen sollte. Hermes hatte sie aus dem Panzer einer Schildkröte und Därmen der getöteten Kühe konstruiert. Als er Apollon auf diesem Instrument vorspielte, war dieser von der Musik derart begeistert, daß er Hermes für die Leier die ganze Herde überließ. Diese Geschichte veranschaulicht nicht nur, wie die Zivilisation mit der Entwicklung von Technik und Erfindungen von Befriedigungsersatz zu Befriedigungsersatz fortschreitet, sie zeigt auch, wie mit der assoziativen Kraft von Kunst scheinbar unrealisierbare, verdrängte Triebwünsche kraft Kunstfertigkeit doch noch befriedigt, vermittels Kunst sublimiert werden können. Jedenfalls kam dadurch der Austausch, der Handel zustande, ohne den kein Sozialwesen lebensfähig wäre. Im Tausch leben die sexuell bestimmten Triebwünsche der Geschlechter fort, die ausgetauschten Gegenstände ersetzen das geopferte Triebziel. Hermes konnte die gestohlene Herde behalten, durch den Tausch wurde der Diebstahl gewissermaßen legalisiert. Später soll Hermes übrigens noch beim Weiden der Herde eine Hirtenflöte erfunden haben, die er gegen Apollons goldenen Hirtenstab und den Tip eintauschte, daß er die Wahrsagekunst aus Kieselsteinen bei Apollons Ammen auf dem Olymp erlernen könne. Nicht unerwähnt bleiben sollte, daß unser Zivilisationsheros auch den Schicksalsgöttinnen bei der Zusammenstellung des Alphabets half, das Würfelspiel und die Kunst, daraus zu weissagen, Astronomie und Tonleiter, die Kunst des Boxens und Turnens, Maße und Gewichte und die Kultur des Olivenbaumes erfunden haben soll – Leistungen, die ihn schließlich auch vor dem Olymp gotteswürdig erscheinen ließen: also Kulturleistungen, die wir letzten Endes dem Markt verdanken. Selbstbewußt bat Hermes darum, als Götterbote beschäftigt zu werden. Seither ist er immer mit geflügelten Sandalen, geflügeltem Hut und dem Stab des Boten dargestellt worden. Es war jener Hirtenstab Apollons, den der Täuscher, Dieb und Künstler gegen die Hirtenflöte eingetauscht hatte und der ihn nicht nur zum Schutzpatron des Marktes, sondern zum Vater jeder Art von Vermittlung machte, jener Hirtenstab, der noch heute bei Auftritten des Papstes nicht fehlen darf und der bis ins Mittelalter zumindest auch den Markt auf den Kirchplätzen schützte. Von Zeus wurde Hermes darüber hinaus mit der Überwachung von Vertragsabschlüssen, der Förderung des Handels und dem Schutz und der Aufrechterhaltung des Wegerechtes auf allen Straßen beauftragt, eine für den Handel lebenswichtige Voraussetzung, war dieser doch in der Antike vor allem Fernhandel. Hermes zu Ehren wurden deshalb am Wegesrand pyramidenförmige Steinhaufen errichtet, zu denen jeder Wanderer – und das waren in der Antike vermutlich oft Wanderhändler, im alten Hebräisch waren die Worte Kaufmann und Reisender noch synonym[1] – einen Stein beitrug, um sich, wie man sagt, vor Überfällen schützen zu können und nicht mit Hilfe eines Steins erschlagen zu werden. Zumindest waren es Erinnerungsmale an das Gründungsopfer und den Fleischhaufen, den Hermes errichtet haben soll, also mehr eine kultische Handlung, in der symbolisch das Opfer dargestellt wird, das letzten Endes soziale Sicherheit des Handels verspricht. Von Hades wurde Hermes zudem noch beauftragt, die Seelen Verstor-

1 Hans Magnus Enzensberger, *Eine Theorie des Tourismus*, in: *Einzelheiten*, Frankfurt a. M 1962, S. 153.

bener vom Diesseits ins Jenseits zu geleiten. Als Schutzgott der Diebe und Kaufleute vereinigt Hermes schon in seiner mythischen Biographie alle wesentlichen Elemente der gesellschaftlichen Synthesis, vor allem jene, die Handel und Markt als historische Springpunkte sozialer Verkehrsformen auszeichnen. Man kann zu Recht sagen, daß die gesamte kulturelle und materielle Entwicklung der Zivilisation aus dem Tausch, also letztlich aus dem Markt hervorgegangen ist.

Opfer und Tauschverhältnisse sind so alt, wie überhaupt Zeugnisse der Organisation von Menschen in einer Gesellschaft überliefert oder gefunden wurden. Indem Hermes das Fleischopfer erfunden haben soll, verkörpert er ein wesentliches Stück der Emanzipation der Gattung als bewußte Opfergemeinschaft aus der bewußtlosen Natur. Indem er als Dieb sich zugleich dem Opfer widersetzt und die Götter bestiehlt, wird er den Ansprüchen seiner eigenen, allzu menschlichen Natur gerecht. Und wenn seine Bedürfnisse darüber hinaus schließlich mit Hilfe von List oder Kunst – *List* ist nur ein anderes Wort für Kunst – auch noch zu einem vertraglich abgesicherten Geschäft führen, also die Ansprüche und Bedürfnisse beider Seiten befriedigt werden, wie im Tausch der Herde gegen die Lyra, so beschreibt diese Geschichte den Anteil des Handels am historischen Prozeß der Entwicklung von Bedürfnis und Bedürfnisbefriedigung. Im übrigen vermittelt der Mythos auch ein ökonomisches Grundgesetz, daß nämlich die Werte der ausgetauschten Güter von den jeweiligen Bedürfnissen der Tauschpartner aufgewogen und bemessen werden und ihr Preis sich meist außerhalb objektiv rationalen Kalküls bewegt, weil er durch Angebot und Nachfrage bestimmt wird.

Indem Hermes die Rinder zunächst stiehlt, dann aber, weil der dem Inzestwunsch entstammende Diebstahl unters gleiche Verbot fällt, gegen Produkte eintauscht, die er zum Teil aus den gestohlenen Rindern selbst gefertigt hat, so zeigt der Mythos, wie mächtig der unterdrückte Triebwunsch bleibt und daß seiner treibenden Kraft letztlich die ganze Kulturentwicklung zu verdanken ist. Denn jeder Diebstahl geht noch auf den Wunsch der Befriedigung eines Bedürfnisses ohne Opfer zurück, einen Wunsch, der zuletzt im verdrängten, unterdrückten Inzestwunsch verkörpert wird. Darauf bezieht sich Hermes' Suche nach Abenteuern, was uns auch in den Biographien berühmter Abenteurer und Kolonisatoren immer wieder bestätigt wird: Immer trieb sie ein starker, unbefriedigter Triebwunsch in Abenteuer, um ihr Bedürfnis nach Frauen und Gold, nach Reichtum zu befriedigen.

Die Erfindung der Lyra, also die Kunst, läßt – wenn auch in anderer Form – die Befriedigung unterdrückter Triebwünsche wieder zu. Das gleiche geschieht durch Tausch, durch den Hermes doch noch die Rinder bekommt, die ihm die Mutter ersetzen, die er nicht besitzen darf. Auch Besitz und das sich historisch später entwickelnde Privateigentum sind ein Befriedigungsersatz für die tabuierten sexuellen Triebwünsche. Das erklärt die affektive Besetzung des Privateigentums und die Vehemenz, mit der es zuweilen verteidigt wird. Proudhons Gleichsetzung von Eigentum und Diebstahl trifft deren gemeinsame Wurzel im tabuierten Triebwunsch, sozial sind sie durch die gesellschaftsbildenden Opferverhältnisse, durch das Gesetz voneinander getrennt, und eine Überschreitung dieser sozialen Grenze ist bei Strafe verboten. Daß Eigentum trotzdem vielfach aus Diebstahl oder ungleichem Tausch hervorgegangen ist, bestätigt nur die noch andauernde Wirksamkeit jener Triebkräfte, die auch den Mythos hervorgebracht haben.

Gleichzeitig zeigt der Mythos, wie der Tausch auf dem Opfer aufbaut, aus dem Opfer hervorgeht und immer wieder Opfer fordert. Der Verzicht auf das Inzestobjekt bringt Hermes letzten Endes die Rinder ein, die als Opferersatz und Ersatzopfer zugleich Tauschobjekte z. B. für Frauen waren. Überhaupt ist wahrscheinlich der durchs Exogamiegebot geforderte Frauentausch und -kauf einmal die Grundlage einer jeden Ökonomie gewesen, gewissermaßen das Schema der Reproduktionsverhältnisse. Der Lust entzogen, verkörpert die Figur der Mutter diese Ökonomie. Sie ist Opfer und zugleich Wächterin und Herrin des *oikos*, der Hauswirtschaft, der sie in mutterrechtlichen und teilweise auch in vaterrechtlichen Gesellschaften einmal realiter vorstand. Zu vermuten ist also, daß der aus dem Opfer hervorgehende Tausch wohl nur wenig jünger als das Opfer und beide so alt wie die gesellschaftliche Organisation von Menschen selbst sind. Als Gott der Diebe und Kaufleute verkörpert Hermes einen Widerspruch und zugleich den Versuch seiner Lösung: Ist der Diebstahl noch vom mächtigen Inzestwunsch geprägt, so weist der Handel, also der Tausch, schon auf einen Ausweg aus dem Dilemma. Obgleich er das Inzesttabu respektiert, Triebunterdrückung akzeptiert, auf Opfer aufbaut – das ist ja auch die Basis jeder Äquivalent-, Gleichgewichts- oder Harmonievorstellung –, bietet er doch Ersatz für das geopferte Triebziel in den ausgetauschten Gegenständen an und versöhnt dadurch, wenigstens zum Teil, den unterdrückten Triebwunsch.

Rinder als Tauschobjekte werden bei Homer aufgerechnet, genauso wie sie gelegentlich noch heute direktes Tauschmittel, Wertmaßstab sind. Daß das Wort pekuniär von *pecus*, Vieh, stammt, deutet auf denselben Zusammenhang. Daß Hermes das Opferfleisch am Spieß briet, verrät darüber hinaus, daß sein Mythos auch mit der Geldentwicklung in engstem Zusammenhang steht, denn der Spieß mit dem Opferfleisch, griechisch *obolos*, lebt in jedem Obolus fort, den man heute noch gelegentlich zu entrichten hat, wie überhaupt *Geld* ein altes Wort für Opfer ist. Eine Handvoll Obolus schließlich heißt *drachme*, wie noch die gegenwärtige griechische Währung. Aber die Geldentwicklung überschreitet bereits die Stammesökonomie, entfaltet sich erst dort, wo mehrere Stämme zu einer Gemeinschaft zusammentreten, an den Rändern der Stammesterritorien oder der Städte oder an internationalen Kultplätzen, die von Angehörigen verschiedener Gemeinschaften besucht werden.

Der Markt und das den Austausch auf dem Markt vermittelnde Geld entstammen historisch einem Opferkult. Geld verkörpert in allen Gesellschaften bis heute Opferverhältnisse. Nicht Tauschverhältnisse, sondern Opferverhältnisse waren immer wieder die Grundlage der gesellschaftlichen Synthesis, die in Tauschverhältnissen die Ambivalenz dieses Unternehmens vor Augen führt: Opfer und den Versuch, die geopferten Triebwünsche im Tausch gegen Ersatz für geopferte Triebziele wenigstens zum Teil zu befriedigen. Alles baut darauf auf: der Markt, die Geldwirtschaft, das Verhältnis von Lohnarbeit und Kapital, die gesamte Ökonomie bis in die Triebökonomie jedes einzelnen Individuums. Auch in der Triebökonomie der Individuen werden unmittelbare Triebziele geopfert und durch neue Triebziele ersetzt. Es ist die mit der Natur identifizierte und mit der Natur assoziierte weibliche Sexualität – darin besteht die Funktion des Inzesttabus –, die ökonomischen Reproduktionsinteressen geopfert wird. Das war historisch der Ausgangspunkt, und das ist bis heute die Basis. In den Kulten wurde dieses ökonomische Prinzip zunächst durch reale Opfer weiblicher Gesellschaftsmitglieder dargestellt, die später durch Tieropfer ersetzt wurden: ihre Stellvertreter.

Gewissermaßen als Zertifikat steht das Geld dafür ein. Es verkörpert die Ambivalenz derartiger Veranstaltungen: das Opfergebot, das mit schmerzlichen Erfahrungen verbunden ist, und den Versuch seiner Aufhebung, indem das Opfer durch ein anderes Opfer ersetzt wird. Denn gerade der Konservativismus des unterdrückten Triebs, der befriedigt werden will, läßt die Gesellschaft von Befriedigungsersatz zu Befriedigungsersatz fortschreiten. Der treibende, mächtige Vereinigungswunsch bleibt bestehen und richtet sich auf die Stellvertreter und Stellvertreterinnen. Die im tabuierten, aber immer noch mächtigen Vereinigungswunsch zum Ausdruck kommende Geschlechterspannung ist die treibende Kraft des zivilisatorischen Prozesses. Der Weg der vermeintlichen und auch zu Teilen realen Befreiung vom Opfer führt von Ersatz zu Ersatz. Das Geld, das all dies vermittelt, vermittelt auch die Objektivationen der daraus resultierenden neuen Bedürfnisse, deren Befriedigung uns im ständig revoltierenden Konsumversprechen durch Waren angeboten wird. Aus diesen Opferverhältnissen ist die gesamte Kultur, Kunst und Wissenschaft hervorgegangen. Die Ambivalenz dieses Verhältnisses hat zu Sublimierungsversuchen in Kunst und Kultur geführt, aber auch dazu, via Revolutionen zu konkreten Versuchen einer rationaleren Organisation der Gesellschaft zu kommen, um endlich die archaische Erbschaft abstreifen zu können. Was die Mythen der Antike ausdrückten, versuchte bislang auch jede der Aufklärung verpflichtete historische Rekonstruktion zu artikulieren: die Hoffnung auf eine einmal vom Opfer befreite Gesellschaft. Dafür trat die Aufklärung bis in die Moderne ein: als Ziel der Geschichte eine von überflüssiger Arbeit befreite, vernünftig organisierte Gesellschaft, die ihren Mitgliedern die freie Entfaltung und Organisation des Individuums gestattet. Das war die rationale Übersetzung eines uralten Traums: der in die Zukunft projizierte, als paradiesisch vorgestellte Ursprung der Gattung, nämlich eine mit sich und der Natur versöhnte Gesellschaft.

Der Hermes-Mythos beschreibt die komplizierten, durch den Markt vermittelten Reproduktionsverhältnisse der Gesellschaft, bestimmt durch die Ambivalenz von Gesetz und Freiheit, nämlich dem durchs Gesetz artikulierten Verbot, das die Realisierung unmittelbarer Bedürfnisse verhindert, und der Suche nach einem Ausweg, nach Ersatz, nämlich der Freiheit, die unterdrückten, eventuell verdrängten, aber keinesfalls zerstörten Triebwünsche doch noch befriedigen zu können. Für beides steht der Tauschhandel ein: Als gerechter, aber auch als ungleicher Tausch verlangt er von den Tauschpartnern Opfer. Sie bekommen dafür Ersatz: Geld oder eben Waren, mit denen sie dann ihre unbefriedigten Wünsche hoffen befriedigen zu können. Im Grunde drückt jeder Tauschhandel schon ein Kommunikationsbedürfnis aus, das seinerseits auf einen allgemeinen Vereinigungswunsch zurückgeht und den tabuierten Inzestwunsch ersetzen soll, um schließlich in der freien Assoziation der Individuen das Verbot gegenstandslos zu machen. Das ist eine historische Utopie des Marktes. Darum sprengen Tausch und Handel tendenziell die durch Opfer vermittelte Organisation von Menschen, sei es in Familie, Stamm oder Staat. Was die Opfergesetze ausschließen, versucht der Tausch wieder zu vereinigen, zu verbünden – verbindend entspringt er dem Bestreben, die verbotene Verbindung auf einer anderen Ebene, in anderer Form, wiederherzustellen. Selbst Natursurrogat, vermittelt er die gesellschaftliche mit der noch nicht vergesellschafteten Natur, vor allem der den Opfergesetzen widerstrebenden Natur des Menschen selbst. Das ist der historische Beitrag des Handels zur Humanisierung der Natur, indem er den natürlichen Bedürfnissen der Menschen in der Gesellschaft zu ihrem Recht verhilft.

II.

Zwingt das Opfer die Gemeinschaft – Stamm oder Staat – im Innern unter Ausbeutung des schlechten Gewissens, das die tabuierten, ungesetzlichen Wünsche durch den Konflikt mit dem stärkeren Gesetz hervorrufen, also mit Hilfe internalisierter Gewalt zusammen, so untergräbt der Handel tendenziell den organisierten Zusammenhalt der Gesellschaft. Er entwickelt sich darum noch mit Angst vor nicht vergesellschafteter Natur, nämlich Fremden und Raub, aber auch mit dem im Handel selbst verkörperten tabuierten sexuellen Vereinigungswunsch besetzt, zunächst an den territorialen Randzonen der Gemeinden, wie an den Schwellen zu einer anderen Welt, auf Gräberfeldern und an Kultplätzen. Herodot[1] berichtet in seinen Historien von den Karchedoniern, daß sie mit Menschen eines Landes außerhalb der Säulen des Herkules Handel getrieben hätten, indem sie ihre Waren am Strand ausgeladen, sich wieder auf ihre Boote zurückgezogen, Rauchzeichen gegeben und gewartet hätten, bis die Einheimischen gekommen seien und den Waren gegenüber Gold hingelegt hätten und auch wieder verschwunden seien. Dann erst hätten die Karchedonier nachgesehen, ob das Gold dem Wert ihrer Waren entsprach, wenn ja, hätten sie es mitgenommen, wenn nicht, hätten sie sich wieder auf ihre Boote zurückgezogen und das Verfahren so lange wiederholt, bis sie zufrieden gewesen wären. Dabei hätte kein Tauschpartner dem andern Schaden zugefügt.

Wenn mit dieser Formalisierung des Austauschs jede Aggression, Raub oder auch Diebstahl ängstlich vermieden

1 Herodot, *Historien III*, Der libysche Logos, Kap. 196, München 1961.

wurden, eine Tendenz, die ganz allgemein bei allen dem eigentlichen Handel vorausgehenden sozialen Verkehrsformen von Gaben und Gegengaben zu beobachten ist, so wohl deshalb, weil der Gesellschaft die Ambivalenz der Veranstaltung durchaus bewußt war, die mächtige, noch nicht vergesellschaftete Natur, zu der alle Fremden wie der eigene Trieb gehören, einerseits und die die Gesellschaft konstituierenden Opfergesetze andererseits, die durch Raub und Diebstahl unterlaufen, gebrochen wurden. Gewöhnlich war Handel mit fremden Gesellschaften oft vermischt mit Raub und Diebstahl, wenn sie nicht direkt dem Handel vorausgingen oder auf ihn folgten, wie in der Geschichte des Kolonialismus der europäischen Nationalstaaten tausendmal belegt. Aber auch schon bei den Wikingern war es schwer auszumachen, wie Josef Kulischer[1] schreibt, ob sie mehr Kaufleute oder mehr Räuber waren. Liefen sie in einen Hafen ein, hißten sie zunächst einen roten Schild als Friedenszeichen am Mast, holten ihn aber dann sofort nach Beendigung des Tauschhandels ein, um mit Raub und Plünderungen zu beginnen. Sprachlich lebt die Verbindung von Raub und Handel noch fort in dem Wort Händel, das Streit, wie auch in Gewinn, das ursprünglich den Kampfertrag bezeichnet hat.

Lange Zeit traten sich z. B. auch Händler und Freibeuter auf den Seewegen gegenüber, was die Händler veranlaßte, selbst Söldner zu beschäftigen und ihre Handelsplätze zu befestigen, und die Spanier, ihre Schätze aus Amerika in großen, gesicherten Flottenverbänden über den Atlantik zu schiffen. Gelegentlich verbarg sich dahinter auch der Konflikt zweier Nationen um die Beute aus den amerikanischen Kolonien, wie der zwischen England und Spanien oder den

1 Josef Kulischer, *Allgemeine Wirtschaftsgeschichte des Mittelalters und der Neuzeit*, Bd. 1, Darmstadt 1971, S. 90.

sich gerade von Spanien lösenden Niederlanden und Spanien. So soll Elisabeth die Beute der in englischem Dienst stehenden Korsaren immer schon in ihren nächsten Haushalt eingeplant haben, wie heute zukünftige, geschätzte Steueraufkommen von den Staaten in den nächsten Haushalt bereits eingeplant werden. Oft waren es auch Reste veralteter sozialer Organisationsformen, die mit ebenso veralteten Raubformen den Handel bedrohten, wie z. B. die Raubritter, die in der feudalen Organisation der Gesellschaft keinen Platz mehr fanden. Überfälle auf Handelswege und Karawanen sind so alt wie der Handel selbst, jedenfalls viel älter als die Geschichten aus Tausendundeiner Nacht, die davon erzählen, und bis heute treten noch Räuber und Händler zuweilen in einer Person auf, wie ihr gemeinsamer Schutzheiliger. Das geht, wie im Mythos dargestellt, auf eine im Handel selbst begründete Ambivalenz von Tausch und Täuschen – beide Worte hatten einmal die gleiche Bedeutung –, Tausch und Raub oder Diebstahl zurück. Darum bedurften Handelsplätze und -wege schon in der Antike eines besonderen Schutzes durch den Gott bzw. dessen Kult, der den Handel vor Übergriffen sicher machen sollte wie später der von der Kirche verkündete Marktfriede, der königliche Erlaß oder die direkte Präsenz von Macht auf mehr oder weniger befestigten Handelsplätzen. Jeder Markt bedarf einer Marktordnung um des sozialen Friedens willen, um den archaischen, vom immer noch mächtigen Triebwunsch geleiteten Sinn des Habens zu bändigen, zu disziplinieren. Darum ist es bis heute noch auf jedem Wochenmarkt in Stadt und Land einem einzelnen verwehrt, alle Marktstände zu pachten. Denn damit würde die soziale Funktion des Marktes unterhöhlt, der Markt als lebendiger, Leben vermittelnder Ort ausgetrocknet werden. Daß die Macht, unter deren Schutz sich der Handel stellt, dann ihrerseits wieder den Handel durch Abgaben oder

Steuern gelegentlich ausraubt, bestätigt nur jene Ambivalenz, die schon durch den Schutzheiligen des Marktes verkörpert wird.

Waren die Handelsplätze nicht internationale Kultplätze, die von vielen Fremden besucht wurden, so wurden sie innerhalb der territorialen Grenzen der Gemeinden zunächst vermutlich auf Gräberfeldern eröffnet. Jedenfalls weiß man von der Agorá Athens, auf der als Versammlungsort der Gemeinde nicht nur politische Geschäfte abgewikkelt, sondern auch Handel getrieben wurde, daß sie noch in der Bronzezeit als Gräberfeld diente, also ein Kultplatz war, der die Grenze zu einer anderen Welt markierte und auf dem darum die Gemeinde, sich abgrenzend, ihren Zusammenhalt zelebrierte. Dexter[1] schreibt, daß auch die keltischen Märkte auf Gräberfeldern veranstaltet wurden, eine Sitte, die selbst von den christianisierten Kelten in Irland lange Zeit beibehalten wurde, und aus dem Mittelalter wissen wir, daß Handel und Gottesdienst einmal miteinander auf das engste verknüpft waren. Das klingt noch in dem Wort Messe nach. Auch dort war es die Kultveranstaltung, die die Gemeinde verbindend und von der heidnischen Natur abgrenzend im Kirchenschiff die Fahrt in ein anderes Reich simulieren ließ.

Der Zauber der Verwandlung, wie er z. B. bei der Verwandlung von Fleisch und Blut in Brot und Wein vorgeführt wird, machte auch die Attraktivität von Jahrmarkt und Markt aus. Kirchen und Klöstern wurden die ältesten Privilegien zur Gründung von Märkten verliehen, und das nicht nur darum, weil an diesen Plätzen viele Menschen zusammenkamen, sondern weil unterm Schutz des Krummstabs und des damit verkündeten Gottesfriedens der Tauschverkehr sich halbwegs ungehindert von Raub-

1 T. F. G. Dexter, *The pagan Origin of Fairs*, Cornwall 1930.

überfällen und Gewalttätigkeiten vollziehen konnte.[1] Es scheint, daß der goldene Hirtenstab Apollons von Hermes gewissermaßen als Wanderpokal, jedenfalls was seine Funktion als Schutzsymbol für den Markt betrifft, hier weitergereicht wurde. Es ist der Stab des Hirten, der die Herde, mithin das Kapital und damit den fruchtbaren Einsatz des Kapitals schützt.

Daß Märkte zuerst auf Gräberfeldern abgehalten wurden, verdanken sie nicht nur ihrem Schutzpatron, der als Seelenführer auch für die Gräber zuständig war, sondern der verbindenden und vermittelnden Kraft des Gottes überhaupt. Verkörperte Hermes, der Seelenführer, die Vermittlung zwischen dem Reich der Lebenden und dem Reich der Toten, zwei Sphären, die sonst durch schwere Grabplatten auf dem *mundus* zur Unterwelt sicher voneinander getrennt waren, also die Vermittlung von etwas Fremdem, das der Erfahrung im allgemeinen nicht zugänglich war, und nahm er damit die Angst vorm Tod und der als ebenso fremd gefürchteten, nicht vergesellschafteten Natur, so leistete er als Schutzgott des Handels und der Wege der Händler nichts anderes: er hatte durch die Vermittlung der Fremdheit teil an der zumindest partiellen Aufhebung der von sich und ihrer Natur durch die Opferbasis ihres sozialen Zusammenhaltes entfremdeten Stammesgenossen, Gemeindemitglieder, Bürger. Die durch die Waren entfaltete und so

1 Josef Kulischer a.a.O., S. 91 f.: »Die bedeutendsten mittelalterlichen Handelszentren – Basel, Straßburg, Konstanz, Köln, Aachen, Nürnberg, Prag, Utrecht, Westminster, Deventer, York – verdanken ihr Emporkommen im Handel vor allem ihren Reliquien, die Wallfahrten der Gläubigen von nah und fern veranlaßten. Deswegen suchten die Kirchen sich durch den Erwerb von Reliquien Ansehen zu verschaffen. Die Kunde von den Wunderzeichen machte den Wallfahrtsort nicht nur zu einem religiösen Verkehrszentrum, sondern auch zu einem viel besuchten Marktorte. Zuweilen wird als Zweck der Marktgründung am Klosterorte direkt angegeben, das zusammenströmende Volk solle die Möglichkeit haben, hier zugleich irdische und himmlische Bedürfnisse zu befriedigen.«

teilweise befriedigte Bedürfnisstruktur sollte für jene Opfer entschädigen, die für den Zusammenhalt der Gemeinschaft gefordert wurden. Nicht trockengelegtes Neuland, sondern begehbar gemachter Sumpf, vermittelnde Zone zwischen Gesellschaft und Fremdem und der Gesellschaft Entfremdetem, das ist der Markt unter der Obhut seines Schutzpatrons. Er fungiert gewissermaßen als Brücke zwischen zwei Welten. Die gleiche Funktion hatten auch die Märkte am Limes, an Stadtmauern oder anderen territorialen Grenzen einander fremder Gesellschaften. Kraft seiner Vermittlungsfähigkeit war der Handel darum im wesentlichen zunächst Fernhandel, und die Händler waren meist Fremde. Im Mittelalter wurde der Handel in Europa von Orientalen, Syrern und Juden, aber auch von Griechen und Ägyptern bestritten. Durch ihren Handel verbanden sie den Orient und Afrika mit Europa und beeinflußten mit den durch sie vermittelten Warenströmen die gesamte kulturelle Entwicklung des Abendlandes, wie später auch der Einfluß der Waren aus Übersee auf die europäische Kulturentwicklung gar nicht hoch genug eingeschätzt werden kann.

Die durch den Handel geleistete Vermittlung des Fremden und der Beitrag des Handels an der tendenziellen Aufhebung der von ihrer Natur entfremdeten Gesellschaft schlägt in Krisenzeiten zumeist gegen ihn aus. Bleibt der Befriedigungsersatz durch Waren aus, wendet sich der Haß der Unbefriedigten nicht gegen die im Grunde ihr Elend verursachende Ordnung der Opferverhältnisse, also die materiellen Produktionsverhältnisse, sondern gegen die scheinbar funktionsuntüchtigen Träger der Vermittlung von Natur und Gesellschaft und der Gesellschaft mit sich selbst, der Vermittlung von Bedürfnis und Bedürfnisbefriedigung: die Händler. Ein Indiz dafür ist der in Krisenzeiten immer wieder hochkommende Rassismus und Antisemitismus. Anstatt ihr Elend in den Opferverhältnissen zu erkennen, hat die Gesellschaft gerade dann die Tendenz, um so stärker an ihnen festzuhalten, ja, zu vermeintlichen archaischen Opferverhältnissen zurückzukehren, die es so nie gegeben hat: zu Stammtischentwürfen.

Als Verkörperung alles Fremden und darum auch der eigenen entfremdeten Wünsche erklärten die Feinde des Marktes und der Städte, nämlich die Nazis, Juden zu den zu eliminierenden Verschwörern gegen die Volksgemeinschaft. Daß die Juden zudem noch vermeintliche und gelegentlich auch reale Träger des Handels waren, machte einen Großteil des Erfolgs der Menschenjäger aus. Alle Vermittlungen auszuschalten und die Gemeinschaft wieder aufs archaische Opfer einzuschwören, war ihr erklärtes Ziel. Daß damit nicht zuletzt auch das triebökonomische Fundament der Gesellschaft, die sexuellen Opferverhältnisse gemeint waren, beweist die den Juden von der Propaganda zusätzlich unterschobene sexuelle Libertinage, die mit als Grund für die Berechtigung des Ausschlusses aus der Opfergemeinschaft herhalten mußte. Antisemitismus und Rassismus sind noch immer die bestimmenden Elemente einer Ökonomie und Organisationsform, die alles Fremde an sich als Angriff auf die herrschenden Opferverhältnisse der eigenen Gemeinschaft versteht. Da bleiben Autarkiephantasien und -bestrebungen nicht aus. Ursprungsmythischen Stammesvorstellungen waren Austausch und die Verbindung mit Fremdem immer ein Greuel, zu ungemütlich, um dumpf in der eigenen Sippe die eigene Brut auszubrüten. Die pathologische, bis zur Unkenntlichkeit verzerrte Wiederkehr inzestuöser Verhältnisse in der Volksgemeinschaft, die sich gegen jedwede Vermischung todbringend zur Wehr setzte, bildete zugleich die stärkste Stütze für die Rückwendung zu einer Volksgemeinschaft als gigantische Opfergemeinschaft.

Diese kollektive Regression war Ausdruck des Scheiterns

der Gesellschaft, ihre Ökonomie so zu organisieren, daß sie den einzelnen Gesellschaftsmitgliedern eine Lebensperspektive bietet. Die scheinbare Realisierung der Vereinigungswünsche in Verbindung mit der verschärften Aufrechterhaltung des Tabus – Rübe ab, soviel Kaufhausdiebe wie heute gab es damals nicht! – machte vermutlich auch die Attraktivität des Nationalsozialismus für die Mehrheit aus. Die hierarchische Organisation der gesamten Gesellschaft in Dienste, Gesetze zur Reinhaltung der Rasse und Autarkiephantasien waren Ausdruck dieser zerstörerischen Sozialverhältnisse, die in der Struktur mancher Stammesökonomie auch schon angelegt waren, aber durch den lebensnotwendigen Verkehr mit Fremden, durch Vermischung und Handel auch wieder aufgelöst wurden. Diese Tendenz des Handels, nämlich jede Ökonomie zu sprengen, ist sein historischer Beitrag zur Emanzipation der Gattung vom letzten Endes selbstzerstörerischen Opferkult.

Was als Verwandlungs- und Zauberkraft schon in jedem Tauschhandel zum Ausdruck kommt, war lange Zeit auch als Verkörperung der Utopie eines irdischen Paradieses mit dem Markt verbunden. Auf den zu den Märkten gehörenden Jahrmärkten wurde nicht nur Exotisches aus fernen Ländern und Ungewöhnliches, Unerhörtes und Ungesehenes aller Art zur Schau gestellt – der Vermittlungsfähigkeit von Markt und Jahrmarkt verdanken wir das nun ungefährliche Monster in der Hand des Kindes, King Kong im Lunapark –, sondern auch, wenigstens auf Zeit, illusorisch oder durch List, der Zwang der geltenden physikalischen Gesetze außer Kraft gesetzt. Akrobaten und Zauberer gehörten in Orient und Okzident seit je auf den Markt. Was sie zu verkaufen hatten, stimulierte auch den allgemeinen Austausch. Für dessen Verwandlungskraft traten die Zauberer ein. Noch zu Shakespeares Zeiten war der Markt der Ort nicht nur der Zauberer, sondern auch der Aufklärung und der Wissenschaft, neu entdeckte Naturgesetze oder auch Völker und Länder wurden auf dem Markt einer staunenden Öffentlichkeit vorgeführt.

Auf den Begriff gebracht wurde die Verwandlungsfähigkeit des Marktes auch durch die Alchimisten, die zeitweilig ihre Buden auf Märkten aufschlugen und vorgaben, z. B. Quecksilber in Gold verwandeln zu können. Denn Mercurius – das ist der lateinische Name für Quecksilber, und so hieß auch der römische Hermes – war durch seine Flüssigkeit prädestiniert, bald diese, bald jene Gestalt annehmen zu können. Weil jedes Metall in flüssigem Zustand etwa ähnliche Eigenschaften besitzt, glaubte man im Quecksilber die *prima materia* entdeckt zu haben, aus der dann auch Gold zu gewinnen sein müßte. Auf Gold, den glänzenden Gott, wie ihn Shakespeare nennt, der auf dem Markt noch in jede Ware zu verwandeln ist, war das auf Ersatz begierige Bedürfnis gerichtet.

Daß die Alchimisten den Erfinder der Wissenschaften und der Künste und neben Prometheus berühmtesten Feuermacher in Gestalt des Hermes-Tot zu ihrem Gott auserkoren hatten, wundert uns nicht, war doch Hermes-Tot von den Ägyptern wie den Griechen gleichermaßen als der Überbringer geheimer chemischer Rezepte verehrt. Nur Priester und Könige hatten in Ägypten den Schlüssel, die in Stelen überlieferten Zeichen zu lesen und zu deuten. Als Gott der Alchimisten ist Hermes der Feuermacher für alle Verwandlungs- und Austauschprozesse auf dem Markt verantwortlich. Denn »alles ist Austausch des Feuers und das Feuer Austausch von allem, gerade wie für Gold Waren und für Waren Gold eingetauscht wird«. So jedenfalls lehrte uns Heraklit, ein Zeitgenosse der griechisch-ägyptischen Alchimisten.

Als Verkörperung des verdrängten und unterdrückten Triebziels und wegen seiner unendlichen Verwandlungsfähigkeit auf dem Markt wurde das Gold schließlich zur *prima materia* aller Tauschmittel und ist deswegen auch heute noch jenes Metall, auf das sich die Spekulation in Krisenzeiten, wenn die Währungen schwach werden, zurückzieht. Keine Ironie der Geschichte ist es dann auch, daß es vor 50 Jahren in Amerika gelang, nicht Quecksilber in Gold, wohl aber Gold in Quecksilber zu verwandeln. Ohne die materielle Gestalt des alles verwandelnden Gottes, ohne Quecksilber, wäre auch die überaus rasche Entwicklung des Weltmarktes im 16. und 17. Jahrhundert und die parallel verlaufende Industrialisierung Europas so nicht möglich gewesen. Denn erst mit dem im 16. Jahrhundert erfundenen Silberamalgamierungsverfahren gelang es, Silber in den amerikanischen Minen, vor allem in Potosí und Zacatecas, mit Hilfe von Quecksilber in jenen Mengen preiswert zu produzieren, die als Startkapital – als Anschubfinanzierung würde man heute sagen – notwendig waren, um Europa zu industrialisieren und das bis heute wirksame System der Weltwirtschaft zu etablieren. Wen wundert es, daß dieses Startkapital nicht nur durch unzählige Opfer erkauft wurde, sondern auch durch Raub zustande kam.

Die Entwicklung universeller Tauschmittel, die wie Gold, Silber oder auch deren Ersatz im Papiergeld Bedürfnis und Bedürfnisbefriedigung vermitteln, reicht jedoch offenbar nicht aus, um einen regen Handel auf dem Markt zu garantieren. Obgleich das Geld das unterdrückte und verdrängte, dem Inzesttabu verfallene Triebziel ersetzt, ist es allein nur für pathologische Charaktere attraktiv. Den durch das Inzesttabu unterdrückten, aber in vielen partikularen Wünschen wiederkehrenden Triebwunsch befriedigt es nur dank seiner Vermittlungsfähigkeit. So wie Hermes seiner Mutter ankündigte, weitere Raubzüge zu unternehmen und mit immer reicherer Beute in ihre Höhle zurückzukehren, ist auch das Geld zwar historischer und aktueller Ausgangspunkt, zu dem der Tausch immer wieder zurückkehrt, der Tausch bedarf aber zusätzlich der Verführungskraft der Waren, die das Geld auf dem Marktplatz vermittelt, um in dieser Dialektik von Triebwunsch und Befriedigungsersatz wirksam werden zu können.

Den Gewinn, den der Händler in sein Haus wie Hermes in seine Höhle trägt – Haus und Höhle ersetzen ja gleichermaßen den tabuierten Mutterschoß –, konnten sie nur erzielen, indem sie sich, durchs Tabu gezwungen, nach immer neuen Triebzielen umsahen. Was dann Zirkulation der Waren auf dem Markt, nämlich Kommerz heißt, bedeutet nichts anderes als das Fortschreiten in der Bedürfnisse allererst entfaltenden Kulturentwicklung von Befriedigungsersatz zu Befriedigungsersatz. Der durch die Ambivalenz von Triebwunsch und sozial geforderter Triebunterdrückung entstehende innere Zwang, jeden Ersatz auch wieder zu ersetzen, ist ein triebgeschichtlicher und psychischer Grund für die Notwendigkeit ökonomischen Wachstums. Das disqualifiziert den Ersatz keinesfalls, ganz im Gegenteil, erst dadurch wird Kultur zu dem, was sie heute ist: Reichtum und Vielfalt. Wer will seine Bedürfnisse schon auf tierische Liebe zu rohem Fleisch reduziert wissen?

Daß dabei immer schon libidinöse Energien in Gestalt erotischer Anziehungskraft, die die Waren auf den Käufer ausüben oder die im Verkehr von Käufer und Verkäufer mobilisiert werden, eine für jede Handelsbeziehung unverzichtbare Rolle spielten, zeigt auch der Mythos. Denn er erzählt uns, daß Hermes mit seiner Schwester Aphrodite nicht nur den die Geschlechterspannung stillstellenden Hermaphroditen gezeugt haben soll, der gewissermaßen die Sehnsucht nach einem Ende der Geschichte in einem spannungslosen Zustand, nach Tod symbolisiert, sondern auch Eros, der als Produkt dieser wiederum inzestuösen Verbindung selbst noch als Putte, als heimlicher Antreiber bei allen

Geschlechterbeziehungen, als verbindende oder wiederverbindende erotische Qualität mit im Spiel ist. »Das Problem der Geschlechterspannung«, sagt Klaus Heinrich in einem Interview, »ist der Theologie und Philosophie heute weitgehend entfallen. Und doch ist, wie die Lektüre der Genesis oder der Schriften Sigmund Freuds erkennen lehrt, sie durchaus nicht Spezialität einer erotischen oder sexuellen Sphäre. Sie ist die Spannung des zweigeschlechtlichen Lebens in unserer Zivilisation, von der sexuellen Sphäre bis in die intellektuelle Sphäre, vom leiblichen bis zum wortsprachlichen Erkennen. Daß wir sie formen können und nicht bloß sie uns, definiert einen der einschneidenden Unterschiede zwischen tierischen Gesellungen und menschlicher Gesellschaft. Soweit wir auf frühere Zivilisationen zurückblicken können, sehen wir diese Spannung in wechselnden Geschlechterrollen geformt, und wir kennen keine Spannung zwischen Menschen (z. B. eine solche der in Klassen arbeitsteilig sich organisierenden und kontrollierenden Gesellschaft), die nicht auch in dieser Spannung steht und also auch in solchen Rollen einen Ausdruck findet. Die Geschlechterrollen, an die wir uns heute klammern, sobald wir versuchen, uns von unserer Gesellschaft ein Bild zu machen, bewältigen die Spannung in unserer Gesellschaft nicht. Aber sie bieten, wie jede neurotische Fixierung, dem Bedrohten einen Schutz. Es ist schwierig, aber lebenswichtig, zu erkennen, daß der begrenzte Schutz, den sie bieten (z. B. die Vaterrolle der Stärke bis zur Zerschmetterung des Feindes oder die Frauenrolle der Leben erhaltenden Periodizität bis zur Katastrophen überdauernden ewigen Wiederkehr) heutzutage selbstzerstörerisch ist.«[1] Der Markt ist der Ort der Geschlechterspannung, auf ihm werden die Geschlech-

1 Klaus Heinrich, *Geschlechterspannung und Emanzipation*, ein Interview, in: *Das Argument*, Nr. 23, Berlin 1962, S. 25.

terrollen geformt, und durch ihn auch werden sie vermittelt. Das macht die Bindefähigkeit auch des Marktes aus, auf dem Eros eine entscheidende Rolle spielt. Allerdings: jede erotische Beziehung setzt auch Triebunterdrückung und Triebverdrängung voraus.

Die sich ständig vermehrende Welt der Waren, letztlich der Dinge, die im Austausch – gewissermaßen in einer Erinnerungsveranstaltung ans verwehrte Triebziel – auf dem Markt die tabuierten Triebziele ersetzen oder wenigstens teilweise ersetzen und darum selbst immer wieder ersetzt werden müssen, wird in vielen Märchen und Volkserzählungen schon als Frucht einer Opferveranstaltung dargestellt. Von der Insel Ceram wird von A. E. Jensen eine Erzählung überliefert[1], nach der sich der Reichtum der Gesellschaft, ihre sozialen Verwandtschafts- und Tauschverhältnisse und alle wichtigen Gegenstände des Lebens einem von der Gesellschaft geopferten Naturwesen verdanken. Es ist die Geschichte von Hainuwele, die, elternlos aus einer Kokosnuß entstanden, gewissermaßen die erste Menschin war, vergleichbar mit den uns bekannten Verkörperungen der *prima materia* Tiamat oder Lilith. Bei nächtlichen Tänzen soll sie die Menschen mit den begehrtesten Wertgegenständen aller Art beschenkt haben, bis sie schließlich von den Beschenkten dafür ermordet wurde. Als Erinnerungsstücke an diesen Mord sind die Wertgegenstände zugleich Zeugnisse eines Konfliktes mit tödlichem Ausgang, Überreste einer ritualisierten Konfliktbewältigung: Opferrequisiten, Reliquien, Stellvertreter. In Zusammenhang mit dem Tanz gebracht, deutet der Vorgang auf eine Kulthandlung. Es heißt, daß Hainuwele von den Tänzern tanzend in den Boden gestampft, nämlich geopfert und

1 A. E. Jensen, *Volkserzählungen von der Molukken-Insel Ceram*, Frankfurt a. M. 1939.

bestattet wurde. Daß das aus Angst vor Wiederkehr und Rache geschah, läßt das Einstampfen ebenso vermuten wie die Sitte der Völker, ihre Toten in Gräber einzumauern. Wenn dann den Toten zudem noch eine eigene Welt eingerichtet wird, so allein aus dem Grund, ihr Interesse an einer Wiederkehr wirksam abzulenken. Die Gesellschaft fühlt sich schuldig, weil sie gemordet hat, und wird doch immer wieder durch die Gegenstände als Zeugnisse der Tat daran erinnert.

Die erwähnte Tanzveranstaltung in dem Volksmärchen von Hainuwele weist auf den im Kult verkörperten Ambivalenzkonflikt, der für jede Gesellschaft konstitutiv ist. Selbst Tanzveranstaltungen, wie sie noch heute anläßlich von Volksfesten auf Marktplätzen stattfinden, haben Reste des kultischen Elements nicht verloren. Auch sie beziehen sich auf den im Tausch inhärenten Vereinigungswunsch wie auf das Gesetz, das ihm entgegensteht. Der Tanz gilt als Urahn künstlerischer Entäußerung. Neben anderen Verkörperungsformen des Ambivalenzkonflikts von Triebwunsch und Triebunterdrückung wurde im mimischen Tanz dargestellt, unter welchen Bedingungen die Gesellschaft lebt und durch welche Opfer das Leben erkauft wird. Lukian[1] bestätigt uns das hohe Alter des mimischen Tanzes, der eben diesen Konflikt ausdrückt, wenn er erzählt, daß der Tanz und das Weltall zur gleichen Zeit, zusammen mit Amor, der Einigung der Elemente, entstanden seien. Der Tanz, als mimischer Tanz die Ordnung der Vereinigung repräsentierend, war also, soweit die Erinnerung reicht, dabei und Ausdruck eines den gesellschaftlichen Zusammenhalt garantierenden Opferrituals. Der Tanz stellte quasi als ambivalente Veranstaltung dar, unter welchen Verhält-

1 Lucian, *Über den mimischen Tanz*, in: *Werke*, Bd. 7, Übers. v. August Pauly, Stuttgart 1827.

nissen allein sich die Gesellschaft reproduziert. Daß er mit Kunst und gesellschaftlicher Selbstdarstellung immer schon verbunden war, bezeugt auch Hesiod[1], der zu Beginn seiner Theogonie von den um einen Opferaltar tanzenden Musen spricht. Nach seinem Zeugnis sind sie die Töchter der Mutter Erde und der Luft. Auch Hesiod sind sie, wie Lukian, Produkt der Vereinigung, jenes Amor, dem sich die ganze Welt verdankt.

Die zum Produktionsprinzip erhobene Vereinigung hat allerdings für Menschen nach bestimmten Regeln vonstatten zu gehen – dann erst wird sie Produktionsprinzip –, deren Zentrum das eben erwähnte Inzesttabu bildet. Im dumpfen Rhythmus der Arbeit mimen die Tänzer im mimischen Tanz Reproduktionsverhältnisse und -weisen, denen sie unterworfen sind und denen sie sich zugleich selbst verdanken: getanzte Regeln der Ökonomie. An sie gefesselt, halten sie, etwa im Gesang eines epischen Liedes, an der Hoffnung auf Befreiung von diesen Fesseln fest. Auf dieser Basis gehören Tanz und Gesang zu den Kultveranstaltungen aller Völker. Im Tanz haben sie ihre Lebensgrundlage artikuliert. Er ist, könnte man sagen, die eigentliche Arbeit, der sich das Leben der Gemeinschaft zu verdanken hat, nämlich ihre Kunst und Kunstfertigkeit. Catlin erzählt z. B. von den Mandanen, einem Indianerstamm Nordamerikas, daß sie den Büffeltanz tanzen, »damit die Büffel kommen«.[2] So lange wird er getanzt, und er hat nach Catlins Zeugnis als eigentliche Arbeit, als Reproduktionsgrundlage des Stammes, auch niemals versagt. Das Fangen und Schlachten der Büffel ist dann nur noch eine Kleinigkeit. Diesen Zusammenhang von Opferveranstaltungen, in denen Tanz und Gesang die eigentliche Arbeit sind, der die Gemeinschaft ihr

1 Hesiod, *Theogonie*, in: *Sämtliche Werke*, Leipzig 1965.
2 George Catlin, *Die Indianer Nordamerikas*, o. J., S. 116.

Fortbestehen zu verdanken hat, bestätigt auch Lumholtz in einem Bericht über die Rolle des Tanzes bei den Tarahumara-Indios in Mexiko.[1] Nicht nur, daß sie Opfer bringen müssen, damit Vater Sonne und Mutter Mond für den fruchtbaren Regen sorgen – die sexuelle Grundlage der Reproduktionsverhältnisse steht auch hier außer Zweifel –, sondern sie müssen auch tanzen. Und: ihr Wort für tanzen, *nolávoa*, ist auch ihr Wort für arbeiten. Darum sagen sie zu Stammesmitgliedern, die während des Festes unbeteiligt am Rande des Tanzplatzes stehen: Warum gehst du nicht arbeiten?, was auch heißt, daß sie tanzen sollen, denn das ist ihre eigentliche Arbeit. Sie tanzen bei allen wichtigen Stammesangelegenheiten: um Krankheiten von Menschen, Tieren und Pflanzen zu nehmen, für Regen und gegen zuviel Regen, für glückliche Feldarbeit, Ernte und Jagdbeute, bei Hochzeit und Tod. Es gibt keine für das Leben des Stammes und des einzelnen wichtige Leistung, die nicht ertanzt wird. Lumholtz berichtet, daß z. B. während der Ernte immer ein Familienmitglied auf dem Tanzplatz tanzen muß, während die anderen auf den Feldern die Ernte einbringen, und daß die Tarahumara sagen, daß die Tanzarbeit bei weitem die schwerste Arbeit sei. Sie ist die wirkliche Grundlage des Lebens, weil allein in der Tanzarbeit die Reproduktionsverhältnisse dargestellt werden. Sie veranschaulicht den Zusammenhalt der Welt.

Kerényi vermutet[2], daß die meisten die gesellschaftliche Lebensgrundlage artikulierenden Kulttänze auf Tänze zurückgehen, in denen symbolisch das Verhältnis von Tod und Leben – der Tod als Grundlage des Lebens – dargestellt wird, nämlich eine Opferveranstaltung. Eine offenbar sehr alte Form der Darstellung dieser Lebensgrundlage ist der

1 Carl Lumholtz, *Unknown Mexico*, Bd. I, New York 1902, S. 330f.
2 Karl Kerényi, *Labyrinth-Studien*, in: *Humanistische Seelenforschung*, München/Wien 1966, S. 226f.

Labyrinth-Tanz. Gelegentlich soll auch ein einfacher Rundtanz, wie er noch heute in agrarischen Gesellschaften üblich ist, die ewige Wiederkehr von Tod und Leben als Grundlage des Lebens veranschaulichen. Auf die Gesellschaft übertragen ist es also das Opfer, der gewaltsame Tod – die archaischen Gesellschaften kennen keinen natürlichen Tod –, der hier zur Voraussetzung des Lebens und des gesellschaftlichen Reichtums stilisiert wird. In dieser Form der Stilisierung des Opfers erfahren Opferkulte ihre erste Rationalisierung. In den eleusinischen Mysterien z. B., dem Hauptkult der Griechen, werden der Tod im Winter und die Auferstehung Persephones im Frühjahr dargestellt. Wird ihr Tod auch beklagt, findet man sich doch mit ihm ab, weil ihre Auferstehung oder Wiedergeburt gewiß ist. Schließlich hängt von diesem Kult das Leben der Gesellschaft ab: das Gedeihen der Saaten und schließlich das Brot. Fruchtbarkeitskulte sind immer zugleich auch Totenkulte, ihnen gemeinsam ist das Opfer.

Es ist anzunehmen, daß in den Opferveranstaltungen der Antike Tanz und Gesang immer miteinander verbunden waren, denn Karl Bücher weist darauf hin, daß die Griechen beides, Tanz und Gesang, mit einem Wort, *molpé*, bezeichneten.[1] Wenn der Tanzrhythmus als Arbeitsrhythmus die gesellschaftlichen Opferverhältnisse bestätigt, so drückt das Lied, im Belcanto zumal, die Hoffnung auf Befreiung vom Zwang der Opferverhältnisse aus. Diesen Konflikt zwischen dem Wunsch nach Befriedigung und Befreiung vom Zwang der Reproduktionsverhältnisse, die das nicht zulassen, wird unter allen Kunstgattungen bis heute am schärfsten in der Musik artikuliert. Jedoch nicht nur die Musik, auch die übrigen Kunstgattungen entwickelten sich aus dem Opferritual, dem verbunden die Künste auch heute noch,

1 Karl Bücher, *Arbeit und Rhythmus*, Leipzig 1924, S. 397.

allen Wissenschaften überlegen, die Ambivalenz der Fundamente der gesellschaftlichen Synthesis darstellen. So hat z. B. Jane Ellen Harrison gezeigt[1], daß auch Theater und Dichtkunst im mimischen Tanz des antiken Opferkults ihre Wurzeln haben. Der Dithyrambus z. B. war das Lied und der Tanz der Wiedergeburt im Frühling und gehörte zu einem Ritual, in dem magisch das Wachstum der Saaten beschworen wurde. Überhaupt war das griechische Theater der Ort, wo der Opferkult seine erste Säkularisierung erfahren hat. Die Stücke, wie z. B. der *Ödipus* des Sophokles, klärten über den Konflikt zwischen Triebwunsch und gesellschaftlich gefordertem Opfer auf sowie über den tragischen Ausgang für den, der sich wissentlich oder unwissentlich über die Opfergesetze hinwegsetzt. Gleichzeitig verkörperte das Theater als zentrale Institution der Gesellschaft Elemente, die auch den Markt konstituieren: es hatten alle Gesellschaftsmitglieder teilzunehmen, sich zu beteiligen an einer Veranstaltung, die ja über sehr viele Stunden ging, und die Stücke wurden im Wettbewerb vorgeführt. Darum stößt man bei den antiken Autoren auch immer wieder auf den Hinweis: soundso viele Stücke, soundso viele Siege. Wie jeder Sport war auch Theater eine Wettkampfdisziplin, die ihren zivilisierenden Beitrag zur Internalisierung allgemeinen Konkurrenzbewußtseins leistete. In die Sphäre der Kunst übertragen, verhalf das Theater zur Distanzierung vom dumpfen Opferkult und zur Wunschbefriedigung durch eine Illusion.

1 Jane Ellen Harrison, *Ancient Art and Ritual*, Oxford 1951, S. 83 f.

III.

Freud hat die Nützlichkeit der Kunst, kraft ihrer Illusion in der gesellschaftlichen Realität unterdrückte, nicht zugelassene Triebwünsche zu befriedigen, immer hervorgehoben. Ihre Nützlichkeit setzt da ein, wo der zugelassene Ersatz versagt. Das ist der Gebrauchswert der Kunst: der Genuß. Etymologisch geht das Wort Genuß auf das Wort Nutzen, Gebrauch zurück und ist mit dem litauischen *naudà*, *Ertrag*, *Besitz*, und mit dem lettischen *náuda*, *Geld*, verwandt. Immer Bestandteil der Opferkultveranstaltungen, ging die Kunst gerade über die Zementierung des Opfers hinaus, wenn sie es schon nicht aufgehoben hatte, leistete sie doch ein Stück Befreiung vom Opfer. Schon die raffiniert zubereitete Speise, aber mehr noch der rauschhafte Tanz oder der Genuß von Kunstwerken hilft dem Konsumenten, jenseits der materiellen Realität, die unterdrückten Triebwünsche in sublimierter Form zu befriedigen. Freud schreibt: »Das Gebiet, aus dem diese Illusionen stammen, ist das des Phantasielebens; es wurde seinerzeit, als sich die Entwicklung des Realitätssinnes vollzog, ausdrücklich den Ansprüchen der Realitätsprüfung entzogen und blieb für die Erfüllung schwer durchsetzbarer Wünsche bestimmt. Obenan unter diesen Phantasiebefriedigungen steht der Genuß an Werken der Kunst, der auch dem nicht selbst Schöpferischen durch die Vermittlung des Künstlers zugänglich gemacht wird.«[1] Das verbindet die Kunst mit Religionen und Drogen, die für Kultveranstaltungen immer unverzichtbar waren.

Das Marxsche Verdikt, daß die Religion das Opium des

1 Sigmund Freud, *Das Unbehagen in der Kultur*, in: *Gesammelte Werke*, Bd. XIV, London 1948, S. 439.

Volks sei, weist sie gerade als unverzichtbaren Bestandteil des öffentlichen Leben aus, zumindest solange die Gesellschaft auf Triebunterdrückung aufbaut, ohne einen zureichenden Ausweg für die Befriedigung des unterdrückten Triebs anzubieten. Auch Brechts Bemerkung, daß die Rauschmittel unter Umständen die Schuld dafür trügen, daß große Energiebeträge, die zur Verbesserung des menschlichen Lebens verwendet werden könnten, nutzlos verlorengingen, verkennt den Nutzen der Rauschmittel in einer Gesellschaft, der es nicht gelingt, die Vereinigungs- und Kommunikationswünsche der Individuen wenigstens so zu befriedigen, daß der Griff zu Rauschmitteln nicht durch die Umstände erzwungen wird. Wer Sorgen hat, braucht auch Likör.

Mit den Opferkultveranstaltungen auf das engste verbunden, gehört die Kunst seit Anbeginn auf den Markt, ist sie eines seiner wesentlichen Elemente. Denn da, wo die verbindende Kraft des Austauschs versagt oder den Bedürfnissen nicht genügt, gewährt Kunst ein Stück illusorischer Befriedigung in einer anderen Sphäre. Zudem ist die Kunst eine der wesentlichen, um nicht zu sagen *die* öffentliche Produktions- und Erkenntnisform, vermittels deren sich die Gesellschaft über sich selbst bewußt wird. Sind Theater- und Dichtkunst noch eng mit der Darstellung der Opferverhältnisse im mimischen Tanz verbunden, so weicht die Plastik nur scheinbar davon ab. Auch »die Skulptur geht aus dem Ritual hervor, als Verkörperung hat die Skulptur das Ritual zu ihrem Gegenstand«[1], schreibt Jane Ellen Harrison. Sie begreift den Parthenon-Fries als ein in Stein übersetztes Ritual. Auch spielt die Plastik direkt im Opferritual eine Rolle, wo doch z. B. ein Standbild der Diana von Ephesos beim gemeinsamen Opfermahl auf der Agorá nicht

1 Jane Ellen Harrison, *Ancient Art and Ritual*, a.a.O., S. 173.

fehlen durfte. Die Opferverhältnisse als Lebensgrundlage veranschaulichend, wuchsen die Opfertiere gewissermaßen aus ihr heraus.

Es ist auch gar nicht ausgeschlossen, daß die spitzbeinigen Fruchtbarkeitsidole der Steinzeit einmal in der Mitte eines Tanzplatzes eingegraben wurden und daß auch um diese Idole – ähnlich wie um die Hainuwele der Ceramesen – getanzt wurde, so wie offenbar viele archaische Gesellschaften ihre Lebensgrundlage im Tanz artikulierten. Die enorme Verbreitung der steinzeitlichen Labyrinth- oder Spiralzeichnungen drängt die Vermutung auf, daß diese Symbolzeichnungen ein vielen Gesellschaften gemeinsames Organisationsprinzip vertreten. Aber zunächst weist noch ein anderer Umstand auf die Sinnverbindung des Hainuwele-Mythologems mit den steinzeitlichen Fruchtbarkeitsidolen hin: Hainuwele ist als Naturkind – aus einer Kokosnuß entstanden – selbst noch nicht vergesellschaftete Natur, die geopfert dann zur Lebensgrundlage der Gesellschaft wird. Nichts anderes drücken die steinzeitlichen Fruchtbarkeitsidole aus. Als Darstellung der zu Müttern gemachten Frauen verkörpern sie, wie Hainuwele, die gesellschaftlichen Reproduktionsinteressen geopferten weiblichen Triebwünsche, die über reine Reproduktion hinausgehen.

In der Figur des Labyrinths schießen offenbar im Bewußtsein vieler Völker all jene Elemente zusammen, die die Gesellschaft nach innen und außen organisieren. Denn wie wir wissen, wird bei Initiationen, Ehe und Tod in den Gesellschaften, die noch bewußt die Opfergrundlage ihrer Reproduktionsverhältnisse artikulieren, ein in seinen Fundamenten identisches Ritual vollzogen, in dem der Tod beklagt und die Auferstehung des Opfers gefeiert wird. So stirbt der Initiand symbolisch – an seiner Stelle wird möglicherweise ein Opfertier geschlachtet – und feiert seine Auferstehung als Gesellschaftsmitglied. Das gleiche geschieht mit der Braut, die als Mädchen symbolisch geopfert wird – auch an ihrer Stelle wird ein Opfertier geschlachtet. Als Mutter, d. h. als eine in ihren psychisch-sexuellen Interessen partiell geopferte Frau, ist sie zur Lebensgrundlage geworden. Daß sich dieses Ritual nun anläßlich einer Totenfeier wiederholt, wundert uns nicht, denn hier ist tatsächlich jemand gestorben. Wieder wird noch einmal an seiner Stelle mimetisch ein Opfertier geschlachtet und seine Reise ins Reich der Toten szenisch dargestellt. In der christlichen Religion wird sogar am Glauben an seine leibliche Auferstehung – analog der Auferstehung des christlichen Gottes – festgehalten; allerdings nur, wenn der Verstorbene sein ganzes Leben lang seine Triebwünsche wirklich geopfert hat. Es scheint, daß in diesem Glauben das Gesetz von der Erhaltung der Energie mythisch vorformuliert wurde.

Vielen Kultveranstaltungen war einmal der Tanz als Sinnbild des Opferrituals fundamental. Als Rundtanz lebt er heute in Volkstänzen fort, die z. B. in agrarischen Gesellschaften bei keiner Hochzeitsfeier oder Festen auf dem Marktplatz fehlen, und in seiner reduzierten Form als Walzer ist sein fossiles Überleben in unserer Zivilisation bei offiziellen Festen gar nicht wegzudenken. Überliefert ist aber auch, daß der Labyrinth- oder Rundtanz ein Frühlings- und Erntetanz gewesen sein soll und in einigen ruralen Gesellschaften wohl auch noch ist. Das ist nicht überraschend, denn auch hier wird Natur der Gesellschaft botmäßig gemacht. Analog der Hochzeitsfeier wird hier die Erde der gesellschaftlichen Verfügungsgewalt unterworfen wie die Frau im Hochzeitsritual der Verfügungsgewalt des Mannes.

Die Universalität des Labyrinths als Sinnbild gesellschaftlicher Opferverhältnisse bringt uns auf Theseus' Heldentaten im labyrinthischen Knossos. Bekanntlich soll er dort im Palast den Minotauros erschlagen und dafür Ariadne zur Frau gewonnen haben. Die Sage behauptet nun, daß Theseus eigens von Ariadne jenen Faden bekam, mit dessen Hilfe er, nachdem er den Minotauros erschlagen hatte, wieder aus dem Labyrinth herausfand. Der Minotauros aber war in der mythischen Überlieferung ein Bruder Ariadnes. Könnte das nicht wieder eine verdeckte Ödipus-Geschichte sein? Sollte er mit ihrer Hilfe ihren Bruder erschlagen haben? Vielleicht hat sie ihm nur ahnungslos verraten, wo ihr Bruder zu finden sei. Das wäre denkbar und ist vielleicht eine Schicht des Mythos, wenn man annimmt, daß der patriarchale Held das in Kreta geltende Mutterrecht zugleich mit dem die Verfügungsgewalt über den Besitz der Sippe ausübenden Bruder beseitigen wollte. Oder war der Minotauros vielleicht eine mythologische Verkörperung von König Minos oder auch des rechtmäßigen Gatten Ariadnes? Dem patriarchalen Athener muß das mutterrechtliche Kreta sowieso ungeheuerlich erschienen sein. Vielleicht war es auch nur ein ganz gewöhnlicher Frauenraub.

All das bringt den Mythos noch nicht auf seine materielle Grundlage. Hilfreicher scheint dagegen eine Überlieferung, nach der Daidalos den Tanz erfunden und jenen Tanzplatz hergerichtet haben soll, der Knossos eigentlich so berühmt gemacht hatte. Kerényi berichtet unter anderem, daß in Knossos nicht der Grundriß des Palastes – es ist fraglich, ob das überhaupt ein Palast und nicht eine Totenstätte war –, sondern ein im Boden eines Tanzplatzes eingelassenes Labyrinth gezeigt wird.[1] Dann war es möglicherweise nur der Hochzeitstanz, aus dem der Freier Theseus einen Sieg über den Minotauros gemacht hat. Oder hat er doch etwas besiegt? Vielleicht etwas, das in jedem Hochzeitsritual zur

1 Karl Kerényi, *Labyrinth-Studien*, a.a.O., S. 249.

Strecke gebracht wird? Wir ahnen es schon: Zu Ehren und an Stelle von Ariadne ist also von Theseus ein zum Stier stilisiertes Rind geopfert worden. Die Vermutung, daß eine Verkörperung Ariadnes selbst hier im Labyrinth geopfert wurde, bestätigt auch eine Bemerkung von Graves, der berichtet, daß auf einer Münze von Knossos ein Neumond in der Mitte eines Labyrinths abgebildet sei.[1] Der Neumond ist das Zeichen der mutterrechtlichen Mondgöttin und damit substantiell auch mit Ariadne verbunden. Mit diesen Bestimmungen führt uns Theseus' Labyrinth-Abenteuer auf einen die Gesellschaft konstituierenden Opferzusammenhang, der im Zeichen des Labyrinths bildlichen Ausdruck erfährt. Es ist der Ort des Opfers, also des Todes: ein Grab und zugleich das Tor zur Unterwelt, in die der Held hinabsteigt und aus der er siegreich wieder heraussteigt.

Das Labyrinth ist die Figur eines Tanzes, in dem jenes Heldenepos dargestellt wird, das die Geschichte von der Unterwerfung der als weiblich vorgestellten Natur unter die Verfügungsgewalt des Menschen erzählt. Es ist die Geschichte des Zivilisationsheros, der, wie Theseus, mit Hilfe der eigenen Nabelschnur – das ist ja vermutlich die Bedeutung des Fadens, an dem jedes Neugeborene aus der später so imaginierten Mutterbauch-Unterwelt den Weg in die Welt findet – in den symbolischen Bauch der Mutter zurücksteigt und dort heldenhaft den Minotauros erschlägt und damit zugleich das Triebtier in sich, seine eigenen Triebwünsche besiegt. Aber nicht nur seine eigenen Triebwünsche werden hier geopfert, auch die Triebwünsche seiner Mutter, die, durch das Inzesttabu gehindert, keine sexuellen Beziehungen zu ihm unterhalten darf. Vermutlich wird hier jedoch auch Ariadne – verkörpert durch den

1 Robert von Ranke-Graves, *Griechische Mythologie*, Bd. I, Reinbek 1960, S. 315.

Mond, im Minotaurus entstellt – selbst geopfert, die, wie jede Frau im Hochzeitsritual, noch eigenhändig dazu Beihilfe leistet. Als Triebziel des Helden verkörpert sie ein Stück eigene Mutter, die, indem sie nun selbst zur Mutter gemacht, wieder geopfert wird. Es sind die als Natur stilisierten und darum zu beherrschenden tierischen, unproduktiven Leidenschaften, die, obgleich vitale Grundlage der Gesellschaft, doch ständig geopfert werden müssen, um den Fortbestand der Gesellschaft in ihrer auf dem Opfertod aufbauenden Grundfeste zu garantieren.

Das im Mythos dargestellte Naturunterwerfungsritual wird uns bis heute in der spanischen *corrida*, die über Kreta (sic!) aus dem Vorderen Orient nach Spanien überkommen sein soll, vorgeführt. Der schwarze Stier, der die dunkle Seite des Lebens, nämlich die noch nicht vergesellschaftete Natur verkörpert, wird in einem ausgefeilten Ritual, nach allen Regeln der Kunst disziplinierter Naturunterwerfung, vom *torero* getötet. Hat er seine Arbeit getan, wie es die Regeln erfordern, fallen ihm nicht nur die Herzen der Damen, sondern auch Schwanz und Ohren des Stieres zu. Daß hier mit der Unterwerfung der äußeren Natur zugleich die Disziplinierung der Sexualität gemeint ist, beweisen die symbolischen Beutestücke: der Schwanz als Symbol des männlichen Gliedes und die Ohren als Symbol der Vagina, ein Symbol, das uns aus der christlichen Mythologie vertraut ist – Empfängnis der Jungfrau Maria durch das Ohr.

Tatsächlich ist ja der Minotauros selbst das Produkt tierischer Leidenschaften, denn er ist aus der Verbindung von Proserpina und einem Stier, der eigentlich von König Minos hätte geopfert werden sollen, hervorgegangen. Hat der Held erst sein Triebtier besiegt, fällt ihm auch seine Ariadne zu. Diese Opferbereitschaft garantiert ihm zugleich auch die Unterwerfung der äußeren Natur. Theseus ist kein Künstler, der, etwa wie Tannhäuser zwischen Venus und

Elisabeth, also seiner Begierde und der gesellschaftlichen Norm, hin- und hergerissen, schließlich doch sich auf die Seite der Wunscherfüllung stellt oder wie Offenbachs Hoffmann nach einer Reihe derartiger unbefriedigender Abenteuer endlich zu seiner Muse zurückkehrt. Theseus ist ein Held, der tanzend, wie jeder Freier, für Ordnung sorgt und so den Fortbestand eines auf dem Opfertod aufbauenden Gemeinwesens garantiert. Der Mythos aber, der uns diese Geschichte erzählt, ist ein Kunstprodukt, das, wie alle Kunstwerke, uns die Zerrissenheit des gesellschaftlichen Lebens, nämlich zwischen Reproduktionszwang und Triebwunsch zerrissen zu sein, vor Augen führt.

Darstellungen von Labyrinthen im Zusammenhang mit Tänzern, die mit Opfer- und Jagdwerkzeugen bewaffnet sind, finden wir häufig in steinzeitlichen Felszeichnungen. Vermutlich stellen auch sie den gleichen Opferkultzusammenhang dar, von dem uns der Mythos vom Minotauros berichtet, gewissermaßen als gezeichneter Mythos, aber wohl eher noch als bildlich dargestelltes Ritual. Erst diesen Zusammenhang begreifend, erscheinen uns dann die ältesten bekannten Kunstwerke Europas in einer mit dem gesellschaftlichen Reproduktionsritual wesensmäßig verbundenen Einheit. Ich meine jene prähistorischen Höhlenzeichnungen, die gemeinhin als Wiege der Kunst in Europa angesehen werden. Lange Zeit wurden sie als Dokumente steinzeitlicher Jagdmagie gedeutet, dann mehr einer primitiven Religion zugeordnet, bis schließlich André Leroi-Gourhan darin in Tiere übersetzte soziale Geschlechterverhältnisse erkannte.[1] Diese Höhlen sind selbst Labyrinthe, in deren Innern der Kultplatz angelegt ist. Leroi-Gourhan beschreibt die Lage eines dieser Kultplätze so, daß wir in der

1 André Leroi-Gourhan, *Prähistorische Kunst. Die Ursprünge der Kunst in Europa*, Freiburg 1971.

Höhle und ihrem Zugang unschwer jenes Mutterbauch-Unterwelt-Labyrinth erkennen, das als sinnbildlicher Ort sozialer Reproduktion offenbar Praxis und Vorstellungen der Menschen seit langer, langer Zeit begleiten. Er schreibt: »Der Eingang ist ungeheuer groß, und man würde meinen, daß er allein für die Ausführung einer Gesamtkomposition (der Höhlenbilder) geeignet gewesen wäre; doch um den Kultplatz zu erreichen, braucht man neben einer speläologischen Ausrüstung über eine Stunde Zeit, in der man kleine Seen überqueren, einen Sims entlangklettern und einen Hang von mehreren Metern am Schaft von Stalagmiten hinaufklimmen muß, bis man zu einem schmalen Loch gelangt, das sich auf einen sehr engen Gang öffnet, an dessen Ende es senkrecht zwei Meter in die Tiefe geht, ohne daß man einen Halt findet. Dort beginnt der Kultplatz.«[1] Danach befindet man sich offenbar in jenem Uterus-Museum, dessen Funktion, als Zentrum des Labyrinths, als Reproduktionskultplatz außer Zweifel steht. Als symbolischer Uterus verkörpert die Höhle gewissermaßen eine Vorform des Marktplatzes, wo die Gemeinschaft, vielleicht der Stamm, die eigenen Reproduktionsverhältnisse, die Ökonomie in Szene gesetzt hat. Wiewohl hier offenbar noch nicht die befreienden Formen des Austauschs, wie wir sie vom Marktplatz her kennen, zu konstatieren sind, weisen die Symbole an den Wänden doch auf Formen des Austauschs mit der äußeren und inneren Natur der Jagdgesellschaft. Die Wände mit Sexualsymbolen und den Geschlechtern zugeordneten Tierdarstellungen bedeckt, wird uns dort das gleiche Reproduktionsprinzip vor Augen geführt, das uns durch den Labyrinth-Tanz bereits bekannt ist. Darum ist auch der Streit, ob es sich nun um Jagdmagie oder um die Darstellung sozialer Reproduktionsverhältnisse, also um

1 Ebd., S. 195.

die Darstellung sozialer Organisationsrituale handelt, irrelevant. Der Speer, den der Jäger in die Wunde der Jagdbeute stößt, aufgefaßt als Symbol geschlechtlicher Vereinigung, veranschaulicht zugleich die Opferverhältnisse, denen sich das gesellschaftliche Leben auch schon in der Steinzeit verdankte. Die dargestellten, in ihrer Bewegung erstarrten Tiere protestieren als *nature morte* noch gegen den Tod als Lebensgrundlage unserer Zivilisation.

Wie die steinzeitlichen Idole verkörpert Hainuwele jene *prima materia* noch nicht sozialisierter Natur und Weiblichkeit, auf deren Opfer auch unsere Zivilisation aufbaut. Sie liefert den Rohstoff, der als Stoff an jenes Gewebe denken läßt, das in vielen Volkserzählungen ursprünglich aus weiblichen Schamhaaren gefertigt worden sein soll und das damit auf die in jedem Gewebe zivilisierte Natur hinweist. Wird im Märchen eine Frau zur Strafe zum Spinnen oder Weben auf den Mond oder sonstwohin verbannt, so ist es immer die Strafe für die Übertretung sexueller Tabus oder die Weigerung, an der sozial organisierten Nachkommenproduktion teilzunehmen, d. h. die Lust ökonomischen Prinzipien zu opfern. Überhaupt bestätigt die Spinn-, Strick- oder Webtätigkeit von Frauen die endlich gelungene Domestizierung des wegen seiner Unterdrückung zugleich gefürchteten Triebobjekts. Sicherheitshalber wird es darum noch mit seinen eigenen Produkten, zum Zeichen, daß aus Chaos geordnete Natur geworden ist, verhüllt. Stoff ist ein altes deutsches Wort für Materie, also bereits ein Wort für organisiertes Triebobjekt: der Stoff verbirgt es und ist zugleich in anderer Gestalt dem Süchtigen jenes Durchgangsmedium, von dem er fürchtet, daß es ihm ausgehen könnte.

Als *palla* war das Gewebe Obergewand römischer Damen sowie eine Art Staatsmantel; als *palio* ist es im Italienischen ein Mantel und zugleich jenes kostbare Tuch, das zu besitzen einmal in Siena die Stadtherrschaft bedeutete. Heute noch wird beim *palio* an die alten Wettkämpfe der städtischen Clans um die Stadtherrschaft erinnert. Auch dieses Tuch geht auf das gleiche Gewebe zurück – als Symbol domestizierter Natur ist es zugleich Zeichen der Herrschaft, wie heute noch jede Landesfahne; auch sie, wiewohl Relikt totemistischer Stammesorganisation, weist durch das Tuch auf Herrschaft über Natur und Gesellschaft. Als *pallium* dient es als Bahrtuch, zur Unterlage aufgebahrter Leichen, die *pallidus*, bleich, sind, bleich wie jener Herrscher, der, auferstanden von den Toten und so mit ihnen verbündet, den Lebenden erst die zur Herrschaft notwendige Ehrfurcht vermitteln kann. Letzten Endes ist es ja das Schuldbewußtsein der Mörder, was den Ermordeten später zum Gott erhebt. In Mythen und Märchen sind der Tod und die Auferstehung bzw. Wiedergeburt das untrügliche Zeichen für den zukünftigen Helden und Herrscher.

Tote auf einem *pallium* aufzubahren oder in Leichentücher zu hüllen heißt, sie symbolisch in den Mutterschoß zurückzulegen. Das ist ein Urbild jeder Erdbestattung. Tote wurden bei den Griechen in weißen Gewändern beigesetzt, wie überhaupt das Wort Leichnam verhülltes Fleisch bedeutet. Schon organisiert als Stoff, schützt das Tuch die Lebenden vor den Toten, die wieder dem Chaos verfallen. In der Absicht, das zu verhindern, wurden Leichen z. B. auch mumifiziert. Daß die fahle Blässe, *pallidus*, der eben gestorbenen Toten sowie der Stoff, das Gewebe, die Grenze zwischen sozialer Natur und dem gefürchteten Chaos unorganisierter Natur markiert, enthüllen die Bedeutungszusammenhänge dieses Wortes.

Seit Ende des ersten Jahrhunderts war es in Rom Sitte, auch ein solches Tuch als Tischtuch für die Tafel zu benutzen. Denkt man an die soziale Figur der Mutter als Ernährerin und Beschützerin, im Stoff als so strukturierte Natur verkörpert, so leuchtet die Sitte unmittelbar ein. Das Tischtuch demonstriert eine innere Verbindung mit dem *pallium*, eine Verbindung von Ernährung, Geburt und Tod, auf der Grundlage der Figur der Mutter als Ausdruck domestizierter Weiblichkeit, auf der alle soziale Reproduktion aufbaut. Es ist das gleiche Gewebe, das auch auf dem christlichen Altar nicht fehlen darf; als Altartwelen ist es Tischdecke und Leichentuch zugleich, wie etwa in Carpaccios *Grablegung Christi* als *pallium* und in Leonardos *Abendmahl* als Tischdecke dargestellt.

Die Sitte, Gewebe zur Bewahrung von Gegenständen zu benutzen, ist uralt, von Marktfrauen z. B. wird es heute noch gelegentlich zum Transport ihrer Waren benutzt. Wenn sie ihre Tücher auf dem Markt öffnen, kommen gelegentlich Sachen zum Vorschein, die der Käufer vorher in dem Bündel gar nicht vermutet hatte. Auf dem Markt war das Tuch seit altersher nicht nur Requisit, sondern unverzichtbares Instrument der Zauberer, die mit seiner Hilfe ihre vom Publikum bestaunten Verwandlungskünste vorführten. Im Tuch verborgen, war alles in alles zu verwandeln. Es ist der im Gewebe symbolisierte sozialisierte Mutterleib, Opfer und ökonomische Grundlage der Gesellschaft, dem sich alle sozialen Produktionen und Reproduktionen verdanken. Jedoch das Tuch allein garantiert noch nicht den erfolgreichen Zauber. Dazu bedarf es erst einer Verwandlungsformel, die heute jedem Kind bekannt ist: *Hokuspokus*; sie geht auf eine ältere zurück: *hoc est corpus meum*. Es ist die Formel, die der christliche Priester zum heiligen Abendmahl spricht: das ist mein Fleisch. Und damit verwandeln sich erst Oblate und Wein in Fleisch und Blut. Verwandeln sich jedoch durch diesen Zauber auf der Altardecke Oblate und Wein in Fleisch und Blut, so ist das reale Opfer des Religionsstifters die Voraussetzung für die Möglichkeit dieser Verwandlung. Es entspricht der Opferlogik unserer Zivilisation und zeigt, daß auch das Christentum tief im Totemismus wurzelt: freitags Fisch – auch das ist eine Verkörperung des geopferten Religionsstifters, wie sie in den Bildwerken der römischen Katakomben immer wieder dargestellt wurde.

Die Verwandlung des Opfers in Kulturprodukte führt uns zu Hainuwele zurück: als geopferter Rohstoff ist sie erstes Ausgangsmaterial für den sozialen Fortschritt, verkörpert in den Kulturprodukten, mit denen sie die Menschen »beschenkte«. Nur vertauschte das verdrängende Schuldbewußtsein in der Geschichte Ursache und Folge. Erst das Schuldbewußtsein ist Voraussetzung dafür, daß sich Menschen freiwillig als Rohstoff für die Kulturentwicklung hergeben, wie Jesus Christus. Er baute auf dem Opfer der *prima materia* bereits auf. Sie wurde zweifellos immer wieder gewaltsam hingeschlachtet, wie bis heute alle Träger neuer gesellschaftlicher Reproduktionsformen außerökonomischer Zwangsgewalt zum Opfer fallen. Wie die mutterrechtliche schon hat später auch die patriarchale Gesellschaft das weibliche Triebobjekt längst zur Grundlage sozialer Reproduktion erhoben. Doch dabei bleibt diese Logik eben nicht stehen. Nach den Müttern werden auch ihre Söhne – gelegentlich sogar mit ihrer Hilfe – geopfert. Man denke nur an die Begeisterung, mit der Mütter ihre Söhne in den Ersten und Zweiten Weltkrieg geschickt, ja dafür geboren haben. Daß der Sohn des Gottes ans Kreuz geschlagen wird, bestätigt nur die gleiche Opferlogik, der schon die *prima materia* geopfert wurde und immer wieder geopfert wird. Das Kreuz ist seit den frühesten Zeiten menschlicher Geschichte ein Symbol der Fruchtbarkeit des weiblichen Schoßes und damit der Fruchtbarkeit ganz allgemein. Auf agrarische Riten übertragen gilt das Zeichen des Kreuzes der Fruchtbarkeit der Mutter Erde. Wurde der Religionsstifter jedoch nicht ans Kreuz geschlagen, sondern an einem Pfahl hingerichtet, wie manche Forscher behaupten, so vertritt auch der Pfahl als »Baum des Lebens« dieselbe Logik.

Die geopferte *prima materia* geht immer allen weiteren Opfern voraus und ist ständig mit ihnen verbunden, wie die Requisiten der Opfer- und Festveranstaltungen zeigen. Egal ob auf dem Altar oder auf der festlichen Tafel, ja selbst zum Picknick auf der Wiese, immer ist es das gleiche Tuch, das als Stoff die Grundlage bildet, auf der unsere Kultur aufbaut: die im Gewebe symbolisierte, geordnete Natur. Als Vorhang mitten durch die Natur gezogen, trennt das Tuch die Kultur vom gefürchteten Chaos, wenngleich dieser Teil der Natur dadurch auch erst zum Chaos stilisiert wird. Es ist die gleiche Decke, die später auf den Tischen liegt, an denen die Inquisitoren ihre Todesurteile über ihre Folteropfer fällten und auf der sich seit dem 12. Jahrhundert die säkularisierte Herrschaft über die Gesellschaft eingerichtet hat: die Bürokratie. Denn auch sie exekutiert auf der gleichen Grundlage. Ihr Name stammt von *bure*, wie im Altfranzösischen jener grobe Wollstoff genannt wurde, mit dem die Tische der staatlichen Administration, der Gerichte, aber auch der Geldwechsler auf den Märkten bespannt waren – allesamt auch Verkörperungen einer modernen staatlichen Gesellschaftsverfassung. Von den Tischen der Bürokratie aus wird exekutiert, was das moderne Staatswesen an Opfern verlangt. »Für die eigentliche Exekutive ist das Bürokratische System um deswillen von Wichtigkeit, weil es die Schnelligkeit des Vollzugs und die Einheitlichkeit in der Ausführung der einzelnen Maßregeln sichert«, schreibt Meyers Lexikon 1896.

In letzter Konsequenz ist es das Todesurteil und die Todesstrafe, in der noch das archaische Opfer fortlebt. Gefällt auf der Grundlage der längst geopferten *prima materia*, dient es sowohl der Stabilisierung der Herrschaft über die

Natur als auch der Stabilisierung des gesellschaftlichen Zusammenhaltes: zur Abschreckung für jeden, der nicht auf dem Boden dieser Grundordnung steht oder etwa dagegen Widerstand leistet. Versucht er sich mit Unterdrückten zu solidarisieren oder agiert er im Interesse der verdrängten Natur, trifft ihn die ganze Härte des ordnenden Gesetzes. Jede Hinrichtung ist auch heute noch ein Glaubensakt – ein *Autodafé* – wie zu Zeiten der Inquisition und der Menschenopferrituale archaischer und jüngster Gesellschaften. Darum hieß das Schafott auch zu Zeiten der Französischen Revolution »Altar des Vaterlandes«, und jede Guillotinierung nannte man eine »rote Messe«; in Frankreich führt der Henker heute noch den Titel *maître des hautes-œuvres*, sein Name *bourreau* offenbart ihn als Vollzugsbeamten der Bürokratie.

Die Kultgemeinde der Stammesgesellschaft hat sich in die nationale der Staatsbürger gewandelt. Waren es einst die Muttergottheit oder der Vatergott, die als Herrin oder Herr über Leben und Tod die Gesellschaftsmitglieder in ihren Bann zwangen, so ist es heute der Staat mit seiner Bürokratie, der nicht minder tödlich über die Einhaltung der Opfergesetze wacht und die Opfer auch exekutiert. Die archaischen Wurzeln leben hier fort. Darum konnte zum hundertjährigen Bestehen der Universität Tübingen auch gesagt werden, Jura und Theologie seien die Pflanzschulen der Beamtenschaft. Denn es ist die von den Beamten besorgte Bürokratie, die mit ihren Wurzeln in Religion und archaischen Kult hinabreicht. So wie der Klerus im Mittelalter noch im Namen der Kirche die Befriedigung der konkreten Bedürfnisse der Menschen unterdrückte, so unterdrücken heute die beamteten Schützer des Staates mit Hilfe der Bürokratie eine wahrhafte Demokratie. Damit werden auch die latenten Konflikte in der Gesellschaft nicht ausgetragen, sondern eben mit Gewalt unterdrückt: verwaltet. Bis heute werden an den Universitäten – und neuerdings mehr denn je – Verwaltungswissenschaften gelehrt und durchgesetzt: Naturwissenschaften sowieso, ist doch ihr wissenschaftliches Ziel die Beherrschbarkeit der Natur; aber auch die Sozialwissenschaften, bis hin zur Ökonomie, sind ihrem Wesen nach nichts anderes als Verwaltungswissenschaften, Instrumente der Verwaltung von Natur und Gesellschaft.

Landet eine Sache vor Gericht und wird sie von der Bürokratie verhandelt, so weist der juristische Sprachgebrauch noch auf den Konflikt, der als Gegenstand Anlaß für den Prozeß war und sich in dem Wort Sache verbirgt. Darin wird die Grundlage jedes Fortschritts, *processus*, sichtbar: der Streit. Ausgehend vom Rechtsstreit, aber auch von Verfolgung und Krieg, weist die Sache mit dem englischen Wort *sake*, Ursache, aber auch Pflicht und Geldbuße, schon auf den Ausgang des Prozesses, der nur für den Sieger glücklich ist. Glück, das ist auch eine Bedeutung von *processus*. Die Aufforderung, sachlich zu bleiben, meist an den potentiellen Verlierer gerichtet, der wegen seiner Glücklosigkeit aus der Rolle fällt, heißt emotionslos den Regeln der Konfliktaustragung zu folgen, im Kriegsfall sich dem Joch des Siegers zu beugen: *fair play*. Ist jedoch von sieben Sachen die Rede, so spielt das nicht nur auf die Schöpfungsgeschichte an, wo in sieben Tagen aus dem Chaos die Welt der Gegenstände geschaffen wurde, sondern auch auf das längst Verdinglichte der Streitsache. Im Besitz des Siegers versteinert, wie in Legenden Lebende zur Strafe für die Verletzung meist sexueller Tabus in Stein verwandelt werden, ist die Sache zum Ding, die vermeintliche oder auch reale Katastrophe in Stein gebannt worden, obgleich auch dies Wort einmal nicht nur eine tote Sache meinte.

Die Worte selbst werden zu Opfern. Es sind die gesellschaftlichen Unterwerfungsrituale, die selbst noch der Sprache die Dialektik auszutreiben versuchen. Denn ursprünglich war auch das Ding, ähnlich wie die Sache, eine Gerichts- oder Volksversammlung, auf der Streitangelegenheiten des Stammes ausgetragen wurden, also ein Ausdruck für einen Konflikt. Dazu stand die Versammlung unter dem Schutz von »Mars Thingsus«, dem Kriegsgott, was die wahre Bedeutung des Dings offenbart. Die geheimnisvolle Formel Martin Heideggers also, »das Ding dingt«, besagt nichts weiter, als daß der Krieg der Vater aller Dinge sei, ein Pleonasmus, der wieder nur versteinert, was aufzulösen wäre. Der Philosoph als Opferpriester. Anstatt den Widerspruch auszubilden, wird in statischer Wirklichkeitsauffassung, wie in der Scholastik und im Denken Descartes', bloß anordnend, unterwerfend in die Natur eingegriffen. Die Natur, zum Gegenstand gemacht, leistet jedoch Widerstand, was selbst aus dem Wort Gegenstand noch herauszuhören ist. Sie stellt sich der Unterwerfung entgegen und wird doch immer wieder Opfer eines Produktionsprozesses, der das gesamte Verhältnis der Gesellschaft zu ihrer inneren und äußeren Natur erfaßt. Als Produkte menschlicher Arbeit sind die Gegenstände Überbleibsel, gewissermaßen Reliquien voraufgegangener Opferveranstaltungen in der Fabrik oder im Krieg, sie weisen darauf zurück und leisten erinnernd Widerstand gegen den Fortschritt der exekutierenden Opferlogik.

Wird auch im Produktionsprozeß immer wieder versucht, diesen Widerstand zu brechen, Waren in Waren zu verarbeiten, so kommt doch die Gesellschaft ohne ihn nicht aus. Sie ist auf die Dialektik, den Widerspruch von Wunsch und Realität, der in jedem Gegenstand noch verkörpert wird, angewiesen. Denn Objekte sind sie nicht nur kraft ihres eigenen Widerstandes, *obicere*, gegen die Opferlogik, Objekte sind sie auch kraft des Widerstands der Subjekte gegen ihre eigene Opferlogik: Liebesobjekte. Obgleich das Variabelste am Trieb – denn Befriedigung der Lust ist das

Ziel und nicht das Objekt –, so bedeutet jedes Objekt doch zugleich ein Stück Versöhnung, ein Stück Wunscherfüllung, ein Stück Ziel, weshalb das Bedürfnis auch von Objekt zu Objekt fortschreitet. Wie der Stoff für den Süchtigen, der ihm als Durchgangsmedium zu einem Ziel dient, das er zwar nicht erreicht, an das er durch den Stoff aber erinnert wird, so ist auch das Liebesobjekt, zumal mit Lust verbunden, ein Stück Erinnerung an ein Triebziel, das durch soziale Organisation tabuiert ist. Jedem Mann ist die Frau ein Stück Mutter wie der Frau der Mann ein Stück Vater und Sohn.

Die Kritik am Warenfetischismus der Konsumgesellschaft hat die Waren immer nur als Köder gesehen, die die Konsumenten auf dem Markt zum Kauf anlocken sollen – was in der Tåt auch *eine* Funktion der Fetische des Konsums ist. Sieht man aber die Konsumenten nur als manipulierte Opfer, läßt man die Bedürfnisse außer acht, die bei ihnen längst vorhanden sind und nur darauf warten, auf die angebotenen Fetische reagieren zu können, darauf warten, von ihnen verführt zu werden. Ontogenetisch wie phylogenetisch reicht der Fetischismus weit hinter seine Objektivationen in der Warenwelt zurück. Fetischismus ist ein Symptom, das als Zeichen für ein immer noch ungelöstes Problem der Triebstruktur der Gesellschaft zu lesen ist – ein Ausweg, der aber zumeist dann doch nicht das hält, was er verspricht. Das Wort Fetisch stammt von den Portugiesen, von *feitiço*, womit sie die Zaubergegenstände, eben Fetische, bei afrikanischen Stämmen bezeichneten. Es sind selbstgemachte Werkzeuge, mit Zauber aufgeladene Gegenstände, die zur Regulierung der Stammesökonomie im weitesten Sinne verwendet werden, bei Krankheit ebenso wie bei mangelnder Fruchtbarkeit, fehlendem Regen oder einfach nur fehlendem Reichtum.

Ontogenetisch, in der Frühphase der Entwicklung jedes

einzelnen, sind die Vorformen der Fetische jene von Phyllis Greenacre[1] als transitionale Objekte bezeichneten Gegenstände, wie Stoffreste, Lappen etc., die Kindern die Mutter ersetzen, wenn sie nicht bei ihnen ist. Gewöhnlich nuckeln sie daran wie an der Brust der Mutter. Diese Gegenstände haben noch etwas von der Mutter, waren mit ihr in Berührung, und sind zugleich ein Ersatz, der den Kindern hilft, sich von der Mutter zu lösen, erste Werkzeuge zur Entwicklung eines autonomen Individuums, das sein Verhältnis zu anderen Individuen über Gegenstände vermittelt. Der eigentliche Fetisch ist dann für den einzelnen ein Gegenstand – er wurde als Beiprodukt in der Psychoanalyse[2] entdeckt –, ein Ersatz für das mit Angst besetzte weibliche Genitale. Freud sagt, daß die Angst von der Entdeckung des den Müttern fehlenden Phallus herrühre. Man könnte aber auch sagen: es ist die Angst vor Rache, die Angst, daß die zur Reproduktionsgrundlage erniedrigte, funktionalisierte, also die verdrängte, geopferte Natur – das schließt das Reproduktionsprinzipien unterworfene weibliche Geschlecht mit ein – immer noch mächtig ist und sich rächen könnte. Das macht Fetische, die gegen direkten Kontakt mit der gefürchteten Natur abschirmen, notwendig, die aber zugleich als Ersatz, als Gegenstände, nicht nur den Austausch der einzelnen Gesellschaftsmitglieder untereinander vermitteln, ein Stück Wiedervereinigung möglich machen, sondern auch die unterdrückte und verdrängte Natur ein Stück weit wieder in die Gesellschaft hereinholen, indem sie unterdrückte oder verdrängte Bedürfnisse wenigstens zum Teil zu befriedigen helfen.

1 Phyllis Greenacre, *The Fetish and the Transitional Object*, in: *The Psychoanalytic Study of the Child*, Bd. 24, London 1969.
2 Sigmund Freud, *Fetischismus*, in: *Gesammelte Werke*, Bd. XIV, London 1948.

IV.

Ist das Objekt Objekt der Erkenntnis, so hat auch sie das gleiche Ziel: Rekonstruktion der Welt der Erfahrungen, Versöhnung mit den Opfern und Aufhebung der herrschenden Opferverhältnisse. Erkenntnis kennt keine Tabus. Der mythische Baum der Erkenntnis vermittelt Leben und Reichtum ohne Opfer: Adam erkannte Eva. Die sexuelle Wurzel dieses Wortes spielt noch auf den damit verbundenen Wunsch an. Historisch ist es der Wunsch, durch die Erkenntnis der Welt vermittels der Objekte nicht nur Geschichte zu rekonstruieren, sondern auch jene Ungleichzeitigkeit wenigstens in der Vorstellung aufzuheben, die sonst die Assoziation mit den toten Opfern verhindert. Und ist z. B. ein Künstler Objektemacher wie Hermes, so heißt das nicht, daß er sich Balken in den Weg legt, sondern daß er mit Hilfe der Objekte im Gegenwurf eine Alternative schafft, wenn auch nur in der Negation und Denunziation der herrschenden, tagtäglich ihre Opfer fordernden Gewaltverhältnisse.

Es ist die Welt der Gegenstände, über die sich alle sozialen Beziehungen vermitteln, nicht erst in der warenproduzierenden Gesellschaft. Im Austausch der Objekte erst wird der unterdrückte Triebwunsch teilweise befriedigt. Allein anhand von mehr oder weniger zufällig gefundenen Überbleibseln kann Geschichte erinnert, rekonstruiert und Gegenwart verstanden werden. Dabei werden die sozialen und emotionalen Beziehungen zugleich als verdinglicht erkannt und als Zeugen voraufgegangener Opferzwänge beklagt. Sachlich bleiben zu sollen ist ein Ordnungsruf, der Emotionalität zum Schweigen bringt, und der Sachzwang jene scheinbar objektive Hürde, die doch nur spezifischen Interessen dient. Das ignorieren zu wollen hieße die konstitutiven Bedingungen der Gesellschaft, ihre Geschichte zu verkennen. Denn Vergegenständlichung ist geradezu eine der Voraussetzungen, unter denen sich Menschen zur Gesellschaft zusammenschließen. Jedoch die Welt der Dinge und Sachen wieder in die Verhältnisse und Konflikte aufzulösen, denen sie entstammen, ist die Aufgabe von Kunst und Wissenschaft – ihre Wahrheit.

Vermittelt durch das Geld, das als Tauschmittel das tabuierte Inzestobjekt verkörpert und alle Handelsbeziehungen erst ermöglicht, ja historisch sogar allererst veranlaßt hat, ist es vor allem die erotische Qualität der vermittelten Waren und deren Vermittlung durch den Handel, die Menschen auf dem Markt zusammenbringt. In ihm kehrt die Höhle des Mythos wieder; eingebettet in die Stadt, die selbst als Ansammlung vieler kleiner Höhlen die damit verbundenen Wünsche potenziert, ist der Markt auch die Grundlage einer historischen Utopie, nämlich der Hoffnung, daß aus dem freien Verkehr der Waren und ihrer Besitzer auch einmal die freie Assoziation selbstbewußter Individuen erwachsen könnte.

Ob beim Palaver auf dem Marktplatz einer Stammessiedlung in Afrika oder auf der griechischen Agorá oder einem römischen Forum, immer war es der Ort, wo die Gesellschaft nicht nur ihre Waren austauschte, sondern auch redend ihre Interessen erst ermittelte. Der Markt war der Geburtsort einer Öffentlichkeit, die idealiter nicht nur alle Informationen vermittelte und damit die Reproduktionsverhältnisse der Gesellschaft transparent machte, sondern auch die Interessen ihrer Mitglieder durch Vermittlung realisierte. Auf diese Form der Vermittlung gemeinsamer Interessen gehen bis heute alle demokratischen Idealvorstellungen zurück. Daß das in der Praxis nie herrschaftsfrei war, versteht sich von selbst; immer unter dem Schutz von Göttern, Stammesfürsten, Königen oder deren Vertretern –

Sklaven waren als Objekte des Handels sowieso ausgeschlossen – vermittelte und realisierte der Markt nur Interessen, die auf göttlichem Grundgesetz fußten und die Opfergemeinschaft als Opfergemeinschaft, sei es in Stamm oder Staat, nicht in Frage stellten.

Der Markt hatte neben der vermittelnden – die Entfremdung der Gesellschaftsmitglieder von sich und ihren Bedürfnissen aufhebenden – auch die diese Entfremdung bestätigende Funktion. Wurden die ältesten Märkte noch auf Gräberfeldern abgehalten, so fanden sie vermutlich anläßlich von Totenfesten statt, und zwar an jenen Festtagen, an denen die Gemeinschaft sich immer wieder, ihren Zusammenhalt bestätigend, zum gemeinsamen Opfer zusammenfand. Das wurde in Veranstaltungen artikuliert. Dagegen standen das am gleichen Ort stattfindende Fest und der verbindende allgemeine Austausch, der Zwangsgemeinschaft und Opfergesetze tendenziell aufhebt. Den Markt an Sonn- und Feiertagen zu veranstalten geschah vermutlich in Erinnerung an diese den Markt konstituierende Ambivalenz gesellschaftlicher Reproduktionsverhältnisse. Entstanden aus einer Katastrophenerinnerungs- und verarbeitungsveranstaltung, ist der Markt seit langer, langer Zeit ein Ort, wo auch historische Erfahrungen und erfahrene Zeit vermittelt werden. Wenn Karl Marx geschrieben hat, daß sich alle Ökonomie in der Ökonomie der Zeit auflöse[1], so betrifft das nicht nur das Verhältnis von Arbeitszeit und Freizeit, Arbeitszeit und Lebenszeit. Erst die Konstitution der Zeit macht die Erinnerung möglich und Geschichte zu Geschichte einer sich selbst bewußten Gattung, deren Ziel es ist, die gesellschaftlichen Reproduktionsverhältnisse als Opferverhältnisse aufzuheben. Auch diese Utopie verdankt sich dem freien Austausch auf dem Markt.

1 Marx/Engels, Gesamtausgabe, *MEGA*, II, 1. 1., Berlin 1976, S. 103.

War es vorher, oder war es nachher? So beginnt jeder Versuch einer rationalen Erfassung von Katastrophen in der Hoffnung, ihnen in Zukunft nicht mehr ausgesetzt zu sein oder doch wenigstens ihnen ausweichen zu können, sollten sie sich wieder anbahnen. So werden Erlebnisse überhaupt erst in Erfahrungen verarbeitet und zum Gegenstand der Erinnerung. Mein Vater wurde in der Zeit vor der großen Flut geboren, die unsere Felder verwüstete, ich in der Zeit nach dem Erdbeben, das unser Dorf vernichtete. Damit beginnt die Erinnerung, jene Instanz, die Geschichte allererst zu Geschichte werden läßt, Geschichte konstituiert. Auch die aus aktueller, europäischer Sicht scheinbar geschichtslosen Völker können auf diese rudimentäre Form eines Geschichtsbewußtseins nicht verzichten, denn sie wollen ihr Leben ja planmäßig reproduzieren, d. h. frei von Katastrophen, wo möglich, nichts dem Zufall überlassen. Zufall und Chaos, als Gesellschaft und Geschichte bestimmende Phänomene, sind historisch sehr viel jüngere Gegenstände der Erkenntnis. Gerade archaische Völker waren und sind durch Naturgewalten und sich selbst, ihre innere Natur, derart bedroht, daß sie sich eine solche Erkenntnis gar nicht erst leisten können.

Anzunehmen ist, daß sich Menschen allererst zur Gesellschaft zusammenschließen, wenn sie die kollektiven Erfahrungen von Katastrophen, auch wenn sie sie selber verursacht haben sollten, in Erinnerung verarbeiten. Diese Verarbeitung in ein Vorher und Nachher konstituiert ihr Zeit- und Geschichtsbewußtsein, das zunächst in Mythen und Religionen seinen Niederschlag findet und in rituellen Kultveranstaltungen immer wieder artikuliert wird, um nicht in Vergessenheit zu geraten und – das ist der Springpunkt – um unter Umständen eine katastrophenfreie Zukunft zu gewährleisten. Das ist die Hoffnung. Noch jede rituelle Kulthandlung, überhaupt jede Ritualisierung des

Lebens, weist auf die Erfahrung einer Katastrophe und die Angst vor einer Katastrophe hin und kann, wird die Erinnerung nicht immer wieder neu verarbeitet, selbst in die Katastrophe führen. Dafür gibt es genügend Beispiele in der Geschichte.

Kronos, die personifizierte Zeit, soll, wie der Mythos berichtet, seinem Vater Uranos – angestiftet und unterstützt von seiner Mutter Gaia, der Erde – mit einer Sichel die Geschlechtsteile abgeschnitten und ins Meer geworfen haben. Das ist wieder ein Gründungsmythos: Himmel (Uranos) und Erde (Gaia) werden getrennt. So beginnen viele Schöpfungsmythen von der Bibel bis zu Descartes' *clare et distincte* als Grundlage neuzeitlicher Produktionsverfahren. Entmischung und Reglementierung jeder Art von Verbindung charakterisieren die Prinzipien gesellschaftlicher Reproduktion. Daß mit der Entmischung als Produktionsprinzip zugleich auch der Grundstein für jede Form des Rassismus gelegt wird, ist nicht nur eine lästige Begleiterscheinung. Mit der Sichel aus Feuerstein – die Gesellschaft konstituierende Fähigkeit, Feuer zu machen, ist also vorausgesetzt – werden nicht nur Halme geschnitten, sondern müssen auch Opfer gebracht werden. Damit setzt ein Zeitbewußtsein ein, das Zeit als rhythmische Folge von Opferveranstaltungen konstruiert. Die so scheinbar gebrochene Naturgewalt lebt aber vermittelt durchs Opfer in der Gesellschaft fort, bedroht sie nun auch von innen und gibt zu weiteren Opferhandlungen immer wieder Anlaß. Opferrituale werden auf dieser Stufe der Entwicklung im Zeitrhythmus wiederholt, sei's um die Fruchtbarkeit der Schöße, sei's um die Fruchtbarkeit der Erde zu beschwören. Ökonomie, das ist immer auch Ökonomie der Zeit, im Jahresrhythmus zumal, aber auch im Rhythmus der Monde, die seit der Emanzipation der Gattung von der jährlichen Brunftzeit die Wiederkehr der Fruchtbarkeit der Schöße anzeigen.

Als mythischer Vorgänger des Ödipus hat auch Kronos seinen Vater beseitigt. Ebenso maßlos wie der zu vermutende inzestuöse Triebwunsch – er wurde schließlich von seiner Mutter, wie Ödipus, zu dieser Tat animiert, von ihr erhielt er auch das Tatwerkzeug, die Sichel – war die rasende Aktion. Affekt kennt keine Zeit, jedenfalls kein Zeitmaß. Jedoch einmal zur Herrschaft gelangt, hat er die Tyrannis der Zeit errichtet, eine Tyrannis, die alles Leben verschlingt – wie Kronos im Mythos seine Kinder –, bis er selbst wieder Opfer eines Aufstandes wird. Denn er wird, wenn wir dem Mythos folgen, von seinem Sohn Zeus mit einem Blitz niedergestreckt. Auch er, Zeus, war wieder ein kleiner Ödipus. Mit seiner Mutter Rhea im Bunde erledigt er schließlich seinen Vater und macht sich zum Chef des Olymp. Damit ist die Zeit nicht aus der Welt, wohl aber ein Stück zeitloser Triebwünsche in Liebeskunst verwandelt. Denn unter der Herrschaft des Zeus hat auch Aphrodite ihren Platz im Olymp, jene Schaumgeborene, die ihr mythisches Leben der Verbindung der von Kronos ins Meer geworfenen Geschlechtsteile des Uranos mit dem Meer verdankt. Über die ökonomische Funktion sexueller Verbindungen in archaischen Gesellschaften hinaus versprechen die nach ihr benannten Aphrodisiaka bis heute Lust jenseits der Ökonomie der Zeit, Zeitlosigkeit. Ihre Benutzer begeben sich, vermeintlich oder real, ins Abenteuer außerhalb gesellschaftlicher Reproduktionszwänge. Dem Glücklichen schlägt keine Stunde, wie es heißt.

Im lateinischen Wort *tempus* schwingt offenbar noch eine Ambivalenz mit, nach der Zeit ebenso Befreiung wie auch Schicksal sein kann: Kronos, wenn er die Herrschaft des Uranos bricht, wie auch, wenn er seine Kinder verschlingt. Das englische Wort *time* ist mit *tide*, Gezeiten, verwandt, geht also von einem Rhythmus der Natur und den damit verbundenen gelegentlichen Katastrophen aus. Es ist das

Zerschneidende, Teilende, Einteilende, auch der Jahreszeiten, das dem Zeitbegriff zugrunde liegt. *Time*, das ist auch die Stunde. Wem sie geschlagen hat, mit dem ist es aus, wie mit Uranos. Jedoch Kronos trat an die Stelle des Uranos und perpetuierte so die in die Gesellschaft geholte internalisierte Gewalt – die Verhältnisse im griechischen Götterhimmel sind schließlich eine Projektion griechischer Sozialverhältnisse: Einführung von Zeit als Maß ökonomischen Lebens – Lebenszeit, Jahreszeit, Arbeitszeit. Über indogermanische Wurzeln ist das Wort *time* auch mit dem indischen Wort für Teilen, Schneiden, Zerreißen verwandt und darüber mit dem griechischen Wort für Verteilen. Direkt mit dem englischen Wort *time* ist das griechische Wort *demos*, Volksabteilung, verwandt. Treibt man die Untersuchung der Wortverwandtschaft weiter, so gerät man wieder in die archaische Kultgemeinde und sieht, wie beim gemeinsamen Opfermahl die Zerteilung und Verteilung des Opferbratens die Gesellschaft zusammenhält und ihr Leben in der Zeit konstituiert.

Zeitrechnung, Beachtung von Regen- und Trockenzeiten, Wärme- und Kälteperioden, ist Bedingung jeder agrarischen Ökonomie, die sich noch nicht in vollständige industrielle Unabhängigkeit verabschiedet hat – ins Gewächshaus. Soweit die Zeugnisse reichen, geht diese Kunst auf die Babylonier zurück, also etwa 6000 Jahre. Ihnen verdanken wir den Kalender mit 12 Monden und die Siebentagewoche. Über Ägypten, Griechenland und Rom hat dieser Kalender, wenig modifiziert, die europäische Zeitrechnung bestimmt und von dort seinen Siegeszug über die ganze Welt angetreten, auch da, wo Sommer Winter und wo Frühling Herbst ist. Natürlich war es zunächst Sache der Priester und Tempelverwaltungen, die Zeit anzusagen. Vermittels Kultveranstaltungen organisierten sie die gesamte Ökonomie des Landes, legten komplizierte Bewässerungssysteme an und übten sich in der schwierigen Vorhersage von Hochwasser, z. B. an Euphrat und Tigris. Dazu war eine entwickelte Beobachtung und Aufzeichnung von Sonnen-, Mond- und Sternbewegungen notwendig. Naturbeobachtung und Erinnerung waren die Voraussetzung für die Spekulation auf eine wahrscheinlich zu erwartende wirtschaftliche Zukunft und die Hoffnung, Katastrophen, wo möglich, auszuweichen. Hier werden wir wieder an den Schutzpatron des Marktes erinnert, der nach griechischem Mythos auch diese Künste auf die Menschen gebracht haben soll. Das verbindet die agrarische Ökonomie mit dem Markt. Sie ist auf den Austausch angewiesen, kann nur durch seine innovative Kraft gedeihen.

Daß der Götterhimmel sich nicht nur in den Namen der Planeten spiegelt, sondern zugleich auch in denen der Wochentage, ist ein Zeichen sozialer Projektion und Hinweis auf ein bereits im Mythos verankertes, gesellschaftlich vermitteltes Naturverhältnis. Denn die Namen der Götter, an die bis heute unsere Wochentage erinnern – Mars, Merkur, Jupiter, Venus –, verweisen zugleich auf einen Kultkalender, der das Jahr in Opferfesten organisierte, in denen die ökonomische Reproduktionsgrundlage der Gesellschaft artikuliert und immer wieder festgeschrieben wurde. Wie sehr ein Eingriff in die rituell gebundene Zeit einmal als Bedrohung begriffen wurde, zeigt, daß die Pharaonen in Ägypten einen Eid leisten mußten, nicht in den überlieferten Jahresablauf einzugreifen. Als einmal gefundenes Katastrophenmanagement war den Ägyptern die Zeitrhythmik als unendliche Abfolge von Wiederholungen heilig und die dialektische Verbindung von Ursprung und Ziel, Paradies und Endzeit unbekannt. Daß die in Kultfesten organisierte Zeit, über die Jahreszeiten hinaus, auch ein Stück unmittelbarer Realerfahrung transportierte, verrät u. a. die objektive Zeitdauer der zwölf Tag- und der zwölf Nachtstunden, die, je nach

Jahreszeit schwankend, immer an die Jahreszeit angepaßt wurden, eine Praxis, die später auch in Europa bis ins Mittelalter hinein üblich war.

Zeit ist also Ausdruck eines auf Naturerfahrung aufbauenden und in Kultveranstaltungen artikulierten, auf Zeit festgeschriebenen Sozialverhältnisses, mithin eines gesellschaftlichen Reproduktionsverhältnisses. In den agrarischen Gesellschaften, denen wir unsere Zeitrechnung verdanken, wurde die Fruchtbarkeit der Frauen auf die Erde übertragen und in Fruchtbarkeitsritualen dargestellt. Dabei stand der den Jahresablauf strukturierende Mond – montags fängt die Wirtschaftswoche an – im Mittelpunkt des agrarischen Wirtschaftslebens. Soweit überhaupt Zeugnisse vorliegen, stand der Mond mit der Projektion der menschlichen Triebstruktur auf die materielle Reproduktion der Gesellschaft in enger Beziehung. Denn die Monde, die, vermutlich seit es die Gattung Mensch gibt, den Zeitrhythmus der menschlichen Reproduktion bestimmen, bestimmen ihn, weil sie auch den Zeitrhythmus der weiblichen Menstruation bestimmen. Sie sind Zeitmaß der menschlichen Reproduktion wie auch der *secunda materia*, der Erde, mit der die Gesellschaft gewissermaßen ein inzestuös-libidinöses Verhältnis eingegangen ist. *Monat*, *mensis*, *mesure*, *Mond* sind ein und dasselbe, ein uraltes, Meßbarkeit ausdrückendes Wort. Die durch den Mond verkörperte sexuelle Produktivität ist das Maß der Dinge und geht von einem Zeitmaß aus. Der Mond symbolisiert das vergesellschaftete weibliche Geschlecht, das mit der Fruchtbarkeit der Erde identifiziert und in den Gesellschaften mit der Entwicklung der Wirtschaft und des Geldes auf das engste verknüpft ist. Alle Muttergottheiten, an deren Tempeln die ersten Münzen ausgegeben wurden, standen ursprünglich in einer Beziehung zum Mond. Insbesondere wurden Selene, Hekate und Artemis als Mondgöttinnen mit dem Mond identifiziert.

Daß z. B. der Mariatheresientaler sich bis in unser Jahrhundert in vielen Gegenden Afrikas und Asiens als Währung hielt, ist nicht auf die österreichische Kaiserin zurückzuführen, sondern auf das Silber als Mondmetall.

In welchem Maß die zyklische Wiederkehr des Mondes, sein Zeitmaß, mit der physischen Reproduktion agrarischer Völker verknüpft war, belegt z. B. Norbert Elias in seinem Buch *Über die Zeit* mit einem Zitat aus Chinua Achebes Roman *Der Pfeil Gottes*, einem Bericht aus einem Ibodorf Ostnigerias.[1] Dort bestimmte der Priester Ezeulu für die Dorfbewohner die Zeit, indem er nach dem Neumond Ausschau hielt. Er verkündete den neuen Mond und forderte die Menschen auf, nun all den Geschäften nachzugehen, die vom Kommen des Neumondes abhängig waren. Ezeulu hatte Zeitbestimmungsfunktionen, mit deren Hilfe spezifische soziale Tätigkeiten reguliert wurden. Daß diese sozialen Tätigkeiten sich im wesentlichen auf die Reproduktion des Stammes bezogen, verrät nicht nur die Tatsache, daß durch den Priester die durch den Mond bestimmten Zeiten von Aussaat, Ernte und Festen angesagt wurden, sondern auch, daß er, um die Monde zu zählen, jeweils eine Kaurischnecke in ein Gefäß legte. Kaurischnecken waren im Lande der Ibo bis ins vorige Jahrhundert Zahlungsmittel. Sie verkörperten das weibliche Geschlecht, das symbolisch vermittelt durch die Kauris sozialisiert, zur Produktion von Nachkommen in den ökonomischen Zusammenhalt des Stammes integriert wurde, z. B. durch Brautkauf und Hochzeitsritual.

Triebverzicht, auf dem jede soziale Organisation von Menschen aufbaut, der ihre innere Reproduktionsgrundlage bildet, hat sich schon sehr früh, d. h. auf jeden Fall bei agrarischen Völkern, nicht nur in Geldformen oder Vorfor-

1 Norbert Elias, *Über die Zeit*, Frankfurt a. M. 1988, S. 149.

men des Geldes, sondern vor allem in der sozialen Organisation des Lebens in der Zeit widergespiegelt, so daß jede Form von Zeitrechnung auch als Ausdruck gesellschaftlich geforderten Triebverzichts anzusehen ist: *time is money*. Kronos verschlingt immer noch seine Kinder. So wie das produktive Leben der Braut in der Hochzeitsnacht beginnt, wird jedes Leben allein durch die Zeitrechnung diszipliniert und ins produktive Leben der Gesellschaft integriert. Dagegen stehen die Feste, bei denen, wie eventuell noch heute beim Karneval, auf Zeit die Zeit aufgehoben wird. So könnte man sagen, daß ihr Verhältnis zur Zeit der Gradmesser für die Disziplinierung der Völker ist. Denn es ist bekannt, daß weniger produktive Völker über mehr Feste als die produktiveren Völker verfügen.

Vom europäischen Mittelalter wird gesagt, daß die produktive Arbeitszeit eher eine nicht abreißende Kette von Festen unterbrach, als daß die Feste auf Zeit die Arbeitszeit unterbrochen hätten. Wieweit hier Wunschprojektionen eine Rolle spielen, ist schwer festzustellen; jedenfalls nicht erst in der Neuzeit, sondern schon im Mittelalter änderte sich das Verhältnis zur Zeit. Die Disziplinierung der Arbeiter in den Zucht- und Arbeitshäusern des 17. Jahrhunderts durch die Zeitmessung der Arbeit wurde bereits in den Klöstern des Mittelalters vorgebildet, vor allem durch die kluniazensische Reform, die im 7. Jahrhundert die Nutzung der Zeit durch stärkere Gliederung ermöglichte, indem sie sieben Gebetsstunden einführte, um einen größeren Teil des Tages durch Gebete erfassen zu können. Papst Sabianus verfügte Anfang des 7. Jahrhunderts, daß die Klosterglokken siebenmal läuten sollten, wodurch sich in den Klöstern die Gewohnheit durchsetzte, den Tag bewußter zu gliedern, um ihn vor allem durch ritualisierte Betübungen besser ausnutzen zu können. Der durch die Zeit strukturierte Rahmen des Klosterlebens war zunächst Mittel äußerer

Disziplinierung und zwang das Klosterleben in einen differenzierten Zeitrhythmus asketischer Selbstverpflichtung. Verspätung der Mönche bei Gottesdiensten und Mahlzeiten wurde bestraft, die Tugend der Pünktlichkeit eingeübt. Ihre Einhaltung bedeutete Unterordnung unter Zeitregeln, Einordnung in die Gemeinschaft. Religiöse Empfindungen und religiös bestimmtes Handeln wurden in den Rahmen einer pausenlos gegliederten Zeitrhythmik gezwungen. Max Weber hatte darum die Mönche des Mittelalters die ersten rational lebenden Menschen genannt, die methodisch, mit rationalen Mitteln ein Ziel, nämlich das Jenseits, vermittels Gliederung einer durch Handeln erfüllten Zeit anstrebten.

Disziplinierung durch Zeitmessung wurde in den mittelalterlichen Klöstern vorformuliert und praktiziert. So erscheint schon das vermittels Rosenkranz rhythmisierte Gebet als Vorform der späteren Rhythmisierung der Arbeit durchs Fließband, nur mit dem Unterschied, daß die »Mönche« bei Ford es nicht auf ein jenseitiges Paradies abgesehen haben, sondern die Früchte ihres Verzichts in ihrer Freizeit ernten wollten. Der religiöse Bezugsrahmen des Triebverzichts, der durch jedes Zeitmaß gefordert wird, hallt noch in den Namen der Instrumente der Zeitmessung nach: Uhr geht auf *hora* zurück, und im Französischen klingt bei dem Wort *horloge* die *hora lego*, die Gebetsstunde, mit. Wie die äußerste Disziplin im pünktlichen Gebet das jenseitige Paradies für den einzelnen erwirken sollte, so sollte vermittels pünktlicher, disziplinierter Fabrikarbeit, in gemessener Zeit, schließlich das irdische Paradies für alle produziert werden: Fortschritt als säkularisierte Hoffnung.

In allen historisch agrarischen Gesellschaften waren die Instrumente der Zeitmessung im wesentlichen tellurische Uhren: Sanduhren, Wasseruhren, Feueruhren und natürlich Sonnenuhren. Sie waren nach heutigem Stand der Zeitmessung unzuverlässig, wie z. B. die Sonnenuhr, die bei verhangenem Himmel ausfiel – darum sollen die Chinesen die Stunden von den Augen der Katzen abgelesen haben, die wolkenunabhängig funktionierten –, oder sie funktionierten nur auf Zeit, mußten immer beobachtet und in Funktion gehalten werden, wie Feuer- und Sanduhren. Allein Wasseruhren wurden schon sehr früh, vermittels komplizierter Mechanik, über lange Zeit zuverlässig funktionierend konstruiert. Die Erfahrung mit tellurischen Uhren aber hielt sich noch lange im Sprachgebrauch: die Zeit verrinnt. In diesem Zusammenhang berichtet Ernst Jünger in seinem *Sanduhrbuch* aus Japan, wo der Sprung ins Industriezeitalter gerade hundert Jahre zurückliegt, daß die Räucherstabuhren, die in Bordellen benutzt wurden, um den Preis der Mädchen nach der abgebrannten Länge der Räucherstäbchen zu berechnen, noch heute den diesbezüglichen Sprachgebrauch bestimmen. Der Slogan »Zeit ist Geld« scheint offenbar keine amerikanische Erfindung zu sein. Jedoch all diese Elementaruhren dienten dem praktischen Gebrauch in einem Binnenmarkt, dem es meist nicht auf die Minute ankam, oder sie waren Hilfsinstrumente der Astronomie, um den Stand der Sonne, des Mondes und der Gestirne zu bestimmen, um Saat- und Erntezeiten, Opferfeste und auch Gebetsstunden anzusagen.

Der Fortschritt der Zeitmessung entsprach dem Fortschritt der Arbeitsteilung, so wie die Entwicklung der Uhren der der Produktionsmaschinen. Im 13. Jahrhundert sollen die ersten Räderuhren aufgekommen sein. Mit der Erfindung der Räderuhr hat sich nicht nur die Genauigkeit und Dauerhaftigkeit der Zeitbestimmung verändert, sondern vor allem die Ökonomie der westlichen Zivilisation. Räderuhren repräsentieren Ursachen und Folgen der sich verändernden Grundlagen der Ökonomie. Wieweit das sich drehende Rad nun auch schon als Ausdruck immer schneller werdender Zirkulation gelten kann, bleibt offen, sicher ist jedenfalls, daß die ökonomische Nutzung des Rades ganz allgemein im Zentrum der Entwicklung industrieller Produktionsweisen steht. Obgleich oder vielleicht gerade weil bei den sich entwickelnden neuen Produktionsweisen in den Manufakturen und Fabriken die Arbeitszeit entlohnt wurde, spielten Uhren im eigentlichen Produktionsprozeß noch nicht die Rolle, die sie später bei entwickelten Produktionsweisen und internalisierter Zeit spielen sollten. Im Gegenteil, im 17. Jahrhundert war es z. B. in Frankreich den Arbeitern untersagt, in Fabriken Uhren zu tragen. Man stellte die Betriebsuhren vor und nach, um mehr Zeit, d. h. Arbeitsleistung, also letztlich Geld, Kapital herauszuholen. Uhren wurden in dieser Zeit vor allem als Luxusgegenstände für die Höfe und für die reichen Bürger hergestellt. Die Selbstverständlichkeit, mit der heute Arbeitszeit gemessen, Arbeit in kleinste Zeiteinheiten zerlegt, Uhren gestochen werden etc., bedurfte erst eines sich über Jahrhunderte erstreckenden Prozesses der Internalisierung jenes Zeitbewußtseins, das uns heute vertraut und unentbehrlich scheint.

Trotzdem spielten Uhren im ökonomischen Reproduktionszusammenhang der europäischen Gesellschaften zu Beginn der Neuzeit eine hervorragende Rolle, bei der Kriegführung zumal: wann machen wir's, wann schlagen wir gemeinsam los? – Shakespeare läßt Richard III. sagen, als er am Abend von Bosworth in sein Zelt zurückkommt: »Give me a watch«, und zu seinem Diener: »Ratcliff, about the mid of night come to my tent, and help to arm me« –, aber auch für die Seefahrt, um die Position der Schiffe zu bestimmen und um das in Besitz genommene Land, insbesondere die neuen Kolonien in Übersee, zu vermessen, denn erst vermessen sind sie eigentlich in Besitz genommen. Darauf hatte Immanuel Kant ausdrücklich hingewiesen. Die kartographische Erfassung des Landes lenkt die Grundrente in wissenschaftlich-ökonomische Bahnen, die erst die Industriegesellschaft ermöglichen. Jedoch um die geographische Länge bestimmen zu können, benötigt man den Sonnenstand oder den Stand der Sterne und die genaue Zeit, also eine zuverlässig gehende Uhr. Selbst gegen Ende des 17. Jahrhunderts war das Problem der genauen Ermittlung der geographischen Länge zur See noch immer ungelöst. Erst durch technische Perfektion der mechanischen Uhrwerke und neue Konstruktionsprinzipien konnten Uhren hergestellt werden, die auch bei stürmischer See ihre Genauigkeit nicht einbüßten.

Man kann sagen, erst durch die serienmäßige Herstellung von genau gehenden Schiffschronometern im 18. Jahrhundert wurden die Kolonialreiche der Seemächte England und Frankreich stabilisiert; natürlich auch durch die Disziplinierung mit Hilfe scheinbar dem Vergnügen dienender Rituale: *five o'clock tea*. Aber nicht nur um den Markt zu erweitern, Länder in Besitz zu nehmen etc., auch für den Warenumschlag, die Zeit, die der Handel in Anspruch nimmt, werden Uhren immer wichtiger, zur Bestimmung der schnellsten Seerouten, um die Handelswege zu verkürzen. Denn das zirkulierende Kapital ist unproduktiv wie das fixierte, wenn es nicht arbeitet. Zeit ist Geld. »Die Circulationszeit«, schrieb Marx, »ist kein positives wertschaffendes Element; stünde sie gleich 0, so wäre die Wertschöpfung am höchsten.«[1] Ein Problem, das offenbar dem Handel wie der Physik gleichermaßen Kopfzerbrechen bereitet, die Schwierigkeiten nämlich, nicht an zwei verschiedenen Orten gleichzeitig sein zu können. »Während das Capital also einerseits dahin streben muß, jede örtliche Schranke des Verkehrs, i. e. Austauschs niederzureißen, die ganze Erde

1 Karl Marx, *Grundrisse der Kritik der Politischen Ökonomie*, MEGA, II, 1. 2., S. 437.

als seinen Markt zu erobern, strebt es andrerseits danach, den Raum zu vernichten durch die Zeit; d. h. die Zeit, die die Bewegung von einem Ort zum andren kostet, auf ein Minimum zu reduzieren.«[1]

Eine standardisierte Zeit setzte sich in Europa erst mit der weiteren Entwicklung des europäischen Binnenmarktes und vor allem des Transportwesens durch. Im 17. Jahrhundert begannen die verschiedenen Länder und Städte in Europa noch ihre Tagesstunden zu verschiedener Zeit. Sie hatten ihre wahre Zeit, gemessen am Sonnenstand. Basel begann z. B. mittags zu zählen, legte die Stunde aber auf ein Uhr fest, so daß die Stadt immer eine Stunde vor dem sie umgebenden Land war. Für den Reisenden zu jener Zeit reichte es nicht aus, über eine Uhr zu verfügen, er benötigte auch eine Zeitumwandlungstabelle von beträchtlichem Ausmaß. Erst die Entwicklung der Eisenbahn im 19. Jahrhundert zwang zur Einrichtung von regionalen und nationalen Zeitzonen. 1847 wurden z. B. die verschiedenen Eisenbahngesellschaften in England von der staatlichen Verwaltung aufgefordert, sich an der Zeit von Greenwich zu orientieren. Dagegen versuchte man in Schottland, Irland und Wales noch die lokale Zeit mit dem Slogan zu verteidigen, daß die »Eisenbahn-Zeit-Aggression« eine Anmaßung gegenüber dem Allmächtigen sei. Und noch 1911 hat man in Frankreich versucht, die *Pariser Zeit*, analog Greenwich und gegen die britische Vorherrschaft, als Normzeit durchzusetzen.

Heute ist mit der Abstraktion der Zeit auch die Realerfahrung an Chronometer, oszillierende Quarzkristalle oder gar an die Lichtgeschwindigkeit abgetreten worden. Wie abstrakt die Zeit wirklich ist, fällt einem eigentlich nur auf, wenn man sich irrt in der Zeitbestimmung, z. B. im

1 Ebd., S. 438.

Film, wo eine Minute kurz, aber auch lang sein kann, weil das Zeitgefühl sich an der Erfahrung orientiert, an Bild- und Tonerlebnissen, vielleicht auch bei den amtlich verordneten Sommer- und Winterzeitverschiebungen. Auf jeden Fall ist die durch Uhren gemessene Zeit das die Ökonomie organisierende Prinzip der westlichen und östlichen Industriegesellschaften geworden – eine Kulturkonstante. In der Ökonomie der Zeit löst sich schließlich alle Ökonomie auf. Das bleibt nicht auf die Arbeitszeit beschränkt, auch die Freizeit steht unter dem gleichen Verwertungszusammenhang, jenem Verwertungszusammenhang, der vermittelt durch den Weltmarkt auch dort oktroyiert wird, wo standardisierte Zeit noch nicht selbstverständlich, noch nicht internalisiert worden ist, wo noch Reste anderer Produktionsverhältnisse fortleben. Das provoziert zumeist Widerstand gegen die abstrakte Normzeit.

Was also heute hier und da als Unpünktlichkeit erscheint, als querstehende Zeitvorstellung oder irrationaler Umgang mit der Zeit, ist als unbewußter Widerstand zu interpretieren, als Widerstand gegen die Disziplinierung durch Zeit, und es ist die Frage zu stellen, ob nicht auch andere Produktionsverhältnisse denkbar sind als die, die durch die weltweit herrschende Organisation der Zeit vermittelt werden. Denn was einmal historisch zur kollektiven Katastrophenbewältigung entwickelt wurde, nämlich mit Hilfe ritualisierter Erinnerungsveranstaltungen Katastrophen in Zukunft abwenden zu können, also Geschichte immer wieder zu erinnern und neu zu interpretieren, hat sich offenbar in Form der abstrakten Zeitökonomie in eine nicht enden wollende, bewußtlose, kollektive Opferveranstaltung verwandelt, die jede Erinnerung an andere Zeiten und Erfahrungen tilgt. Das bezieht sich auf die großen Katastrophen ebenso wie auf die kleinen Namenstage. Wer erinnert sich schon am Montag an die mit diesem Namen verbundene archaische Ökonomie und ihre Feste, wer erinnert sich im Januar an Janus, dessen Kopf zurück und vorwärts blickt, als wollte er uns daran erinnern, daß die Zukunft aus den Erfahrungen der Vergangenheit zu konstruieren sei, jener Vergangenheit, die von der Gesellschaft anstatt verarbeitet immer nur mehr oder weniger schlecht verdrängt wird und darum in neuen Katastrophen fast ungebrochen wiederkehrt. Wer erinnert sich daran, daß wir den Juli Julius Caesar zu verdanken haben, der einen neuen Kalender einführte, was uns ins Bewußtsein bringen könnte, daß jeder Kalender, einschließlich der Götter, die den Wochentagen ihren Namen gaben, also jede Zeit, von Menschen gemacht ist und von denselben Menschen auch anders gemacht werden könnte. In diesem Zusammenhang sei nur an den französischen Revolutionskalender erinnert, der vollständig nach dem Dezimalsystem gegliedert war. Das Jahr hatte 360 Tage mit 12 Monaten zu je 30 Tagen, jeder Monat drei Wochen mit zehn Tagen. Durchsetzen konnten sich dieser Kalender wegen des Widerstandes gegen die Verringerung der Feiertage nicht – es gab nur alle zehn Tage einen Sonntag. Wohl aber hat sich die Bezeichnung der restlichen fünf Tage des Jahres – zwischen den Jahren – in den ehemals französischen Rheinlanden bis heute gehalten.

Hervorgegangen aus einer Katastrophenerinnerungs-, -versöhnungs- und -vermeidungsveranstaltung hat die Zeitvorstellung und -messung auch die Produktion von Katastrophen in sich aufgenommen, wie uns bereits der Mythos lehrt. Der Trieb selbst ist, wie die unbewußten psychischen Vorgänge, zeitlos, man kann Zeitvorstellungen nicht an sie heranbringen, schreibt Freud.[1] Erst die Erinnerung an eine Katastrophe schafft das Bewußtsein und damit eine Vorstel-

1 Sigmund Freud, *Jenseits des Lustprinzips*, in: *Gesammelte Werke*, Bd. XIII, London 1940, S. 28.

lung in der Zeit, ein Zeit- und Geschichtsbewußtsein. Damit ist das Zeitbewußtsein eine Antwort auf eine Katastrophe, und die ambivalente Einstellung zu ihr, nämlich die Katastrophe verdrängen zu wollen und gleichzeitig von ihr fasziniert zu sein, fördert die Tendenz, Ursprünge zu imaginieren, fördert ein ursprungsmythisches Bewußtsein, wenngleich gerade die Ergebnisse der Forschung zeigen, daß die Vorstellungen von Ursprüngen sich immer wieder als Übergänge erweisen, eher Wünschen als Tatsachen entsprechen. Diese Einsicht bestätigte der Altertums- und Mythenforscher Bachofen schon vor über hundert Jahren: »Wo immer wir mit der Geschichte in Berührung treten«, schrieb er, »sind die Zustände der Art, daß sie frühere Stufen des Daseins voraussetzen: nirgends Anfang, überall Fortsetzung, nirgends bloße Ursache, immer zugleich schon Folge.«[1] Die jüngste Entdeckung der Galaxie »Great Wall« läßt z. B. Zweifel aufkommen, ob der angenommene Urknall, mit dem bislang die Schöpfungsmythologie in eine wissenschaftliche Vorstellung säkularisiert wurde, wirklich der Urknall und nicht nur *ein* Knall war, wenn es ihn überhaupt gab. Wie jede Entdeckung im Bereich der Naturwissenschaften die Naturgeschichte erweitert, einmal angenommene Ursprünge immer weiter zurückverlegt – jede Entdeckung einer neuen, noch ferneren Galaxie führt uns ja immer wieder Millionen Lichtjahre zurück. Auch in der Geschichte der Gattung nahm man vor einem halben Jahrhundert noch an, daß die Kunst, Feuer zu machen, etwa 50000 Jahre alt sei, inzwischen ist man bereits bei etwa 700000 Jahren. Möglicherweise wurde die Kunst, Feuer zu machen, in der Geschichte der Gattung auch mehrmals erfunden, immer wieder als Antwort auf die Erfahrung einer großen Katastrophe. Denn es gibt Erfahrungen, die

1 Johann Jakob Bachofen, *Das Mutterrecht* (1861), Frankfurt a. M. 1975, S. 8.

immer wieder gemacht werden und auf die immer wieder eine Antwort gefunden werden muß, solange die äußere Gefahr nicht gebannt und der innere Konflikt nicht gelöst ist. Die aus einer Erinnerungsveranstaltung entstandene Form der Zeitmessung und Zeitbestimmung, mit dem Ziel, Katastrophen abwenden oder zumindest ihnen ausweichen zu können, hat ihre Zwecke verkehrt. Exakte Zeitmessung wird heute auch dazu benutzt, *home made disasters* zu synchronisieren.

V.

Vermutlich waren es immer große Naturkatastrophen, die zu beträchtlichen Umwälzungen der Lebensbedingungen auf dem Planeten führten und auf die die Menschen mit neuen gesellschaftlichen Organisationsmodellen geantwortet haben, um zu überleben, Katastrophen von kosmischem Ausmaß, von denen sich einige noch in historischer Zeit ereignet haben müssen. Jedenfalls hat Immanuel Velikovsky[1] unter Zuhilfenahme alter historischer Dokumente nachzuweisen versucht, daß z. B. der Planet Venus erst im 15. Jahrhundert v. Chr. als Komet in unser Planetensystem eingetreten ist, mit dem Mars kollidierte, von seiner Bahn abgelenkt wurde und zwischen Erde und Merkur schließlich seinen Platz als Venus in unserem Planetensystem fand. Das hat zu immensen Naturkatastrophen auch auf der Erde geführt, vergleichbar mit Naturkatastrophen, die die Änderung des Erdorbits, der Drehrichtung der Erde um ihre Achse und die Veränderung der Achsneigung der Erde hervorgerufen haben müssen. Wahrscheinlich wurde auch das biblische »Wunder«, der Fußmarsch der Israeliten durch das Rote Meer, durch eine derartige Naturkatastrophe ermöglicht.

So ist es auch durchaus möglich, daß eine Reihe großer Katastrophen vor langer, langer Zeit zu jener auf Triebverzicht aufbauenden Organisation der Gattung geführt hat. Alle Völker kennen Mythen, die als Variationen des Ödipus-Mythos zu lesen sind. Es sind Mythen und Volkserzählungen, die sich im wesentlichen um das Inzesttabu bewegen und eine erste Rationalisierung gesellschaftlicher Re-

1 Immanuel Velikovsky, *Worlds in Collision*, London 1950.

produktionsverhältnisse begründen. Damit wird der wechselseitigen Attraktion der Geschlechter gewissermaßen eine Hemmung eingebaut, die, indem sie die unmittelbare Befriedigung des Triebs unterdrückt und Triebbefriedigung verzögert und verlagert, das Leben der Gesellschaft in ökonomische Bahnen lenkt. Eine Hemmung, die, wie die Hemmung der Räderuhr, verhindert, daß sie in Sekunden abschnurrt und derart mechanische Zeitmessung überhaupt erst möglich macht, oder wie durch den *nervus vagus* ein übermäßig schneller Herzschlag verhindert und dadurch das Leben über den Augenblick hinaus verlängert wird. Daß das in der Praxis dann oft zu völligen Blockaden geführt hat, ist bekannt, ebenso bekannt wie die vom Trieb gesteuerte gewaltsame Reaktion gegen jede Form der Triebunterdrückung, die in abgeschwächter Form zur Lebensphilosophie des Lebens im Augenblick führt.

Unsere Kenntnis dieser Gesellschaft konstituierenden Tatsache reicht weit zurück, weil noch die ältesten Grabfunde durch Opfergaben diese triebökonomischen Fundamente gesellschaftlicher Reproduktionsverhältnisse bestätigen, wie überhaupt die Sitte, Tote zu bestatten, vor dem Hintergrund der Mythengeschichte diesen Schluß nahelegt. Was in den Bestattungsriten symbolisch dargestellt wird, ist zweierlei: der Trieb, der unterdrückt und in seinen Stellvertretern geopfert wird, und zugleich die dem Trieb im Wege stehende Autorität, die internalisiert dann über die Einhaltung des Tabus wacht. Ödipus erschlägt seinen Vater Laios und nimmt sich selbst nicht das Leben, aber sein abstraktestes Sinnesorgan der Begierde – das Augenlicht. Der Mythos beschreibt also auch, wenn man ihn umgekehrt liest, wie mit der Entwicklung von Opfer und Ersatz triebökonomisch eine Verfeinerung der Sinne einhergeht: mit den Augen abtasten.

Darüber hinaus wird im Mythos symbolisch dargestellt,

was auch die Gesellschaft auf dem Markt zusammenbringt: phallische Konkurrenz um das Triebziel, das im allgemeinen Vereinigungswunsch und dem Bedürfnis nach Austausch fortlebt, und Ersatz für das geopferte Triebziel, die Gegenstände des Austauschs: Frauen, Waren, aber auch Ideen und Meinungen, die auf dem Marktplatz die Kommunikation aufrechterhalten. Was die Erfahrung von Naturkatastrophen sowie die durch die Gesellschaft selbst produzierten Katastrophen für die Gattung sind, ist die Erfahrung der im Ödipuskomplex beschriebenen individuellen Katastrophe für das Individuum. Es ist die Erfahrung von Mangel, nämlich daß der Realisierung unmittelbarer Triebwünsche die gesellschaftliche Organisation, das Tabu, im Wege steht, was die unmittelbare Befriedigung von Triebwünschen nicht zuläßt. Das wird als große Katastrophe erfahren und nötigt in der Ontogenese eines jeden Individuums immer wieder zu Katastrophenmanagement, zwingt es, Auswege zu suchen. Immer war es der Mangel, der schon die Natur zur Evolution veranlaßt hat und der nun die Gesellschaft immer wieder zur Produktion von Ersatz und zur Entwicklung von immer neuen Formen des Austauschs treibt.

Für den Markt bleibt die phallische Konkurrenzsituation konstitutiv: Hermes, der Phallos, konkurriert mit seinem Bruder um die Kühe. Noch der Austausch von Waren wird vermittelt durch Messen und Wägen, also Abstraktionen phallischer Konkurrenz. Apollon hat die Herde nur hergegeben, weil ihm die Lyra mehr wert war. Auch die Zurschaustellung von Superlativen aller Art auf Jahrmärkten ist noch eine Reminiszenz an die Artikulation dieser allgemeinen Konkurrenz. Die Messe ist eine Leistungsschau, sie vereinigt und trennt zugleich. Schließlich sind es die unbefriedigten Wünsche, die die Menschen auf den Markt treiben, um sich in den Konkurrenzkampf um die Vertreter des ursprünglichen Lustobjekts zu begeben. An dieser Stelle kommt zugleich noch eine andere Gewalt ins Spiel: das Gesetz des Gottes oder die Autorität, unter der die Subjekte auf dem Markt zusammengekommen sind, der durch physische Macht garantierte Marktfriede, die Marktordnung. Sie zivilisiert zugleich den Konkurrenzkampf, indem sie ihn reglementiert und List nur noch auf der Grundlage der Marktordnung zuläßt. Es ist die internalisierte Autorität, die einerseits die Marktregeln bestimmt und die andererseits für die Ausbildung der Individualität der Subjekte, die sich auf dem Markt als Tauschpartner gegenübertreten, konstitutiv ist. Jedoch erst durch den Tausch treten sich die Subjekte als Subjekte gegenüber, indem sie sich im Tausch und in den ausgetauschten Waren ein Stück verdrängter und geopferter Natur wieder aneignen, sich mit Teilen ihrer eigenen Triebnatur versöhnen.

Freuds berühmter Satz, »Wo Es war, soll Ich werden«, beschreibt den zivilisatorischen Prozeß der Menschwerdung eines Affen. Folgt man seiner topologischen Darstellung, so wurde – eingebettet in das Es, den unbewußten Trieb, die unzivilisierte Natur – durch eine in Mythen immer wieder dargestellte Katastrophe, das Über-Ich, die Autorität eines möglicherweise einmal gemordeten oder geopferten Urvaters – im Ödipus-Mythos Laios – eingetragen und internalisiert. Zugleich konstituierte sich an dieser Stelle, als vermittelnde Instanz zwischen der internalisierten Autorität und den Ansprüchen der Triebnatur, das Ich. Es bildet die schwache Keimzelle des Subjektes und der Individualität. Mit der so gezeichneten utopischen Figur des Ich beschreibt Freud die Konstitution der Subjekte in der Gesellschaft. Sie versammeln sich zu Opferkulten auf dem Markt, leisten der sozial geforderten Verdrängung Folge, indem sie immer wieder opfern, zugleich nehmen sie Elemente der verdrängten und geopferten Natur ins Ich auf, die in Form sublimierter und teilweise entschärfter Triebwünsche wieder zugelassen werden. Dadurch konstituieren sie sich als Subjekte, mit dem Ziel, die Ansprüche der Natur mit dem Gesetz, das die Gesellschaft organisiert, zu versöhnen. So erweist sich die Gesellschaft der Subjekte als Teil der Natur – Ich und Über-Ich eingebettet in das Es –, die, seit es sie gibt, den Konflikt zwischen Liebe und dem Trieb einerseits und dem ökonomischen Selbsterhaltungsgebot der Gesellschaft andererseits in Opferkulten und Mythen als einen Konflikt zwischen ihrer inneren wie auch äußeren Natur dargestellt hat. Vom Kultplatz emanzipiert, säkularisiert und rationalisiert, ist der Markt bis heute die Arena, in der der immer noch ungelöste Konflikt zwischen Liebe und Überleben tagtäglich ausgetragen wird. Er zieht sich, gewissermaßen als roter Faden, durch die gesamte Gattungsgeschichte. Selbst Ausbeutung ist, wie der Wille zur Macht, eine Reaktion auf Liebesverlust.

Vermittelt durch die Waren als Triebziel, veranlaßt der Trieb die Individuen zur Befriedigung letzten Endes sexueller Bedürfnisse, aber auch zur Wiederherstellung eines, wenn auch halluzinierten, früheren Zustandes. Diese Tatsache hat Freud veranlaßt, den Trieb in doppelter Gestalt vorzustellen, nämlich daß er befriedigt werden und zugleich einen früheren Zustand wiederherstellen will. »Ein Trieb wäre also«, schreibt er, »ein dem belebten Organischen innewohnender Drang zur Wiederherstellung eines früheren Zustandes«, und weiter: »Das Ziel alles Lebens ist der Tod, und zurückgreifend: Das Leblose war früher da als das Leben.«[1] Wieweit der Todestrieb nun aus dem Sexualtrieb hervorgegangen oder eventuell sozial bestimmt und geprägt ist, bleibt strittig, allein die Tatsache, daß auch der Sexual-

1 Sigmund Freud, *Jenseits des Lustprinzips*, in: *Gesammelte Werke*, Bd. XIII, London 1940, S. 38 ff.

trieb die Tendenz hat, einen früheren, als befriedigend erinnerten Zustand wiederherzustellen, verbindet ihn mit regressiven Strukturen, die nicht nur das Geschehen auf dem Markt beherrschen, sondern die überhaupt vom zivilisatorischen Prozeß nicht zu trennen sind. Nach Freuds Meinung waren übergroße sexuelle Reize, die nicht mehr abgeführt werden konnten, der Anlaß, das Lustprinzip außer Kraft zu setzen, von ihm, wenigstens auf Zeit, befreit zu werden.

Das Interesse des Triebs, einen früheren Zustand wiederherzustellen, korrespondiert mit der Angst vor der Wiederholung der von jedem Individuum einmal erfahrenen Katastrophe – in der Psychoanalyse als Kastrationsangst beschrieben – und führt zu Regressionsbewegungen. Freud schreibt: »Die genitale Organisation der Libido erweist sich als schwächlich und zu wenig resistent. Wenn das Ich sein Abwehrstreben beginnt, so erzielt es als ersten Erfolg, daß die Genitalorganisation (der phallischen Phase) ganz oder teilweise auf die frühere sadistisch-anale Stufe zurückgeworfen wird. Diese Tatsache der Regression bleibt für alles folgende bestimmend.« Und er fährt fort: »Ich halte darum an der Vermutung fest, daß die Todesangst als Analogon der Kastrationsangst aufzufassen ist und daß die Situation, auf welche das Ich reagiert, das Verlassensein vom schützenden Über-Ich – den Schicksalsmächten – ist, womit die Sicherung gegen alle Gefahren ein Ende hat.«[1]

Es ist also die Angstsituation, die zur Regression auf frühere Stufen der psychischen Entwicklung des Individuums wie auch der Gesellschaft führt, zur Infantilisierung als auch zur Regression auf Partialtriebe. Auf dem Markt spielt in diesem Zusammenhang die Funktionalisierung der Vor-

1 Sigmund Freud, *Hemmung, Symptom und Angst*, in: *Gesammelte Werke*, Bd. XIV, a.a.O., S. 143, 160.

lust eine entscheidende Rolle, bei der Werbung zumal, um der Angst auszuweichen und über ständige Vorlusterlebnisse direkt in den spannungslosen Zustand nach dem Lusterlebnis zu gelangen. Das ist gewissermaßen die von Freud beschriebene Simulation des anorganischen Zustands, nach dem auch alles Leben strebt, der Tod. Michael Balint[1] scheint dieses stille, ruhige Wohlbehagen die Urform der Lust zu sein, nach der ebenso alle Vorlustfunktionen direkt streben. Sicher ist jedenfalls, daß die Angst des Individuums vor der Gefahrsituation, in der es unterzugehen droht, dazu treibt, sich über Vorlustfunktionen Erlebnisse zu verschaffen, die zwar nicht mit den angestrebten Lusterlebnissen identisch sind, wohl aber das Individuum in einen Gefühlszustand versetzen, der mit dem spannungslosen Zustand nach dem eigentlichen Lusterlebnis vergleichbar ist. Daß dabei das Individuum als Subjekt unter Umständen auf der Strecke bleibt, ist unerheblich, wo doch das Individuum so der drohenden Katastrophe ausweichen konnte, um wenigstens zu überleben.

Im übrigen ist damit auch nicht der Konflikt aus der Welt, der Trieb liquidiert, denn er strebt weiter, wenn auch auf Umwegen oder simulativ, befriedigt zu werden; er ist nur der Gefahr ausgewichen. »Was ist der Kern, die Bedeutung der Gefahrsituation?« schreibt Freud, »offenbar die Einschätzung unserer Stärke im Vergleich zu ihrer Größe, das Zugeständnis unserer Hilflosigkeit gegen sie, der materiellen Hilflosigkeit im Falle der Realgefahr, der psychischen Hilflosigkeit im Falle der Triebgefahr. Unser Urteil wird dabei von wirklich gemachten Erfahrungen geleitet werden; ob es sich in seiner Schätzung irrt, ist für den Erfolg gleichgültig. Heißen wir eine solche erlebte Situation von Hilflo-

1 Michael Balint, *Eros und Aphrodite*, in: *Die Urformen der Liebe und die Technik der Psychoanalyse*, Frankfurt a. M. 1969, S. 79.

sigkeit eine *traumatische*; wir haben dann guten Grund, die traumatische Situation von der *Gefahrsituation* zu trennen. Es ist nun ein wichtiger Fortschritt in unserer Selbstbewahrung, wenn eine solche traumatische Situation von Hilflosigkeit nicht abgewartet, sondern vorhergesehen, erwartet wird. Die Situation, in der die Bedingung für solche Erwartung enthalten ist, heiße die Gefahrsituation, in ihr wird das Angstsignal gegeben. Dies will besagen: ich erwarte, daß sich eine Situation von Hilflosigkeit ergeben wird, oder die gegenwärtige Situation erinnert mich an eines der früher erfahrenen traumatischen Erlebnisse. Daher antizipiere ich dieses Trauma, will mich benehmen, als ob es schon da wäre, solange noch Zeit ist, es abzuwenden. Die Angst ist also einerseits Erwartung des Traumas, andererseits eine gemilderte Wiederholung desselben. Diese beiden Charaktere, die uns an der Angst aufgefallen sind, haben also verschiedenen Ursprung. Ihre Beziehung zur Erwartung gehört zur Gefahrsituation, ihre Unbestimmtheit und Objektlosigkeit zur traumatischen Situation der Hilflosigkeit, die in der Gefahrsituation antizipiert wird.«[1]

Das Bedürfnis, der real möglichen oder auch halluzinierten, als Gefahr erkannten und erwarteten Katastrophe auszuweichen, ist es, das das Individuum in scheinbar ungefährliche Formen der Lustbefriedigung treibt. So den Fetischisten, dem das fremde, weibliche Genitale Angst bereitet – *au fond* vor möglicher Rache der unterdrückten und ausgebeuteten, mit der Weiblichkeit assoziierten Natur – und, weil der Trieb dennoch befriedigt werden will, zum Fetisch greifen läßt. Das begründet den Fetischismus in seiner pathologischen Form, aber auch den Warenfetischismus in den ständig wechselnden Fetischen des Konsums, die ihre Funktion nur deshalb erfüllen, weil sie durch die

1 Sigmund Freud, *Hemmung, Symptom und Angst*, a.a.O., S. 199.

Vorlust stimulierende Werbung immer wieder aufgeladen werden, aufgeladen werden müssen, wie die Fetische der sogenannten Primitiven, die ihren Dienst ohne den dazugehörigen Zauber verweigern würden.

Reklame sei Kunst für Arme, wurde einmal gesagt. Tatsächlich existiert das Wort im deutschen Sprachgebrauch erst seit den 20er Jahren des vorigen Jahrhunderts und wurde zunächst als *réclame* für die bezahlte Buchbesprechung in der Zeitung benutzt und von Heine und Gutzkow dann zwanzig Jahre später ganz allgemein für Kundenwerbung eingesetzt. Reklame, das ist nicht Werbung für die Nützlichkeit von Gegenständen, sondern für den erfolgten Genuß. Darum konnte Vance Packard[1] auch sagen, daß *marketing* nicht Waren, sondern die Befriedigung von Wünschen verkauft. Zunächst scheint das nahe beieinander zu liegen, denn der Genuß, das ist ja der Nutzen eines Gegenstands, verspricht die Befriedigung von Wünschen. Aber eben in einer ganz anderen Weise; im Durchgang durch den Gebrauch, darin besteht die Nützlichkeit der Gegenstände, stellt sich erst jener entspannte Zustand ein, den die Werbung als Vorlustunternehmen und -versprechen von vornherein zu erzeugen die Absicht hat. Sie suggeriert dem Konsumenten, daß er das Produkt bereits konsumiert hat, nämlich daß er zu jener Gruppe gehört, die alles bereits hinter sich hat, wenn sich die Werbung nicht überhaupt darauf beschränkt, die Infantilisierung und die Partialtriebe der Konsumenten anzusprechen. Das erweckt zuweilen den Schein, Werbung sei nur auf Kinder und Jugendliche zugeschnitten, die ja in der Tat die größte Konsumentengruppe stellen. Aber was die Gesellschaft zunehmend aus den Augen und aus dem Sinn verliert, woran sie kein Interesse mehr hat, ist nicht die Kindheit, wie manche Autoren behaupten,

1 Vance Packard, *Die geheimen Verführer*, Frankfurt a. M. 1984.

sondern der Versuch, erwachsen zu werden: Egoismus ja, aber Individualität nein, und das Subjekt nur, wenn es als Objekt in einem Supersubjekt sich auflösen kann. Der sogenannte Lebensweg, der einmal mit kitschigem Nachdruck als Weg von der Wiege in die Bahre beschrieben wurde, scheint sich in einen Sprung von der Wiege in die wieder als Wiege simulierte Bahre beschleunigt zu haben, als Sprung in die Infantilisierung sozusagen. Damit haben sich auch die Formen des Genusses reduziert auf das, was man bei diesem Sprung noch mitbekommen kann. Aber der Genuß einer Zigarre geht eben nicht darin auf, Asche und Krebs zu erzeugen, sondern er besteht darin, den Rauch zu inhalieren, sich in einen leichten Rausch zu versetzen, und das braucht Zeit.

Darum ist es auch nicht richtig, von der Konsumgesellschaft als von einem hedonistischen Verein zu sprechen, sie hat es nicht auf Lust, *hedone*, abgesehen, sondern auf den entspannten Zustand danach, auf bloßes Freisein von Schmerzen, die die gesellschaftliche Spannung erzeugt und die das Individuum in prozessualen, aktiv produktiven Lusterlebnissen abzubauen nicht mehr in der Lage ist. Schon dadurch ist es genötigt, seinen Subjektstatus aufzugeben. Damit spielt auch die Werbung. Sie arbeitet im wesentlichen mit Identifikation. Indem die Konsumenten sich mit den Warensubjekten oder den mit Waren unmittelbar verknüpften Subjekten identifizieren, werden sie scheinbar selber zu Subjekten. Doch indem sie sich mit den Waren identifizieren, verwandeln sie sich in Wahrheit den Konsumobjekten an, machen sich selbst zu Objekten in einer Welt, in der für sie als agierende Subjekte kein Platz mehr ist. Derart hat sich Selbstbewußtsein in Markenbewußtsein verwandelt, und die Konsumenten nehmen so als Objekte der Werbung an der Werbeveranstaltung teil.

In welcher Weise der weltweit ständig wachsende Industriezweig Werbung selbst das Geschäft und die Bedürfnisbefriedigung, z. B. durch Sport, auf die Beteiligung an Werbeveranstaltungen reduziert ist, beweisen die von der Firma Coca-Cola gesponserten Olympiaden. Ging Coubertin im vorigen Jahrhundert noch von nationalen Wettbewerbsveranstaltungen aus, wo die Sportler und mit ihnen die Nationen – wie in der Antike schon – letzten Endes für den Waffengang fit gemacht werden sollten, so sind Olympiaden heute nur noch Werbeveranstaltungen für allerlei Konsumartikel. Sie haben die Sportler zu Werbeträgern degradiert und sind selbst zu Trägern eines ständig ausufernden *product placement* geworden. Sogar politische Nachrichten im Fernsehen oder Radio haben sich in Werbeträger verwandelt. Vor allem aber Schlagersendungen, denen Musik nichts, der Verkauf von Musikträgern aber alles ist, stehen im Dienste der Werbung. Die Springflut der sogenannten Volksmusik, also der Produkte der Schlagerindustrie, fungiert zugleich als Werbung für den Verkauf von Musikträgern und Abspielgeräten. Dies wissend, hat sich z. B. die japanische Phonoindustrie in die Unterhaltungsbranche bereits erfolgreich eingekauft. Der Unterhaltungsmarkt ist der derzeit prosperierende Markt, der Unterhaltung zu seinem eigenen Werbeträger umfunktioniert hat. Darum sind die Radiosender auch seit einiger Zeit zur Veröffentlichung der *Charts* – die Rangliste der Schlager im Verkaufserfolg – übergegangen, um die Beliebtheit eines Stücks zu feiern, wohl wissend, daß mit dieser Art Veranstaltung erst Beliebtheit kreiert wird, weil sich die Mehrheit bekanntlich immer dem Erfolg anschließt.

In dieser Art zwangsvereinigt, regrediert auch das Vereinigungsbedürfnis zu Vereinsbildung, Gruppen- und Stammesstrukturen: *Wir sind ein Volk*! Diese populistische Tendenz, den roten Faden der Geschichte, der sich auf dem Markt zu einem scheinbar unentwirrbaren Knäuel verheddert hat, einfach abzuschneiden (aufzuräumen, also Entrümpeln der Geschichte, hat das einmal ein deutscher Kanzler genannt), einfach zu Stammesstrukturen zurückzukehren, trägt weder zur Lösung des historischen Konfliktes noch dazu bei, sich der eigenen Geschichte erst einmal bewußt zu werden, sie zu erinnern, um einen Ausweg aus der vertrackten Situation zu finden. Die Zerschlagung des gordischen Knotens führt nur weiter ins Unheil, das erzählt uns der Mythos ebenso wie die jüngste deutsche Geschichte. Daß die Werbung mit der Funktionalisierung regressiver Tendenzen spielt, ist ihr Geschäft, aufs Politik-Geschäft übertragen führt das zu jenen populistischen Tendenzen, die weltweit auf dem Vormarsch sind und speziell in Deutschland, wenn auch in anderer Form, schon einmal in die absolute Katastrophe geführt haben. Heinz Domizlaff[1], der werbestrategische Ziehvater von Joseph Goebbels – »ich habe Domizlaff auswendig gelernt« –, sah Staat und Monopolfirma oder überhaupt ein Großunternehmen als identisch. Sie bedürfen der Werbung, Reklame, Propaganda, um die Angestellten, Konsumenten, das Volk für sich zu gewinnen, an sich zu binden.

Marketing besteht also darin, den Opferprozeß scheinbar auszuschalten, dem Konsumenten zu gestatten, über die Vorlustfunktion der Werbung direkt in den entspannten Zustand nach dem Lusterlebnis, gewissermaßen direkt in den von der Folklore besungenen Feierabendzustand zu gleiten. Freud erkannte die Fragwürdigkeit der Arbeit und Lust tendenziell umgehenden Vorluststeigerungsmechanismen. »Der Zusammenhang der Vorlust aber mit dem infantilen Sexualleben wird durch die pathogene Rolle, die ihr zufallen kann, bekräftigt. Aus dem Mechanismus, in dem

1 Heinz Domizlaff, *Propagandamittel der Staatsidee*, Altona-Othmarschen 1932.

die Vorlust aufgenommen ist, ergibt sich für die Erreichung des normalen Sexualziels offenbar eine Gefahr, die dann eintritt, wenn an irgendeiner Stelle der vorbereitenden Sexualvorgänge die Vorlust zu groß, ihr Spannungsanteil zu gering ausfallen sollte. Dann entfällt die Triebkraft, um den Sexualvorgang weiter fortzusetzen, der ganze Weg verkürzt sich, die betreffende vorbereitende Aktion tritt an Stelle des normalen Sexualziels. Dieser schädliche Fall hat erfahrungsgemäß zur Bedingung, daß die betreffende erogene Zone oder der entsprechende Partialtrieb schon im infantilen Leben in ungewöhnlichem Maße zur Lustgewinnung beigetragen hatte. Kommen noch Momente hinzu, welche auf die Fixierung hinwirken, so entsteht leicht fürs spätere Leben ein Zwang, welcher sich der Einordnung dieser einen Vorlust in einen neuen Zusammenhang widersetzt. Solcherart ist in der Tat der Mechanismus vieler Perversionen, die ein Verweilen bei vorbereitenden Akten des Sexualvorganges darstellen.«[1]

Wenn Produkte der Kunst nicht verarbeitet, das entspräche ja der tätigen Sexualbewegung, sondern nur noch passiv erlebt und auch nicht mehr nachvollzogen werden, trifft diese Vorlustfunktion auch den Kunstgenuß. Das ist unabhängig von der Frage, inwieweit die Sublimierung von Triebzielen und Triebbefriedigung sich nicht in weiten Bereichen auf Vorlustfunktionen beschränkt oder darin ihren größten Anteil hat. Besonders reduziert erscheint dieser Mechanismus im Musikkonsum, wenn der Konsument die Konstruktion der Musik nicht mehr nachvollziehen, sondern nur noch rauschhaft darin versinken will: »So möchte ich sterben, selig vor Lust.«[2] In der Tat hätte alle Gefahr so ein Ende; damit arbeitet die Werbung. Viele Produkte der

1 Sigmund Freud, *Drei Abhandlungen zur Sexualtheorie*, in: *Gesammelte Werke*, Bd. V, London 1942, S. 113.
2 Petron, *Satiricon*, 1,76.

Kunst sind darauf bereits marktgerecht zugeschnitten, was Adorno einmal zu dem Kommentar veranlaßte, daß die Trailer von Hollywood-Filmen bereits der ganze Film seien. Das weist sie zugleich als Kitsch aus. »Es scheint«, schreibt Hermann Broch, »daß Kunst in dem Maße, wie sie sich dem Wertbegriff des Marktes angleicht, überhaupt zu gleichwertiger Ware neben anderen wird, unausweichlich zum Kitsch verurteilt ist.«[1] Kitschig sind alle Produkte der Kunst, die von vornherein darauf zugeschnitten sind, den Konsumenten direkt in einen spannungslosen Zustand zu führen.

Allerdings sind der Sublimierung des Triebwunsches und seiner Befriedigung in Kulturprodukten auch immer natürliche Grenzen gesetzt, weil die Befriedigung des Triebwunsches nie restlos in der Sublimierung aufgehen kann. Darauf hat Sigmund Freud schon in seinen *Vorlesungen über Psychoanalyse* an der Clark University hingewiesen. Immer bleibt ein Rest unmittelbarer sexueller Triebwünsche, die, wie Hunger und Durst, auch befriedigt werden wollen. Freud erwähnte, um das Problem zu veranschaulichen, eine Geschichte, die man von den für derartige Kurzschlüsse berühmten Schildbürgern erzählt: »Die Schildbürger besaßen ein Pferd, mit dessen Kraftleistungen sie sehr zufrieden waren, an dem sie nur eines auszusetzen hatten, daß es soviel teuern Hafer verzehrte. Sie beschlossen, ihm diese Unart schonend abzugewöhnen, indem sie seine Ration täglich um mehrere Halme verringerten, bis sie es an die völlige Enthaltsamkeit gewöhnt hätten. Es ging eine Weile vortrefflich, das Pferd war bis auf einen Halm am Tag entwöhnt, am nächsten Tag sollte es endlich haferfrei arbeiten. Am Morgen dieses Tages wurde das tückische Tier tot

1 Hermann Broch, *Kitsch und Literatur*, in: *Schriften zur Literatur*, Bd. 2, Frankfurt a. M. 1975, S. 123.

aufgefunden; die Bürger konnten sich nicht erklären, woran es gestorben war.«[1] So bleibt es also scheinbar irrelevant, ob nun das Objekt des Triebwunsches in Kulturprodukte sublimiert und der Trieb zu Teilen befriedigt werden kann oder ob durch Kitschprodukte dieser Weg auch gleich übersprungen wird. In beiden Fällen wird die durch den unbefriedigten Trieb erzeugte Spannung erhöht. Und doch macht es einen Unterschied, denn in der Sublimierung besteht immerhin die Möglichkeit, diese Spannung noch darzustellen und bewußtzumachen, während der Kitsch sich jeder Erhellung dieses Triebkonfliktes verschließt.

Im Grunde wird durch Kitsch, wie durch die immer mit Kitsch spielende Werbung, das Objekt der Begierde, das eigentlich nur stört, entfernt, die den Trieb orientierende Spannung zwischen den Geschlechtern neutralisiert, wie es das deutsche Wort für *marketing*, vermarkten, bereits verrät. Denn das Präfix *ver-* deutet an, daß etwas zum Verschwinden gebracht werden soll. Und das ist über befriedigende Formen des Austauschs hinaus auch die unerträglich gewordene Spannung, die als erotische Spannung noch den Gegenständen innewohnt und als Spannung verschwinden soll – eine Tendenz, die vermutlich von Anfang an auch am Markt teilhatte, denn sonst hätten die Autoren der Mythen nicht Hermes mit seiner Schwester Aphrodite jenen Hermaphroditen zeugen lassen, der heute wieder so beliebt ist.

Wenn auch in der Geschichte nicht ausdrücklich erwähnt, so wissen wir doch, daß unter dem Schutzpatron des Marktes auf dem Marktplatz nicht nur der Austausch der Waren vonstatten ging, sondern auch der Austausch der Meinungen, der Streit um die wahre Meinung ausgetragen, Volksversammlungen abgehalten, Kriege geplant, Recht gespro-

1 Sigmund Freud, *Über Psychoanalyse, Fünf Vorlesungen, gehalten zur zwanzigjährigen Gründungsfeier der Clark University in Worcester, Mass., September 1909*, in: *Gesammelte Werke*, Bd. VIII, London 1943, S. 59f.

chen, Götter verehrt, Feste gefeiert wurden, kurz alle für das Fortbestehen und den Zusammenhalt der Gesellschaft wichtigen Dinge und Veranstaltungen ihren Ort hatten. Quer über die Agorá Athens verlief die Panathenäenstraße, auf der die Prozessionszüge anläßlich öffentlicher Feiern ihren Weg zur Akropolis fanden. In einer der Säulenhallen, Stoa, am Rande des Marktplatzes, die den Händlern und Wechslern für ihre Geschäfte dienten, wurde um 300 v. Chr. die berühmte, nach der Markthalle benannte Philosophieschule gegründet, die Gott und Natur als Einheit auffaßte, das Zweckmäßige als notwendig und die Willensfreiheit des Individuums proklamierte und darum die ethische Forderung aufgestellt hatte, daß das Individuum aus freier Entscheidung in Übereinstimmung mit der Natur leben solle. In Analogie zu Freuds topologischer Darstellung der Psyche des Individuums wäre der Markt der Ort, wo das Ich Es und Über-Ich vermittelt, der Ort, wo die Gesellschaft zu sich selbst kommt, indem sie ihr Verhältnis zu sich und zur Natur als bewußtes Verhältnis artikuliert.

Raphaels berühmtes Fresko, *Die Schule von Athen*, das die bekanntesten Philosophen der griechischen und orientalischen Antike in einer römischen Basilika zeigt, weist, in Übereinstimmung mit der Tradition, der Philosophie den Markt als ihren Ort zu, denn die römische Basilika war ja ursprünglich die Börse für das Kapital und den Produktengroßhandel[1], ehe sie der Kirche als Vermittlungsstätte für die letzte Wahrheit diente. Ohne den Markt ist Philosophie nicht denkbar. Denken, Sinnen ist, wie der Markt, durch den Markt und auf dem Markt auf die Befriedigung immer noch unbefriedigter Bedürfnisse ausgerichet, in der Ab-

1 »Die Basiliken sind an die Märkte, gegen die wärmsten Himmelsgegenden zu stellen, damit Winters, sonders Beschwerden von Seiten der Witterung, die Kaufleute sich darin versammeln können.« Marcus Vitruvius Pollio, *Baukunst*, Fünftes Buch, Übers. August Rode, Zürich 1987, Bd. 1, S. 202.

straktion am Triebwunsch fixiert und um einen Ausweg, eine Lösung des Dilemmas bemüht, nämlich ein Leben in der Gesellschaft allererst zu ermöglichen. Auch die Philosophen haben ihre Marktordnung, ihre Regeln der Wettkampfkultur, wie die Dichter, ohne die neues Denken keine Chance hätte, überhaupt gehört zu werden. Allerdings haben die Philosophen der griechischen Antike auch in der Sprache des Marktes gesprochen. Sie konnten von allen verstanden werden, weil sie wie jedermann sprachen und nicht in eine unverständliche Spezialsprache verpackte, für den Durchschnittsbürger nur schwer entschlüssel- und konsumierbare Waren verkauften.

Die *Schule von Athen* ist eine Einrichtung des Marktes, die denselben Markt mit seinen Begriffen versorgt. Auf diesem Bild sehen wir im Zentrum Platon und Aristoteles. Während Platon, den Timaios in einer Hand, mit der anderen nach oben weisend, die Spekulation verkörpert, sieht man Aristoteles mit seiner Ethik in der einen Hand und mit der anderen nach unten zeigend, als ob er uns sagen wollte, daß alle wahre Philosophie sich dem Experiment, der Erfahrung verdanke. Dieses Fresko, auf dem alle bekannten Philosophen in signifikanten Posen zu sehen sind, vermittelt uns, daß das Bild, das wir uns sowohl von der Gesellschaft als auch von der Welt machen, sich dem Austausch der Gesellschaftsmitglieder untereinander als auch dem Austausch der Gesellschaft mit der Natur, also in letzter Instanz dem Markt, verdankt. Es ist der gleiche Marktplatz, auf dem Sokrates seine berühmte Abschiedsrede zum *demos*, der Bürgerschaft von Athen, hielt und auf dem das erste Mal die abendländische Demokratie proklamiert wurde. Als unmittelbare Demokratie beteiligte sie alle Bürger – Sklaven natürlich ausgeschlossen – immer an allen Beschlüssen und bei der Wahl von Beamten, um der demokratischen Gerechtigkeit willen, entschied nicht Vermögen oder Tüchtigkeit, sondern das Los, eine Basisdemokratie, wie sie wohl heute nur noch auf regionaler Ebene oder im städtischen Kiez realisierbar wäre.

Der gleiche Marktplatz beherbergte das Tribunal ebenso wie einen Altar der zwölf Götter der Griechen, den Schutzpatron des Marktes eingeschlossen. Als Forum[1] war der Markt in Rom eine Institution der Öffentlichkeit, wo idealiter alle Bürger zu Wort kommen sollten. Der Entwicklung des Marktes verdanken wir letzten Endes auch die Idee einer Gesellschaft selbstbewußter Individuen, die ihre Konflikte gemeinsam, durch freien Austausch von Waren und Ideen, auf dem Marktplatz lösen. Sie geht von der Voraussetzung einer Gesellschaft von gleichberechtigten Eigentümern aus. Auf Eigentum sollten Identität und Selbstbewußtsein freier Individuen aufbauen. Daß diese auf dem Markt geborene Utopie durch die auf demselben Markt angelegte Tendenz ökonomischer Machtakkumulation, durch die Mechanismen der Monopolbildung, auch wieder zunichte gemacht wird, ist nicht zu übersehen. Die Desintegration von Wirtschaft und Gesellschaft führt schließlich auch zur Zerstörung des Marktes und seiner integrativen Funktion. Haben sich erst ökonomische Partialinteressen gegenüber der Gesellschaft verselbständigt, ihrer Kontrolle entzogen, liquidieren sie letzten Endes auch den Wettbewerb und zerstören den gesellschaftlichen Zusammenhalt. »Im Prinzip«, schreibt Fernand Braudel, »dient die strenge Marktaufsicht dem Schutz des Verbrauchers, d. h. des *Wett-*

1 »Forum hieß den Römern überhaupt jeder Markt, worauf man feil hatte, und dergleichen gab es 17 zu Rom, als, den Viehmarkt, den Naschmarkt, den Krautmarkt, den Fischmarkt usw.: Insbesondere aber einen großen Platz, der mit öffentlichen Gebäuden und Hallen geziert war, und dazu diente, daß man daselbst allerley feil hatte, Versammlungen anstellte, Gericht hielt, öffentliche Angelegenheiten verhandelte, auch Fechterspiele darauf gab. Wir haben für beide Arten nur ein Wort in unserer Sprache, – Markt.« Marcus Vitruvius Pollio, a.a.O, S. 200.

bewerbs. Letztlich zeigt eher der ›freie‹ Markt, z. B. der englische *private market*, die Tendenz, mit der Aufsicht auch den Wettbewerb abzuschaffen.«[1] War es zunächst die Entwicklung der Klassengesellschaft, an der die demokratische Utopie scheiterte, so ist es heute die aus der Monopolbildung erwachsende, Klassenkonflikte neutralisierende, konsumorientierte Angestelltenzivilisation in West und Ost, die sich in Subjektlosigkeit flüchtet und des Marktes und der Demokratie scheinbar nicht mehr bedarf.

In der verwalteten Industriegesellschaft führt die Tendenz zur Akkumulation von ökonomischer Macht auch zur Aufhebung der im Markt angelegten Ambivalenz von Konkurrenz und Vereinigung, zur Liquidierung der Idee, daß selbstbewußte Bürger auf dem Marktplatz ihre Geschäfte selber regeln könnten. Damit wird auch der Demokratie der Boden entzogen, und die entmündigten Bürger werden ans Verteilernetz von Waren und Medien angeschlossen. Entfällt die Öffentlichkeit in Form miteinander kommunizierender Bürger, ist auch die Artikulation ihrer Interessen durch und für sie selbst nicht mehr möglich. Entmündigt und durch die rezeptive Form der Kommunikation tendenziell analphabetisiert, sind sie hilflos der ökonomischen Macht ausgeliefert. So verkehrt sich die utopische, einmal gesellschaftliche Subjekte und demokratische Verhältnisse konstituierende Befreiung von inneren und äußeren Zwängen versprechende Institution des Marktes in ihr Gegenteil: sie verwandelt die Subjekte in Objekte ökonomischer Partialinteressen und treibt die Gesellschaft in eine bewußtlose Massengesellschaft zurück, die nicht einmal mehr durch Brot, sondern nur noch durch Spiele ruhig gehalten wird. Damit hört der Markt auf, Tod und Leben, Natur und

1 Fernand Braudel, *Sozialgeschichte des 15.-18. Jahrhunderts, Der Handel*, München 1986, S. 243.

Gesellschaft zu vermitteln. Als endlich trockengelegtes Neuland wird er zum toten Platz, auf dem Opferanteile an unterhaltungssüchtige Konsumenten verteilt werden. Was allenfalls bleibt, ist die Wiederkehr des kleinen Hermes in der bedauernswerten Figur des Kaufhausdiebs, die Verwandlung vom Trickster in einen Trickdieb, eine Karikatur jenes Heros, der im Mythos einmal ausgezogen war, mit List befriedigende Reproduktions- und Konsumverhältnisse gegenüber den Göttern durchzusetzen.

VI.

Noch mit den via Werbung oder auch Staatspropaganda vermittelten Konsumversprechen wurde zugleich auch immer die Illusion vermittelt, daß die Vermehrung und der Besitz von Gegenständen des Konsums, der gesellschaftliche Reichtum, äußere und innere Gefahren bannen könne. Der Akkumulationsprozeß versprach dem Individuum, an einer Geschichte teilzuhaben, an deren Ende ein glückliches Leben aller Gesellschaftsmitglieder stehen sollte, nämlich in befriedigenden gesellschaftlichen Lebensverhältnissen zumindest von sozialen Katastrophen befreit zu sein. Das war eine Utopie, die den Gesellschaftsentwürfen seit den Tagen der Renaissance zugrunde lag, egal ob es sich nun um Adam Smiths Wohlfahrtsutopien auf der Grundlage von Freihandel und Kapitalakkumulation oder um die Idee einer am Ende der Geschichte stehenden kommunistischen Weltgesellschaft handelte. Denn auch sie sollte sich ja durch die Abwesenheit von Mangel und durch allseitig befriedigende Lebensverhältnisse in der Gesellschaft auszeichnen.

Was beide Gesellschaftsutopien verbindet, ist der Glaube, daß Produktivität und wirtschaftliches Wachstum allein der Schlüssel zum Paradies seien. Diesem Ziel galt und gilt noch alles Streben der Industriegesellschaften in Ost und West. Es entsprang der praktischen Notwendigkeit eines sowohl äußeren als auch inneren Katastrophenmanagements, nämlich Gefahren auszuweichen und zugleich am Triebziel festzuhalten, und wenn dies nicht mehr zu haben ist, eben Ersatz oder wenigstens die Aussicht auf Ersatz zu produzieren. Ihr Ursprungsmythos ist in Wahrheit Ersatz, wie jeder Ursprungsmythos. Denn der real möglichen oder vermeintlichen Katastrophe durch Ersatzbildungen auszuweichen treibt immer wieder zu Neuanfängen, gesetzten Ursprüngen, die allerdings mit dem Neuanfang zugleich auch die Erinnerung an erfahrene Katastrophen und ihre Verarbeitungsmöglichkeiten abschneiden.

Mit Paul Klees *Angelus Novus*[1] hatte Walter Benjamin den Engel der Geschichte assoziiert, der, mit ausgebreiteten Flügeln, die Augen weit aufgerissen, auf die Vergangenheit starrt, die sich ihm als eine Kette von Katastrophen offenbarte, den Rücken, wie ein Ruderer dem Ziel, der Zukunft zugewandt. Er hatte den paradiesisch gedachten Ursprung fest im Auge, denn der Ursprung sollte am Ende der Geschichte – »Ursprung ist das Ziel«[2] – durch die Akkumulation von gesellschaftlichem Reichtum wiederkommen; ein messianisches Geschichtsbild, das als Utopie bis in die Moderne des zwanzigsten Jahrhunderts die Gesellschaft als Ziel nie aus den Augen verlor. Es sind die unbefriedigten Wünsche, die, seit sich Menschen unter den auf Verzicht aufbauenden Bedingungen zu einer Gesellschaft zusammenschlossen, in den ältesten Formen des Austauschs in der Gattungshöhle und später auf dem Marktplatz, die Utopie dereinst befriedigender Sozialverhältnisse halluzinieren ließen. Der Markt war der Ausgangspunkt, und weil auf ihm die Ziele formuliert werden, ist mit ihm zugleich auch das Ziel verbunden, wenn der Markt selbst dabei auch eine andere Gestalt annehmen sollte.

Die darauf aufbauende Geschichtsphilosophie, die als Ziel der Geschichte – den gesellschaftlichen Reichtum gewissermaßen als Sammlung von Erfahrungen, Fertigkeiten und Gegenständen vorgestellt – eine Situation ausmalte, in der alle voraufgegangenen historischen Entwicklungsstufen

1 Walter Benjamin, *Geschichtsphilosophische Thesen*, VI, in: *Illuminationen*, Frankfurt a. M. 1961, S. 272.

2 Walter Benjamin, zit. Karl Kraus (Worte in Versen I), in: *Geschichtsphilosophische Thesen*, XIV, a.a.O., S. 276.

der Gesellschaft den Individuen verfügbar sein sollten, wurde bereits in Religionen vorformuliert und in säkularisierter Form seit den Tagen der Aufklärung immer wieder beschworen: »Erst der erlösten Menschheit«, schrieb Walter Benjamin in seinem Versuch, die sozialistischen Ziele mit der jüdischen Eschatologie zu verbinden, »ist ihre Vergangenheit in jedem ihrer Momente zitierbar geworden.«[1] Das korrespondiert mit der Darwinschen Entwicklungstheorie, nach der jedes Lebewesen alle historisch voraufgegangenen Entwicklungsstufen im einzelnen noch einmal durchläuft, wie mit Freuds Utopie vom Ich, das, unter Zuhilfenahme des Über-Ich als Autorität und Natursubstrat, sich mehr und mehr vom Es, von der Natur aneignet, sich die Natur vermittelt, indem das Ich sich auch die voraufgegangenen Phasen der psychischen Entwicklung im Ich präsent macht. In diesem Zusammenhang spielen die vielfältigen Formen der Regression eine wichtige Rolle, die nicht unbedingt mit Verdrängung identisch sind. Das Ziel der psychischen Entwicklung ist also, wie das der Geschichte, sich die eigene Entwicklung zu vergegenwärtigen, indem das Verhältnis zur eigenen Triebnatur in rationale Formen überführt wird: »Wo Es war, soll Ich werden.«

Dem Ziel steht allerdings eine prinzipielle Schwierigkeit entgegen, die mit den historischen Wegen der Regression und Verdrängung zusammenhängt. Denn weder kann die Natur der Gesellschaft vollständig subordiniert, noch das Es vollständig vom Ich dominiert werden, ganz zu schweigen von dem produktiven Geschlechterantagonismus, der sich ja letzten Endes hinter diesem Widerspruch verbirgt und den zu liquidieren das Ende der Balance von Natur und Gesellschaft bedeutete. Derart zum Ursprung zurückkehren zu wollen entspricht einer regressiven Wunschprojek-

1 Walter Benjamin, *Geschichtsphilosophische Thesen*, III, a.a.O., S. 269.

tion, die mehr von Harmonie- und Todeswünschen geprägt als von dem Wunsch nach lebendigem Austausch geleitet ist. Sie ist Ergebnis der Enttäuschung, die das Individuum immer wieder durch die Dialektik von Verdrängung, Ersatz und Wiederkehr des Verdrängten erlebt, ohne das Ziel der Befriedigung seiner Triebwünsche je zu erreichen. Indem das Es nicht ins Ich aufgenommen, das Individuum nicht mit der Natur, seinen Triebwünschen versöhnt ist, sondern diese nur verdrängt wurden und gewissermaßen als Schicksalsmacht, nämlich als unpersönlicher bürokratischer Sachzwang, wiedergekehrt sind, hat sich die Spannung auf dem Wege in diese scheinbar endlose Sackgasse erhöht.

Doch die Spannung dieses Finalitätskonzeptes scheint nun endlich aufgehoben zu sein: kein Streben nach einer Utopie mehr, kein Ziel der Geschichte, keine Zukunft als Projekt. Endlich angekommen in Cucania, dem Land, wo Milch, Honig, Wein und Suppenströme fließen, die Fische sich selber braten und einem die gebratenen Tauben und Backwerk nur so in den Mund fliegen, jenem Tischchen-deck-dich-Paradies, das schon die altattische Komödie mit dem goldenen Zeitalter des Kronos identifiziert hatte. Lukian sah darin die »Insel der Seligen«, und Thomas Morus galt es als Vorbild für die Faulenzerwelt *Utopia*. Im spanischen Märchen von der *Isla de Jauja* war es die in Peru angesiedelte Goldinsel, nämlich das Eldorado, nach dem die Conquistadoren ja immer gesucht hatten. Es scheint, daß ihr Streben, das schließlich zur Entwicklung des Weltmarktes beigetragen, auch die Industriegesellschaften auf Umwegen doch noch ans Ziel geführt hat. Alle sind aufgefordert, aus dem Schiff Geschichte auszusteigen, an Land zu gehen und das Freizeitparadies der Konsumgesellschaft zu genießen.

Weil sie den Markt mitsamt seinen über die materiellen Bedürfnisse hinausgehenden historischen Errungenschaften, nämlich individuelle Freiheit und bürgerliche Demokratie, abgeschafft und den Individuen nicht einmal die Illusion vermittelt haben, sie seien wirklich am sozialen Prozeß beteiligt, sie genössen zumindest die Freiheit der Kommunikation und Bewegung und die Welt stünde ihnen zur Verfügung, und weil sie dem auf Ersatz gerichteten Trieb nicht einmal Ersatz oder nur in sehr eingeschränkter Weise Ersatz geboten haben, sind die sozialistischen Gesellschaften in sich selbst zusammengebrochen. Nicht nur wegen der Unfähigkeit zu planen, Produktion und Verteilung der Produkte in ausreichender Weise zu organisieren, sondern wegen Verkennung der fundamentalen Bedürfnisstruktur der Individuen, die über materielle Primärbedürfnisse weit hinausgeht, haben die sozialistischen Gesellschaften versagt. Paradoxerweise haben sie gerade in dem Maße versagt, wie sie der Heilslehre das pseudoreligiöse Element genommen haben. Waren sie doch nach anfänglichem, bewußtem Zurückstellen der Bedürfnisbefriedigung im Interesse einer Perspektive, nämlich auf das Paradies einer kommunistischen Weltgesellschaft hinzuarbeiten, dann doch mit dem gleichen Konsumversprechen angetreten wie die westlichen Industriegesellschaften: sie wollten sie einholen und überholen auf dem Weg ins Paradies.

In bezug auf die Vermehrung der Konsumgüter als Basis haben sie dieses Ziel nicht einmal ansatzweise erreicht, im Gegenteil: Ohne in einer Weise vom Weltmarkt abhängig gewesen zu sein wie etwa die Länder der Dritten Welt, haben die sozialistischen Gesellschaften durch Mißwirtschaft zur Verelendung der eigenen Gesellschaften beigetragen, wie es auf seiten des Weltmarktes nur in den abhängigen Ländern der Dritten Welt möglich war. Doch mit der Abschaffung der Fundamente des Marktes: Privateigentum und Persönlichkeitsrechte des Individuums, haben sie, ohne sich dessen bewußt zu sein, den Boden für den Anschluß, für die Wiedervereinigung mit dem Weltmarkt geschaffen.

Denn auch der Weltmarkt hat sich seit den Tagen der Russischen Oktoberrevolution verändert und ist, wenn auch auf anderen Wegen, der Liquidation der historischen Fundamente des Marktes ein Stück nähergekommen. Mit leicht überhöhter Geschwindigkeit schließen sich nun die ehemals sozialistischen Gesellschaften wieder dem *main-stream* an.

Diese neue politische Situation der Weltwirtschaft, die Integration Osteuropas und die Rekonstitution des Weltmarktes auf einer neuen Ebene, ist nur vergleichbar mit der Zeit der Entstehung eben dieses Weltmarktes. Wieder werden riesige Märkte erschlossen, und die Weltwirtschaft erhält einen Schub wie zu Zeiten der Kolonisierung Amerikas. Im aktuellen, kollektiven Rauschzustand der Deutschen, ihrem Wiedervereinigungstaumel, fand die neue Konstellation ihren festlichen, populistischen Ausdruck. Das deutsche Vereinigungsschauspiel wurde der Welt auf einer Bühne präsentiert, die, scheinbar begrenzt auf die Nation der Deutschen, doch in jeder Beziehung als repräsentativ für die veränderte, sich verändernde Situation der Weltwirtschaft, für neue Verdrängungsleistungen und Wiederkehr verdrängter, nach wie vor ungelöster Probleme der Gesellschaft angesehen werden kann. Was dabei hochkommt, wiederkehrt an verdrängten psychischen Energien, verleiht der Sache eine Dynamik und Brisanz, die die Dynamik während der Entstehung des Weltmarktes in den Schatten stellt. Die viel benutzte Vokabel Vereinigung dient im deutschen Drama als Deckerinnerung, um sich von den Vereinigungswünschen, die einmal den Markt mit konstituiert haben und unter den gegebenen Umständen anscheinend als unrealisierbar akzeptiert wurden, endlich in nationale Wiedervereinigung verabschieden zu können. Überhaupt kann das Vereinigungsszenario der beiden ehemaligen deutschen Teilstaaten als Paradebühne für die Wiedervereinigung der Ersten und der Zweiten Welt angesehen werden.

Die Scheinalternative des historischen Irrläufers *Zweite Welt* dient der Vereinigungsphraseologie als Rechtfertigung für das Scheitern einer vermeintlichen Alternative zum Weltmarkt, obgleich die sozialpsychologischen Fundamente für beide Welten lange vor Entstehen der sozialistischen Alternative gelegt wurden und für beide immer konstitutiv waren, nämlich der Glaube, daß allein wirtschaftliches Wachstum die allgemeine Mangelsituation beseitigen könne, ohne zu reflektieren, daß auf eine weit komplexere Bedürfnisstruktur eine Antwort gefunden werden muß. Insofern stand die falsche Alternative zu den Problemen des Weltmarktes, nämlich die Zweite Welt, immer auf dem Boden des Weltmarktes, sie hat ihm in Wahrheit keine Alternative entgegengestellt, sondern nur ungelöste Probleme in anderer Weise weiterbefördert, hat andere Regressionswege eingeschlagen. Anders gesagt: Die Alternative zum Markt kann nur aus dem Markt selbst erwachsen, indem die von ihm selbst produzierten Probleme mit seinen eigenen Mitteln gelöst werden, indem die Gesellschaft sich ihrer Geschichte stellt und einen wahrhaften Ausweg sucht.

Daß in diesem Zusammenhang unverarbeitete Archaismen wieder hochkommen, in verzerrter Form wiederkehren, die auf immer noch ungelöste Probleme verweisen, die historisch verdrängt oder unzureichend verdeckt waren, entspricht nur der Logik des Ausstiegs aus der Geschichte: da werden Ursprungsmythen aus der Mottenkiste gekramt, Fahnen aus dem Keller geholt, stammesmäßige Strukturen, Mystizismen und Religionen wiederbelebt, die schon einmal für jenen Nationalismus, Rassismus und Antisemitismus den Aktionsrahmen bildeten, der heute in Europa wieder virulent wird. Vor 60 Jahren hatte Paul Tillich, angesichts der allgemeinen faschistischen Tendenzen in den zwanziger Jahren, auf die Konsequenzen hingewiesen, die sich unweigerlich einstellen werden, wenn die Moderne ihre eigenen Widersprüche zu lösen außerstande ist. Er schrieb: »Der Ursprungsmythos kann nur wiederkehren – ungebrochen, wie es für ihn notwendig ist –, wenn die Gesellschaft, in der er gebrochen ist, untergeht. Ein Mittelalter war nur möglich, weil die Antike und das ganze System ihrer rationalen Welt-Erkenntnis und -Gestaltung untergegangen war. Und ein neues Mittelalter wird nur kommen, wenn die abendländische Gesellschaft ihre Aufklärung mit dem Ende ihrer Lebensmöglichkeit büßen muß.«[1] Die Situation ist nicht dieselbe, aber Parallelen gibt es dennoch, vor allem in den Staaten Osteuropas, aber auch in Westeuropa.

Das zwanzigste Jahrhundert kehrt an seinem Ende zwar nicht zu seinem Anfang zurück, wird aber auf neuer Ebene wieder mit den immer noch ungelösten sozialen und ökonomischen Problemen konfrontiert, die das ganze Jahrhundert begleitet haben. Sie haben letzten Endes den Ersten Weltkrieg – gelesen als Ausdruck des Scheiterns der europäischen Nationalstaaten – ausgelöst und die immer noch unbefriedigten, nicht verarbeiteten, verdrängten Triebwünsche in den inzestuösen Gebilden des Faschismus hervorgebracht und damit den Zweiten Weltkrieg ausgelöst. Und sie haben das regressive, autoritäre, auf Verwaltung und Unterdrückung von Triebwünschen aufbauende sozialistische Gesellschaftsmodell als Antwort hervorgebracht, das sich endlich auch als Scheinlösung erwiesen hat. Außerdem verdanken wir der Konfliktgeschichte dieses Jahrhunderts die Spaltung der Welt in eine Erste, Zweite und Dritte Welt, die sich heute wieder als das erweist, was sie immer war: eine Welt. Die in die Sackgasse geratene Aufklärung hat die entscheidenden Antworten bislang offenbar noch nicht gefunden.

Die neue Situation des Marktes wurde aber schon durch

1 Paul Tillich, *Die sozialistische Entscheidung*, Berlin 1980, S. 34.

ein Symptom angekündigt, das in den beiden letzten Dezennien als sogenannte Postmoderne gefeiert wurde. Mit ihr sollte das Ende der Geschichte endlich erreicht sein. In den Industriegesellschaften Europas und in Amerika wurde der Tod der Moderne verkündet. Der »Zeitgeist«, der selbstbewußt auftrat, gab sich das Attribut postmodern und feierte damit den Abschied von der Moderne. Ihr und der Aufklärung wurden allein die Folgen der weltweit hemmungslosen Industrialisierung und der damit verbundenen Zerstörung der Umwelt angelastet: die Verwandlung von Produktivkräften in pure Destruktion, Destruktion der äußeren Natur, der natürlichen Ressourcen, der Lebensgrundlage der Menschen, aber auch, was unter Umständen noch schwerer wiegt, die mögliche totale Vernichtung der Gattung. Denn mit dem Eintritt ins sogenannte Atomzeitalter ist das Ende der Geschichte der Gattung in einer globalen Katastrophe erstmals wirklich real produzierbar. Diese Tatsache hat im übrigen auch allgemein die Sensibilität für andere lebensbedrohliche Produktionsweisen und Produkte geschärft. Die vieldiskutierten, global möglichen Katastrophen durch die Vernichtung der Regenwälder, die Kontamination der Gewässer und der Luft und die Zerstörung der schützenden Ozonschicht mögen darauf ein Hinweis sein. Weitere Konsequenzen zeigen sich in der weltweiten Produktion von Müll, in der Zerstörung der äußeren und in gewisser Weise auch inneren Natur durch Müll und in der zunehmenden Alimentation des Lebens durch Müll. Die Beseitigung von Müll ist logischerweise das Geschäft der Zukunft. Eine Mischung aus Angst vor real möglichen Katastrophen und einer gewissen Faszination an einer globalen Katrastrophe stimuliert die kollektiven Phantasien der Gesellschaft.

Dem wurde zunächst durch Rückzug begegnet. Die Natur wurde wieder entdeckt, aber nicht, um das überaus komplizierte, gesellschaftlich vermittelte Naturverhältnis zu rekonstruieren und einen Weg der Versöhnung zu finden, sondern um vermeintlich entfremdete Natürlichkeit wieder zu erleben. Keine Frage, daß die Menschen heute weitgehend ihrer physischen und psychischen Natur entfremdet sind, wenn man das überhaupt so sagen kann, denn das waren sie in gewisser Weise immer, seit sie mit dem Sündenfall halbwegs aufrecht gehen gelernt haben. Die heute reklamierte, romantisch verklärte Natürlichkeit aber ist genauso artifiziell wie die ebenso beliebten Waren aus dem Angebot der Unterhaltungsindustrie. Die Heimat steht wieder hoch im Kurs, nicht, um unerfüllte Wünsche der Kindheit zu erinnern, zu übersetzen und eventuell doch noch zu realisieren, sondern um das, was der Realisierung dieser Wünsche immer im Wege stand, als Gegenstand neuer Identifizierung zu etablieren. So wird Heimat nicht analysiert, sondern erlebt als das, was sie in ihrer Postkartenrealität immer war: als Folklore. Daß damit auch die schwierige Arbeit der Rekonstruktion der Geschichte endlich aufgegeben werden kann, um sich Geschichtchen aus dem Alltagsleben zuzuwenden, entspricht der Logik des Abschieds von der Arbeitsgesellschaft. Geschichtswerkstätten heißen die neuen Heimatmuseen, die, anstelle Geschichte zu erarbeiten, das Alltagsleben der Vorväter wie im Trödelladen als Ensemble von Bruchstücken vorführen. Das heißt nicht, daß die individuelle wie kollektive Geschichte uns nicht in Bruchstücken begegnet, in Bruchstücken erinnert wird. Es ist aber ein Unterschied, ob man die Bruchstücke romantisch verklärt, mit Heimweh füllt, sozusagen einem Paradies nachhängt, das es niemals gegeben hat und dessen Deckerinnerung nur zu oft dem Terror entstammt, oder ob man die Bruchstücke benutzt, Geschichte zu rekonstruieren, um einen Ausweg zu finden. Es ist ein Unterschied, ob man Bruchstücke scheinbar gleichwertig nebeneinanderstellt, aus bestialischen Zeiten und friedlicheren, weniger zerstörerischen Zeiten, oder ob man sie als eben das liest, was sie historisch repräsentieren.

Seit der letzten großen Wirtschaftskrise der 70er Jahre verfallen die Schrecken der jüngsten deutschen und europäischen Geschichte mehr und mehr der Amnesie oder werden distanzierend musealisiert und in ein Geschichtsbild verdrängt, das mit den Erfahrungen der Lebenden nicht mehr vermittelt ist. Selbst der Massenmord an den Juden wird durch Vergleiche, z. B. mit Opfern des Stalinismus oder dem Genozid anderer Völker, relativiert und zu einem kultischen Brandopfer zynisch verharmlost. *Holocaust* heißt Brandopfer – das war der Titel einer amerikanischen Fernsehserie, durch die der bis dahin gebrauchte, den wahren Sachverhalt treffende Begriff Genozid, Völkermord, in der Öffentlichkeit abgelöst wurde. Dieser Erfolg der Unterhaltungsindustrie signalisiert eine Wandlung der Verdrängungsstrukturen. Was vordem via Arbeit – das deutsche Wirtschaftswunder – verdrängt wurde, in der Arbeitswut unterging, hat nun, als Gegenstand der Unterhaltung akzeptiert, auf das Bewußtsein der Konsumenten keinerlei Einfluß mehr, läßt sie unberührt.

Diese Wandlung der Arbeits- in eine erlebnisorientierte Freizeitgesellschaft hat naturgemäß von Anfang an auch den sogenannten kulturellen Bereich erfaßt, so daß endlich alles mit allem kommensurabel geworden ist, jede Finalität der Geschichte, gesellschaftliche Utopie und Moral sich vollständig in Gegenstände der Unterhaltung aufgelöst haben. Um so weniger besteht die Absicht und auch die Möglichkeit, daß sich die ehemaligen sozialistischen Gesellschaften mit ihrer eigenen Geschichte konfrontieren, werden doch alle Energien für die Reorganisation der Wirtschaft und deren Anschluß bzw. Wiedervereinigung mit dem Weltmarkt, für die mit dieser Anstrengung notwendigen Verdrängungsleistungen eingesetzt. Dafür symptomatisch ist das Hochkommen von Chauvinismus, Fremdenhaß und Antisemitismus in einem bisher nicht gekannten Ausmaß. Das wird vorübergehend auch den Fortschritt in die Freizeitgesellschaft zurückwerfen, kann ihn aber dennoch nicht aufhalten.

Es ist der Zeitgeist der aktuellen Freizeitgesellschaft, in der der Wert der Waren nicht mehr durch ihre wenn auch oft scheinbare Brauchbarkeit, sondern allein durch ihren Unterhaltungswert in Inszenierungen der Unterhaltungsindustrie bestimmt wird. Das aktuelle Lebensgefühl gestattet es, gleichgültig gegenüber jedweder historischen Form, jeder Gesellschaftsformation und ohne jede Erinnerung, gerade so wie ein Tourist auf einer Kreuzfahrt oder ein Konsument im Shopping-Center, sich vom Unterhaltungswert des inszenierten Warenangebots stimulieren zu lassen, von derartigen Erlebnissen aus der Welt wegtragen zu lassen. Die emotionale Bindung an die Objekte, ihre Brauchbarkeit, ursprünglich assoziiert mit Nutzen, Genuß, Ertrag, *fructus*, wird durch den Erlebnisrausch, in dem das Subjekt gleichsam verglüht, abgelöst. Denn auch die Warenhäuser und die neuen Einkaufszentren, die wie Disneyland zum Familienausflug einladen, bieten ja nicht mehr Waren zum Konsum an, sondern inszenieren Erlebniswelten, in denen der Warenumsatz eher beiläufig, unauffällig vonstatten geht. Darauf baut die Einrichtung der Malls in Amerika auf, wo man z. B. unter Wasser, vielleicht in einem *yellow submarine*, von künstlichen Haifischen umspielt, die neue Schlafzimmereinrichtung bestellen kann, aber auch die neuen Shopping- und Unterhaltungscenter in Europa, das *Forum* im ehemaligen Pariser Hallenviertel, überhaupt alle innerstädtischen Bereiche in Europa, die zunehmend in derartige Gebilde verwandelt werden. Tatsächlich handelt es sich eher um *amusement parks*, die als spektakuläre Ereignisse ausschließlich vom Erlebnis- und Unterhaltungswert bestimmt sind.

Dieser Tendenz zum Veranstaltungsereignis kann auch Kunst sich nicht entziehen. Wurde im *ready-made* oder in der Aktionskunst bereits die Struktur des Ereignisses als eigentliches Ziel der Veranstaltung vorgebildet, zu dem noch jede Vernissage einlädt, so verraten viele Produkte der Kunst heute, von den Blitzgemälden der Neoexpressionisten, die meist nicht mehr als die Praxis des Ausagierens auf der Leinwand dokumentieren, bis zu den Biennalen oder anderen großangelegten Showunternehmen, daß auch der Kunst das Interesse an Spannungen, und das heißt die Darstellung von Opferverhältnissen, weitgehend abhanden gekommen ist. Muß sich Kunst jedoch auf dem Ereignismarkt behaupten, so ist die entscheidende Frage, was Künstler wie arrangieren, so daß die Veranstaltung über das Ereignis hinaus- und auf die Struktur des Veranstaltungsereignisses zurückweist. Es ist die Frage, wie Künstler ihre Objekte, ihre Arbeiten auf die Wunde legen und über das rein Dekorative hinaus wieder an die Erinnerung binden, in kritischer Distanz zu den Mythen, zur Arbeit und zur falschen Unmittelbarkeit.

Der halluzinogene Charakter der Erlebniswelten der Freizeitgesellschaft spiegelt sich auffällig in der neuesten Architektur unserer Städte: in Museumsbauten zumal, aber auch in anderen öffentlichen Bauten und Wohnanlagen bis hin zu Geschäftsbauten, wo sich diese Architektur in ihrem eigentliche Element bewegt. Auf den Konsumveranstaltungscharakter der postmodernen Architektur spielt der Architekt Robert Venturi an, wenn er den »kommerziellen Jargon der Straße« zum Ideenlieferanten seiner Architekturgebilde erhebt und damit den ungebrochenen Einzug der Muster der Werbung in den gebauten städtischen Lebensraum meint. Mit der Absage an jede gesellschaftliche Utopie, die auch die Darstellung von Konflikten in Geschichte und Gegenwart zur Voraussetzung hätte, geraten die restaurierten Stadtzentren und die formal, eklektisch zusammengebastelten Neubauten zu Spielzeugwelten, wie sie keine Nürnberger Messe infantiler vorführen könnte. Die allein am Dekorativen interessierte Zitierwut der postmodernen Architekten entlarvt ihre Bauten als Pseudo-Architekturen, abstrahieren sie doch immer von den historischen Inhalten der zitierten Stilelemente. Darin sind sie den neoklassizistischen Bauten der Gründerzeit durchaus verwandt. Ihre angestrengt verspielte Stereotypie rückt die Versatzstücke in die Nähe historischer Souvenirs, worin sich der Benutzer wie ein Konsument im Shopping-Center verlieren soll. Arrangiert zum Ereignis, sind die historischen Reminiszenzen für den Benutzer so bedeutungslos wie das Souvenir für den Touristen. Anstatt Welt und Geschichte zu vermitteln, verbiedern sie nur Exotisches zu Nippes, zu Kitsch.

Kitsch, das ist Zusammengekitschtes, Zusammengeschmiertes – daher stammt der Ausdruck – aus Abfällen, er hat sein musikalisches Äquivalent im Potpourri, dem Eintopf, der in Frankreich als *pot-pourri* die Küchenabfälle der Woche enthält, d.h. auf die Kunst übertragen: historische Abfälle, Stilabfälle, Kulturabfälle. Obgleich Kitsch vorgibt, Kunst zu sein, verkehrt er deren Intention, indem er gerade nicht Spannungen artikuliert, auf die Befreiung von Unterdrückung und Zwängen aus ist, sondern sich darin gemütlich einrichtet. Er hat nicht die Absicht, unterdrückte Triebwünsche zu versöhnen, sie in andere Formen zu sublimieren und eventuell zu befriedigen. Kitsch intendiert, das Bedürfnis und das Streben nach Befriedigung durch den Tod zu beenden. Seine Müllfaszination ist ein Ausdruck von Nekrophilie. Kitschig ist die Lebenshaltung des Konsumenten, der es längst aufgegeben hat, sein eigenes Leben bewußt zu organisieren, überhaupt ein Leben anzustreben. Als Objekt macht er sich selbst zum Teilnehmer an Konsumveranstaltungen, die ihn aus seiner objektiv bedrohlichen Situation wegtragen.

Die gemütlich eingerichteten Stadtzentren mit ihren Straßenmöbeln und Fußgängerzonen reklamieren die gleiche verbiedernde Gemütlichkeit, die allabendlich vorm Fernsehschirm aufkommt. Öffentlichkeit ist sowenig gefragt wie der damit verbundene Dissens. Das Ausbleiben von Spannungen weist die Gebilde postmoderner Architektur als Kitsch aus. An ihnen vermißt man jene Humanität, die doch seit den Tagen der Renaissance immer von der Artikulation von Geschlechterspannungen, von Triebspannungen ausgegangen ist. Ihnen fehlt die Eleganz gelungener moderner Architektur, die in ihren erotischen Qualitäten auf nicht eingelöste Bedürfnisse reflektiert. Die klobigen Details postmoderner Architektur sind meist nicht einmal auf der Höhe aktuellen technischen *know hows*. Sie spielen mit der Ingenieurbaukunst des vorigen Jahrhunderts wie das Kind mit dem Steinbaukasten. Diese Infantilität ist ein Indiz für die Stillegung der Geschlechterspannungen in der Postmoderne, entspricht sie doch einer Regression auf jene Phase individueller psychischer Entwicklung, in der das Individuum eine Katastrophe hinter sich hat, der Ödipuskomplex zerstört ist und neue Geschlechterbeziehungen noch nicht wieder aufgebaut sind.

Irritiert durchs verlorene Triebziel, wärmt sich das Individuum mit seinesgleichen am Lagerfeuer (die Fernseher sind die Lagerfeuer des 20. Jahrhunderts, so McLuhan), wo es sich bewußtlos in Stimmung fallen lassen kann. Auf dem Weg zurück ins vermeintliche Paradies bleibt das Individuum im Netz des wiedergekehrten Verdrängten hängen. Denn die »außerordentliche Plastizität der seelischen Entwicklungen«, schreibt Freud, »ist in ihrer Richtung nicht unbeschränkt; man kann sie als eine besondere Fähigkeit der Rückbildung – Regression – bezeichnen, denn es kommt wohl vor, daß eine spätere und höhere Entwicklungsstufe, die verlassen wurde, nicht wieder erreicht werden kann. Aber die primitiven Zustände können immer wieder hergestellt werden; das primitive Seelische ist im vollsten Sinne unvergänglich.«[1] Diese psychische Regression führt zu der Vielfalt der Kitschprodukte, mit denen die Postmoderne die Städte überschwemmt. Selbst fasziniert von der möglichen Katastrophe, deren Vorgeschmack das enttäuschte Individuum bereits erfahren hat, erlaubt die Postmoderne dem Konsumenten, sich beruhigt in einen konfliktfreien Zustand nach der Katastrophe zu halluzinieren, in dem ihm die Bruchstücke der Geschichte, gleichgültig nebeneinander und zufällig einander zugeordnet, im postmodernen Veranstaltungsereignis dargeboten werden. In diesem Showgeschäft der *Disneylandisierung* der gesellschaftlichen Lebenszusammenhänge haben gotische ebenso wie romanische oder klassizistische und auch faschistische und Naziarchitektur als gleichwertiges Veranstaltungselement nebeneinander Platz. Indem die Postmoderne dem Konsumenten gestattet, heiter an ihren Veranstaltungsereignissen teilzunehmen, befreit sie ihn von dem Zwang, sich mit der eigenen Geschichte auseinandersetzen zu müssen.

Seit Ende der siebziger Jahre weist die Statistik der Industrienationen mehr als 50 % Angestellte aus. Sie prägen die Kultur der gesamten Gesellschaft. Angestellte – vor hundert Jahren wurden sie auch noch Angesetzte genannt –, werden dafür bezahlt, da zu sein. Ihr Elend besteht in der Sinnlosigkeit ihrer Tätigkeit, die ihre gesamte Lebensperspektive bestimmt und gewissermaßen Arbeit und Freizeit zu einer Einheit verschmelzen läßt – zumindest empfinden sie das in ihrer Mehrheit subjektiv so. Sie arbeiten, wenn man das so nennen kann, in Freizeitarealen. In ihrer Mehrheit von jeglicher manuellen und intellektuellen Produktion ausge-

1 Sigmund Freud, *Zeitgenössisches über Krieg und Tod*, in: *Gesammelte Werke*, Bd. X, a.a.O., S. 337.

schlossen, sind sie zum Konsumentendasein verurteilt, immer auf der Suche nach einem Veranstaltungsereignis. Ein Blick in die gemütlich eingerichteten Büros und Wohnzimmer verrät das ebenso wie ein Blick ins Fernsehprogramm. Wie die Dialektik von Konsumtion und Produktion ist auch die Dialektik von Privatheit und Öffentlichkeit aufgehoben. So wie das Fernsehprogramm die Öffentlichkeit privatisiert, verbiedert, wie Günther Anders sagt, gerät auch die lebensräumliche Einrichtung von Büro und Stadtquartier zum Schauplatz allgemeiner Gemütlichkeitsrituale. Fußgängerzone und Talkshow sind an die Stelle der Öffentlichkeit, des lebendigen Marktplatzes getreten. Stadtteilfeste und die Hörer- oder Fernsehzuschauerbeteiligung via Telefon erscheinen als die Reste einer bis zur Unkenntlichkeit entstellten Öffentlichkeit, kommt doch in der Beliebtheit der Talkshows und der Beteiligung der Zuschauer und Zuhörer mit ihren Anrufen wenigstens noch ihr fortbestehendes Bedürfnis nach öffentlicher Kommunikation und Unmittelbarkeit zum Ausdruck.

Ganz allgemein wird die Öffentlichkeit zum Meinungsaustausch über Konsumartikel und die mit ihnen inszenierten Erlebniswelten reduziert. Daß das auch die demokratische, politische Öffentlichkeit bestimmt, beweisen die Werbung und die Wahlveranstaltungen politischer Parteien. Da verschmilzt die Werbung für Konsumartikel mit der der Parteien, die nicht mehr für Programme, sondern für Lebenshaltungen, Unterhaltung, Spaß gewählt werden wollen. Im übrigen beschäftigen die politischen Parteien längst Werbeunternehmen aus der Wirtschaft, um sich die Wahlwerbung für ihre Programme gestalten und ausführen zu lassen. Daß mit diesem Verfahren auch die konsumbestimmten Inhalte gesetzt werden, versteht sich von selbst.

Es ist die positive Haltung in Wirtschaft und Politik, die als Grundlage des *marketing* schon den Umsatz garantiert.

Dabeisein ist alles, egal ob bei: *Nase vorn – Rettet den Regenwald* (mit: *Yes we can save the world together hand in hand for the future generation*), beim Ringelreihen einer Menschenkette quer durchs Land gegen Atomkraftwerke oder für ein einig Vaterland, oder bei *Sacred Run, für die Erde und das Leben*; wobei die Beteiligten mit der kindlichen Geste ihre Ohnmacht zugleich mit dem Einverständnis in diese Ohnmacht ausdrücken. Politik ist ein Produkt wie jedes andere, das als Lebensgefühl verkauft wird. Vor dem Konsumerlebnis sind alle gleich. Dieser Logik folgend, wirbt *Burger King* mit den *Wahllokalen*, die er in der Stadt aufgemacht habe, wo man zwischen *Cheese*- und *Hamburger* wählen könne, und klärt, gewollt oder ungewollt, über den Zusammenhang von Wirtschaft und Politik auf. Öffentlichkeit, die einmal auf die Dialektik von Produktion und Konsumtion angewiesen war, ist auf die Werbung für Konsumerlebnisse reduziert. Die wachsende Gruppe der Angestellten entwickelt sich zum realen Träger der erlebnisorientierten Freizeitgesellschaft.

Zwar wird Divertistik noch nicht als Studienfach an Universitäten angeboten, wohl aber Touristik (der Massentourismus ist – Thomas Cook – aus dem Kampf gegen den Alkoholismus hervorgegangen), eine Unterhaltungsbranche, die die Verfügung über die Welt gewissermaßen im Wohnzimmer organisiert. Wie jede Werbung führt sie die Reiseteilnehmer immer wieder an Orte, die ihnen längst vertraut sind, oder macht sie ihnen vertraut: *Würstchen und Sauerkraut in Rimini – Küche wie bei Muttern zu Hause.* Mit demselben Interesse hat der Hotelkonzern *Holiday Inn* auch lange Zeit äußerste Sorgfalt darauf verwendet, daß die Zimmer der Hotels immer in gleicher Weise eingerichtet werden: *wherever you go, stay in the same room!* Werbung verspricht die Befriedigung infantiler Bedürfnisse, und »der Tourismus ist die Industrie«, schreibt Enzensberger, »deren

Produktion mit ihrer Reklame identisch ist«[1], was in diesem Sinne auch auf die gesamte Unterhaltungsbranche zutrifft. Die Schwierigkeit für die Tourismusunternehmen besteht letzten Endes darin, die Ziele den Prospekten anzugleichen, was gelegentlich zu Prozessen führt, weil die Veranstalter auf das Wetter keinen Einfluß nehmen können. Darum haben findige Reiseunternehmen auch schon erwogen, ausgesuchte Reiseziele – Südsee, Sahara, Südpol – in der Lüneburger Heide unter einem riesigen Glasdach nachzubauen, was bei den Veranstaltern die Transportkosten reduzieren und die Reiseteilnehmer von den Restrisiken weiter Reisen und beide von der Unbill der Witterung befreien würde.

Die Organisation der Freizeit von Angestellten führt zur wachsenden Beliebtheit der Clubs, die in einem durchorganisierten Entertainment-Unternehmen die Teilnehmer aus ihrem Objektstatus nie entlassen und, das ist das Entscheidende, die kollektive Regression so organisieren, daß sie durch mögliche Ansprüche des Ich nicht gestört wird. Betreut und gut abgeschirmt von der sozialen Realität des Urlaubsortes, der Möglichkeit, unter den widrigen Umständen doch noch Erfahrungen zu machen, die ihnen die Welt verändern könnten, werden die Teilnehmer durch einen Unterhaltungsstreß gehetzt, der ihnen von zu Hause schon bekannt sein muß und auf den sie bereits trainiert sind. Das zumindest ist eine Erfahrung, die die Teilnehmer auch immer wieder bestätigen. An die Stelle von Erfahrungen wird die Welt der Unterhaltung, Fotos, Folklore und Fühlen gesetzt, oder bei einer Safari werden die Reiseteilnehmer in der Nacht unter dem arabischen Sternenzelt – bei Tee und Feldküche – endlich von sich selbst und den Nötigungen und Spannungen des Ich befreit und in den ersehnten Zustand versetzt, endlich nicht mehr denken zu müssen.

1 Hans Magnus Enzensberger, *Eine Theorie des Tourismus*, a.a.O., S. 166.

Das hat die Touristik mit dem *show-business* gemein, daß sie alle zu Angestellten, zu Objekten macht. Ob es sich nun um Fußballstars, Filmstars, Rockstars oder Entertainer bei Talkshows oder anderen Unterhaltungsveranstaltungen handelt: sie sind, wiewohl oft hoch bezahlt, doch auch Objekte der Unterhaltungsbranche. Das verbindet sie mit ihrem infantilisierten Massenpublikum, das sich so mit ihnen identifizieren und im Spektakel aufgehen, sich selbst aufgeben kann. Wie bei großen Massenveranstaltungen der Unterhaltungsbranche Katastrophenangst, Katastrophenfaszination, der Wunsch, als Subjekt unterzugehen, um sich in einem Supersubjekt auflösen zu können, zusammenspielen, hat 1990 Roger Waters, der seitdem zu Recht als Albert Speer der Rockszene gelten kann, bei einem Spektakel des Rockmusicals *The Wall (The Wall ist mehr als Unterhaltung)* auf dem Berliner Potsdamer Platz (ehemaliges Zentrum der Reichshauptstadt, Führerbunker) vorgeführt. Nicht nur die gerade abgerissene Berliner Mauer, die noch einmal in überdimensionaler Plastikversion wieder aufgebaut und eingerissen wurde, was allein schon eine merkwürdige Faszination verrät, sondern vor allem der Rahmen, in dem das Spektakel stattfand, in Verbindung mit Form und Inhalt, hat die Veranstaltung als durchaus zeitgemäße Massenunterhaltung ausgewiesen. Zugunsten von *The Memorial Fund for Disaster Relief* sollte Geld für Opfer von Katastrophen gesammelt werden. Die Faszination an Katastrophen war jedenfalls nicht zu übersehen. Angepfiffen wie ein Fußballspiel, allerdings von einem Weltkrieg-II-Veteranen mit einer Pfeife, mit der man einmal Soldaten in den Krieg getrieben hat, lief das Spektakel dann ab. Über den jetzt unterirdischen Resten des Führerbunkers und unter den Himmel scheinbar absuchenden Lichtstrahlen von Flakscheinwerfern, deren Strahlen sich gelegentlich zu Speerschen Lichtdomen am Himmel bündelten, und mit

Hilfe von Projektionsbildern von Krieg und Naziarchitektur, Marschmusik und der Identifikationsstimme von Waters wurden dann Erinnerungsbilder an Nürnberger Reichsparteitage evoziert. Was als scheinbarer Protest gegen Diktaturen aller Art noch übrig war, beschränkte sich auf die in der Rockmusik leidlich bekannte Harmonik protestantischer Kirchenchöre – *näher, mein Gott, zu Dir* – und offenbarte auch darin den Wunsch, sich als Subjekt aufzugeben, um sich einem Supersubjekt unterwerfen zu können.

Die zudem von Waters in einem Interview geäußerte größte Schwierigkeit für die Musiker bei dieser Veranstaltung, nämlich die Musik einer zehn Jahre alten Platte so genau wie möglich nachzuspielen, möglichst keine Spontaneität zuzulassen, sondern die Musik so zu spielen, daß sie dem Publikum vertraut erscheint, bestätigt die Funktion des Wiedererkennens im Showgeschäft: Erfahrung gar nicht erst aufkommen zu lassen. *Mach die Musik von damals nach!* Das *remake* ist ein Charakteristikum der zeitgenössischen Unterhaltung, die nicht mehr Welt erfahren oder mit den für produktive Unterhaltung notwendigen Distanzierungsmöglichkeiten spielen, sondern das wiedererkennen will, was schon einmal in die Katastrophe geführt hat, um jede zukünftige Katastrophe heiter als überwunden halluzinieren zu können. Nicht zufällig hat sich militärischer Sprachgebrauch in die Sprache der Unterhaltungsbranche verlagert – logistische Meisterleistung –, wo doch auch militärisches Gerät zunehmend dort Verwendung findet. Waters, von der Kritik mit Richard Wagner verglichen, hat erklärt, daß das erst der Anfang gewesen sei. Wenn man den Namen der Stiftung ernst nimmt, für die das Spektakel veranstaltet wurde, bezieht sich *Relief* anscheinend weniger auf die Hilfe für Katastrophenopfer als auf Unterhaltungsveranstaltungen in den Pausen zwischen zwei Katastrophen, was in Wahrheit ja auch das Katastrophale an derartigen Massenveranstaltungen ist.

Die gemeinsame Veranstaltung von *The Wall* durch Berlin West und Ost unterstützt die immer wieder verbreitete Behauptung, daß der Westen den Osten vereinnahme, und übersieht, daß die Voraussetzungen für die Vereinigung auch der Unterhaltungsbranche im Osten längst vor dem Fall der Berliner Mauer geschaffen waren. Nicht nur, weil es seit den sechziger Jahren eine Art Fernsehspionage des Ostens im Westen gab, um das Fernsehen der DDR für die Bürger attraktiv zu machen, wenigstens in der Unterhaltung Schritt zu halten, sondern weil auch dort die staatlicherseits betriebene Entmündigung der Bürger auf Bedürfnisse antworten mußte, die denen der an den Weltmarkt Angeschlossenen durchaus vergleichbar waren. Talkshows und die endlose Präsentation elender Folklore aus Turkmenistan oder dem Thüringischen erfüllten den gleichen Zweck, suggerierten sie doch den Bürgern Vertrautheit, Öffentlichkeit und die Beteiligung an Diskussionen und Entscheidungen, von denen sie längst ausgeschlossen waren, und die Erinnerung an eine heile Welt, die niemals existiert hatte. Im Gegenteil, mit Folkloreveranstaltungen verrät sich der Wunsch nach einer Ordnung, die immer repressiv war und deren Wiederbelebung darum bei Diktaturen aller Couleur weltweit so beliebt ist. Es ist auch kein Zufall, daß das Pendant der Folklore, die postmoderne Architektur, und die Verwandlung der innerstädtischen Bereiche in Freizeitareale in den sozialistischen Gesellschaften Fuß faßte, längst bevor diese in sich selbst zusammengebrochen waren. Was die Erste und die Zweite Welt verbindet oder verband, waren regressive Tendenzen, die der Markt selbst hervorgebracht hat.

Daß die Teilnehmer an derartigen Konsum- und Unterhaltungsversanstaltungen der Freizeitgesellschaft in ihrer psychischen Entwicklung regrediert, infantilisiert sind, beweisen die Formen der Massenveranstaltungen sowie der allgemeine Spiel- und Unterhaltungscharakter, der auf eine Mentalität von Zehn- bis Zwölfjährigen weist. Diese Regression entspricht ontogenetisch einer Regression in die Latenzzeit individueller psychischer Entwicklung, also einer Phase, in der gewöhnlich die Geschlechterspannungen stillgelegt sind. Dem entspricht der Hang zur Romantik wie der zur Bandenbildung, das Interesse an Kult und Religion, wie das an Drogen, sei's im Kaufhaus oder in der Vene. Da die aktuelle Freizeitgesellschaft ein durch Arbeit vermitteltes Subjekt-Objekt-Verhältnis nicht mehr kennt, fehlt ihr das Ich als utopische Figur psychischer Entwicklung. Statt die psychoanalytische Forderung: »Wo Es war, soll Ich werden«, zu verwirklichen, wird versucht, die darin verkörperte produktive Spannung überhaupt zu liquidieren. Das zeigt sich in der enterotisierenden Wirkung der Produkte der Postmoderne wie in ihrem Kitsch. Besonders kraß tritt uns diese Tendenz in den Produkten der Freizeit- und Unterhaltungsindustrie entgegen. Eine Woche Fernsehen: Videoclips, Musik- und Unterhaltungssendungen, lassen daran keinen Zweifel mehr aufkommen. Ohne jede Erfahrung – sie wird ja abgelehnt, weil sie ein Erlebnisse verarbeitendes Subjekt voraussetzt – taumeln die Konsumenten von einem Veranstaltungsereignis zum nächsten. Das Erlebnis (die Bewegung) ist alles, die Erfahrung (das Ziel) ist nichts. Der halluzinogene Charakter dieser Konsumveranstaltungen läßt die am Erlebnisrummel partizipierenden Konsumenten sich ihrer Tendenz, aus ihrer eigenen Geschichte auszusteigen, erst gar nicht bewußt werden.

Das neue Lebensgefühl hat längst auch die Wissenschaften erfaßt und wird im Gegenzug von den Wissenschaften stimuliert. Dies offenbart sich im Widerwillen gegenüber jeder Art von Konflikttheorie, gegen Theorie überhaupt. An ihre Stelle sind positivistisch, phänomenologisch oder strukturalistisch orientierte Beschreibungen historischer Kuriosa getreten, deren Beliebigkeit an die beliebigen Inszenierungsangebote der Unterhaltungsbranche erinnern. Der Kochlöffel im Mittelalter, Haarwasser in der römischen Kaiserzeit, das Feuerzeug im 19. Jahrhundert sind etwa Titel von Ausstellungen und Büchern, in denen unendlich akribisch Material zusammengetragen wird, dessen Bedeutung allein durch seine Kuriosität bestimmt ist: Geschichte als Selbstbedienungsladen. Die Enthistorisierung von allem und jedem korrespondiert der Remythologisierung und Sakralisierung des Alltagslebens. Grabe, wo du stehst, ist die Parole, aber frage nicht nach Zusammenhängen. Eingebettet in aufwendig inszenierte Veranstaltungen, strukturieren derartige Unternehmungen die Freizeitgestaltung in der Angestelltenkultur.

Der darin unterstellte neue Hedonismus kehrt jedes Bedürfnis nach Befreiung in sein Gegenteil: Unterhaltungssucht ist auch eine Todessehnsucht. Mit der gleichgültigen Hinwendung nur zum Detail wird Geschichte in Wahrheit auch eine Absage erteilt und der angestrebten Subjektlosigkeit des neuen Lebensgefühls der zeitlose Rahmen geschaffen. »Subjektlosigkeit«, sagt Klaus Heinrich, »ist ein anderer Ausdruck für den Opferstatus des Selbst, und zwar nicht des herausgehobenen, sozusagen ontologisch präparierten Selbst, sondern mit Schubkraft einer davon faszinierten Opfergesellschaft, also als moderner, auch mit politischen Termini zu fassender Kultgesellschaft.«[1] Gleichsam als heitere Tanzveranstaltung, wie damals auf der untergehenden Titanic, versöhnen derartige Spektakel scheinbar mit der drohenden Katastrophe, indem sie sie hysterisch als überwunden zu halluzinieren versuchen. Unter modischen Etiketten wird sogar die zeitweilig tabuierte Opferfaszination

1 Klaus Heinrich, »Konstruktionen der Subjektlosigkeit«, Vorlesung an der Freien Universität Berlin, Sommer 1986, Nachschriften.

des Nationalsozialismus wieder restituiert. Heideggers Opferapologie kehrt, verarbeitet und geläutert durch französische Philosophen, ins Ursprungsland zurück. »Das Opfer ist heimisch im Wesen des Ereignisses«[1], hat Heidegger noch 1949 mit fasziniertem Blick auf die apokalyptische Vision und Praxis des Nationalsozialismus formuliert. Scheinbar befreit vom Terror der Vernichtungsmaschine, feiert diese Ereignisphilosophie in postmoderner Verkleidung ihre fröhliche Auferstehung: als Totalaufgabe des Subjektes im Konsumveranstaltungsereignis, organisiert mit Hilfe der Marktwirtschaft, assistiert vom *know how* des *human engineering* positivistischer Sozialwissenschaften.

Von den Meinungsführern der postmodernen Aussteigerbewegung wird immer wieder der Aufklärung, vermittelt oder unvermittelt, die Schuld an der in die Krise geratenen Zivilisation angelastet und in diesem Zusammenhang oft Francisco Goyas kleine Radierung mit dem Titel *El sueño de la razon produce monstruos* (*Der Traum der Vernunft erzeugt Ungeheuer*) zitiert und damit unterstellt, daß es die Vernunft sei, deren verhängnisvoller Traum von der Moderne gefährliche, Angst machende Ungeheuer, nämlich die aktuellen Produktionsverhältnisse der technischen Zivilisation der Wachstumsgesellschaft, hervorgerufen habe. Dabei will uns schon die Zeichnung Goyas offenbar etwas anderes sagen. Wir sehen dort einen auf einen Tisch schlafend gelehnten Künstler, hinter dem flatterndes Getier aufsteigt. Zu seinen Füßen ruht eine ihn mit offenen Augen anblickende Katze. Die Kunsthistoriker haben das gewöhnlich so interpretiert, daß die schlafende (eine weitere Bedeutung des Wortes »sueño«) Vernunft Ungeheuer hervorbringe und daß die Phantasie und die Künste also der Vernunft bedürfen, wollen sie keine Monster erzeugen. Neben

1 Martin Heidegger, *Was ist Metaphysik?*, Frankfurt a. M. 1949, S. 45.

allerhand Bocksfledermäusen und anderen fliegenden Fabelwesenungeheuern sehen wir aber im Vordergrund einige Eulen, die den Schlafenden umfliegen, was eine weitergehende Deutung der Radierung nahelegt.

Die Eule ist das Wappentier der Athene. Sie galt als der klügste aller Vögel, denn sie kann auch im Dunkeln etwas erkennen, wo, wenn man dem Volksmund folgt, alle Katzen grau sein sollen. Goyas Katze im Vordergrund ist darum wohl auch hell. Als Göttin der Künste, Weisheit und Wissenschaften war Athene, die Schutzpatronin der Stadt, allerdings eine Kopfgeburt des Zeus, nämlich eine patriarchal domestizierte, ursprünglich aber dem Mutterrecht, also einer Gesellschaft, in der Vaterschaft unbekannt war, entstammende Frau. Zur Erfinderin der Wollarbeit stilisiert, verkörpert Athene das im Geschlechterkonflikt unterliegende Geschlecht und damit in der Tat eine Vernunft, die die patriarchale Domestizierung der Natur wie des weiblichen Geschlechts festzuschreiben scheint. Sie ist, wiewohl auch strategische Kriegerin, immer eine gewissermaßen in patriarchalem Auftrag Konflikte schlichtende, vermittelnde Figur, wie es der Herrin des Hauses noch in jeder patriarchalen Familie zukommt. Da es sich aber um einen Traum handelt, nötigt die Radierung auch, den Traum in die Interpretation aufzunehmen.

Träume sind Verarbeitungsformen eben dieses Geschlechter- und Triebkonfliktes. Was die Rationalität täglich verdrängt, kehrt in ihnen gelegentlich monströs wieder. Das sind die flatternden Ungeheuer im Hintergrund, die fliegend auf die sexuelle Basis des Verdrängten hinweisen: Natur, die angst macht, weil man glaubt, daß sie sich rächen könnte. Im Traum aufgenommen, sind sie, wenn auch in verzerrter Form, nicht mehr ausgeschlossen, sondern integriert, und mahnen, wie hier in der Radierung Goyas, daß die reduzierende Vernunft sich auch der Ungeheuer anzunehmen, will sagen, daß die Vernunft sich um die weibliche Seite des Konfliktes zu erweitern habe, damit auch die darin verkörperten, unterdrückten Triebwünsche realisiert werden können. Was den Traum schon mit der Kunst verbindet, hätte auch in die Vernunft einzugehen. Damit erweist sich die aufgeregt flatternde Postmoderne selbst als Teil des Bildes, das sie zu interpretieren wähnt.

Was hier als Postmoderne firmiert, ist nicht, wie immer von ihr behauptet wird, eine Antwort auf die in die Krise geratene Moderne, sondern Symptom des in die Krise geratenen Marktes. Die Triebbedürfnisse, die ihn einmal konstituiert haben, sind, wenn sie auch in verzerrter Form erscheinen, nach wie vor vorhanden und haben ihre Dynamik auch keinesfalls verloren. Was in dem Bedürfnis nach Spannungslosigkeit zum Ausdruck kommt, ist die Antwort auf gesteigerte Spannung, die von den Individuen nicht mehr ausgehalten wird. Es ist zu vermuten, daß heute die reale Angst vor der ebenso real möglichen Katastrophe durch Regression verdrängt wird. Dazu paßt auch die hysterische Heiterkeit der postmodernen Formensprache, ihre Geschwätzigkeit.

Es kommt aber noch ein wesentliches Moment hinzu: Die Angst vor der Katastrophe wird verdrängt, indem man sich in einen Zustand nach der Katastrophe hineinhalluziniert und damit die Katastrophe selbst gleich überspringt. Die Hoffnung auf eine Lösung der Konflikte in der Geschichte wird gleichsam *ex post* aufgegeben; damit sind auch Kausalität und Logik aufgehoben und schließlich auch die unerwünschte Nötigung, Zusammenhänge ordnend zu begreifen in einer Welt, die man ohnehin nicht mehr verstehen, sondern nur noch erleben will. Der komplizierte Vorgang der so halluzinierten Wunschbefriedigung in den inszenierten Erlebniswelten bezieht die Antizipation des postkatastrophalen Zustands in seine Form der Regression mit ein.

Derart fallen ihm Zukunft und Vergangenheit in eins, und es ist keine entscheidende Vermittlung mehr notwendig. Durch das Verschwinden der Vermittlungsinstanz Arbeit wird halluzinatorisch auch das Subjekt-Objekt-Verhältnis aufgehoben.

Die übers Fernsehen vermittelte Nachricht, die überhaupt nur Nachricht ist, wenn sie scheinbar an Katastrophen teilhaben läßt, befriedigt die Katastrophenfaszination des Unterhaltungssüchtigen am nachhaltigsten. Durch die fiktive Teilhabe am Erlebnis-Ereignis wird die Überwindung der Katastrophe, die sonst durch Erlebnis und Erfahrung in Raum und Zeit die Gleichzeitigkeit von Katastrophenerfahrung und -überwindung nicht zuläßt, gerade durch die Fiktion der Veranstaltung ermöglicht. Distanz und »Echtzeit« der Meldung lassen Vergangenheit und Zukunft in der Gegenwart der Meldung, in der es keinen Erfahrungsraum und keine Erfahrungszeit mehr gibt, zusammenschnurren und ermöglichen so, die Überwindung einer Katastrophe zu simulieren, an der man real gar nicht beteiligt war, die man real gar nicht erlitten hat. *Infotainment* heißt darum auch jene Katastrophen in Unterhaltung verwandelnde Gattung von Fernsehveranstaltungen. Neben den *workaholics* und *shopaholics* sind nun auch die *newsaholics* eine neuer Gegenstand der Suchtforscher.

In einem scheinbar opferfreien Zustand angekommen, erlebt das Subjekt Welt und Geschichte nur als ein *simultané*, in das hinein es, wie im Drogenrausch, sich auflösen kann. Wahn und Rausch sind die Vehikel des Aussteigers, der, gebannt vom Ereignis, die Möglichkeit von Erfahrung – das hieße ja, Erlebnisse zu verarbeiten – aus dem Blick verliert. Hier wird eine neue Unmittelbarkeit gesucht und nicht gefunden, hier entstehen neue Heimatgefühle, die zugleich enttäuscht werden, Symptome, die auf ein durch die Geschichte der Gattung sich ziehendes und letzten Endes diese Geschichte erst produziert habendes Bedürfnis hinweisen, das einmal historisch zur Konstituierung des Marktes als zentrale Institution gesellschaftlicher Vermittlung der Bedürfnisbefriedigung geführt hat und das in diesen Symptomen sich als immer noch ungelöstes Problem erweist.

VII.

Möglich wäre, daß der durch den Markt vermittelte zivilisatorische Prozeß, der heute in eine entscheidende Krise geraten ist, sich zumindest in den Industriegesellschaften der Angestelltenzivilisation und in ihren Einflußsphären vor einem großen Sprung, vor großen Veränderungen befindet, wie schon einmal, im ausgehenden Mittelalter, zu Zeiten vor der Entstehung des Weltmarktes – im Zeitalter der Renaissance, Shakespeares und der britischen Königin Elisabeth. Damals machte die Gesellschaft einen großen Sprung, indem sie längst verschüttete Erfahrungen wieder erinnerte, Erinnerungen provozierte und sich bis dahin Unbekanntes inkorporierte, aber auch den ganzen Widerspruch von Aneignung, Verarbeitung und Zerstörung weitertransportierte. Mit der Vernichtung ganzer Völker hatte er zugleich den Reichtum einer Zivilisation entfaltet, die, an die Antike anknüpfend, das Mittelalter ebenso hinter sich ließ wie den ganzen dazugehörigen Obskurantismus, die nicht nur die neue Welt in Form von Kolonialwaren in sich aufnahm, sondern auch Sitten und Speisen adaptierte und entwickelte und Sprache, Philosophie und Kunst bereicherte.

Was wäre die Küche Europas ohne Gewürze und Früchte des Orients und Amerikas, was die Philosophie ohne die Philosophie der Antike und des Orients; was wäre die Kunst ohne die Beherrschung der Natur, ohne die Wissenschaft; wäre ihr doch nicht nur die Technik der Perspektive unbekannt, sondern überhaupt eine Perspektive jenseits religiösen Wahns; was wäre die Sprache ohne neue Deutungs- und Bedeutungszusammenhänge, ohne die Aufnahme fremder Sprachen und Sprachelemente – ganz zu schweigen von der Veränderung der Bedürfnisstrukturen, der Sinne und der Sinnlichkeit bis hinein in die Psyche der einzelnen Gesellschaftsmitglieder. Allesamt sind sie historische Produkte des Marktes und mit dem Markt in die Krise geraten. Natürlich ist die Krise nicht wie eine Naturkatastrophe über die Gesellschaft hereingebrochen, sondern war ihr so etwas wie ein ständiger Begleiter, eine Triebkraft, die mit der ökonomischen Akkumulation als Krisenmanagement auch zur Steigerung der Spannung wesentlich beigetragen und neue Krisen produziert hat. Von der Gewalt der Unterwerfung blieben auch die Unterwerfenden nicht verschont. Disziplinierung bedeutet mit der dadurch möglichen Aneignung von Natur, mit Reichtum, zugleich auch Verarmung, Zerstörung von Natur. Die Reduzierung aufs Wesentliche schließt alles Unwesentliche tendenziell aus. Der Entfaltung des Reichtums der Neuzeit, ihrer Kultur, korrespondiert die Zerstörung von ganzen Kulturen, der Vervielfältigung der Gegenstände korrespondiert auch eine Entgegenständlichung der Lebenszusammenhänge, eine Reduzierung der Vielfalt oder deren Simulation: Befriedigung schließlich in der Illusion, den künstlichen Paradiesen, mit Hilfe von Drogen.

Durch die Reduzierung des Konsums der Gegenstände auf den Konsum der Werbung für diese Gegenstände, die Entgegenständlichung des Genusses, die schließlich zur Simulation des Genusses geführt hat oder zum halluzinierten Genuß, zu einer Illusion, wird versucht, den enttäuschenden Prozeß der Aneignung, der so nicht möglich scheint, abzukürzen und zu unterlaufen. Freud hatte auf die problematische Tendenz der Verselbständigung von Vorlustmechanismen hingewiesen, die schließlich das Erwachsenwerden verhindern, weil sie einen Weg anbieten, das Individuum direkt in den Zustand nach dem Lusterlebnis hineinzuversetzen, in einen Zustand, in dem das Individuum bereits alles scheinbar hinter sich hat. Der Konflikt, in dem sich Individuum und Gesellschaft befinden, aber bleibt weiterhin ungelöst, ist gewissermaßen aufgeschoben, verdrängt, bis die gesteigerte Konfliktspannung den nächsten Fluchtversuch auslöst.

Natürlich haben die Individuen, hat die Gesellschaft selbst diesen Weg gefunden, um gefürchtete Katastrophen zu umgehen, zu denen eine ambivalente Einstellung besteht: nämlich die Faszination an der Katastrophe und die Furcht vor ihr. Für die Psyche der Individuen sind beide Momente miteinander verbunden, garantiert doch jede herannahende Katastrophe wieder lustvolle Fluchtbewegungsmöglichkeiten. Bleibt aber das eigentliche Lusterlebnis aus, muß auch an dieser Stelle Ersatz her, und der zwingt, durch die damit verbundene Enttäuschung, die Werbung *à la longue*, den Prozeß aufzuladen. Das zwingt zur Einbettung der ganzen Werbeveranstaltung in eine Unmittelbarkeit, die als Erlebnis-Shopping noch mit den Mitteln der Werbung auch die pure Werbung gleichsam hinter sich und die Gegenstände des Konsums und ihre mögliche Zweckmäßigkeit bedeutungslos werden läßt und so die Konsumveranstaltung auf dem Markt in ein Erlebnis verwandelt. In der »absoluten Gegebenheit« des Erlebnisses, wie Edmund Husserl sagt, werden die immer wieder frustrierenden Verbindungen zur Realität aufgegeben, erweisen sich als unnötig. Denn die Evidenz des Erlebnisses verbindet Ursprung und Ziel in einer Weise, die auch deren Dialektik aufhebt. Jeder Weg zu einem Ziel, der ja doch immer nur Umweg war, nie zum Ziel führte, wie die Geschichte bisher zu beweisen scheint, wird durch das Aufgehen des Individuums im Erlebnis abgelöst.

Mit der Erhöhung der Spannung geht offenbar eine um so entschiedenere Fluchtbewegung einher, die insbesondere auf dem Markt der zeitgenössischen Elektronik ihre adäquaten Bewegungs- und Simulationsinstrumente angeboten bekommt, um sich, etwa mit Hilfe von Cyberspace, von der realen Welt in eine virtuelle Welt, gewissermaßen hinter dem Computerbildschirm, verabschieden zu können. Als Brille vor die Augen montiert, wird der letzte Rest realer Blickwelt, die bisher noch den Computerfreak von seiner Flucht- und Suchtmaschine trennte, hinwegeskamotiert, und er kann sich mit Eye-Phone und Data-Glove direkt in die digitale Welt hineinsimulieren und auf dem Mars oder sonstwo spazierengehen oder fliegen, ungehindert im Datenfluß davonschwimmen. Dank Cyberspace soll nun ein uralter Traum der Gattung endlich in realisierbare Nähe gerückt sein: die grenzenlose Kommunikation von jedem mit jeder oder jedem, die totale Vereinigung in einer virtuellen Welt; allerdings eine geschlechtslose Vereinigung. Von den Propagandisten von Cyberspace wird das nicht als Manko gesehen, sind die Cyberspace-Flüchtlinge doch auf wunderbare Weise alle bislang durch die Geschlechterkonflikte verursachten Spannungen los. Gefeiert als eine Art Techno-Zen, kommt das neueste Computerspielzeug aus Kalifornien und wird dort als »bewußtseinserweiternde« Computerdroge angepriesen. Und es ist kein Zufall, daß gerade die rigidesten Protestanten aus *Gods own country*, denen Körper, Geruch und körperlicher Kontakt, eben Erotik in jeder Form, immer ein Greuel waren und denen es nie gelang, sexuelle Befriedigung wenigstens in die Freuden des Gaumens zu verwandeln, endlich einen sehr persönlichen Weg zu ihrem abstrakten Gott gefunden haben. Den »Realitätstunnel« (Timothy Leary), wo man sich ständig an der lästigen Realität gestoßen hat, verlassen zu können, um sitzend und von Sinnen, mit Lichtgeschwindigkeit durch die digitale, virtuelle Welt rasen zu können, scheint die letzte Übersetzung der wahrhaft ungeheueren Zirkulationsgeschwindigkeit des Kapitals ins elektronische Veranstaltungsereignis zu sein. Was jedoch in der virtuellen Welt vermittelt als bewußtseinserweiternd erscheint, ist nur die eine Seite, ein Fortschritt in der Simulationstechnik, die den Simulierenden von den älteren, Geruchs- und taktilen Sinnen nur weiter entfernt und ihm mit Hilfe der zuletzt ausgebildeten, abstraktesten Sinne gestattet, sich sozusagen vorwärts in einen infantilen Objektstatus zurückzusimulieren. Was vermutlich angestrebt wird, ist die simulierte, endlich von den Nötigungen der Realität befreite Regression in den Zustand des an die Versorgungssysteme angeschlossenen, im Fruchtwasser schwimmenden Fötus.

Das entspricht einer Regressionsbewegung, an die das Publikum bereits vorbereitet und weltweit durch das Fernsehen angeschlossen ist. Reduziert sich die Form der Fernseh- und Video-Unterhaltung schon auf mehr oder weniger unvermittelte optische und akustische Reize, wie sie auch für erlebnisorientierte Werbung charakteristisch sind, die dann beim Fernsehen nicht selten auch Erwachsene in tranceähnliche Zustände verfallen läßt, so scheint der Video-clip eine Totalregression des Individuums wenigstens temporär zu ermöglichen. Sieht man sich die Video-clips an, die weniger der Assoziation von Erlebnissen als der halluzinogenen Wirkung von Drogen nahestehen, wiewohl auch da eine Verbindung besteht, so erscheinen sie fast als Übersetzung pränataler Druckerlebnisse ins Optische und Akustische, handelt es sich doch meist um schemenartige Bildsequenzen oder unverbundene Realitätsfetzen, die, mit allein aufs Gefühl zielender Musik verbunden, den Eindruck erwecken, als ob sich das Individuum nicht nur als Individuum auflösen, sondern sich hier schon in den mehr oder weniger spannungslosen Zustand des Fötus zurücksimulieren könne.

Anscheinend geht der sich zwangsläufig einstellende Wunsch nach Steigerung des Erlebnisses auch mit einem

Wunsch nach Reinheit einher, der durch nichts gestört, durch keine Realitätserfahrung getrübt werden will, dem Wunsch nach reinem Stoff sozusagen. Es ist ein Bedürfnis nach Reinheit, das auf seiten der Naturbeherrschung schon in der reinen Welt der Zahlen zum Ausdruck kommt, die auch Mathematiker gelegentlich in Rauschzustände versetzen kann – in der reduzierten Logik von Descartes' *clare et distincte*, entweder A oder nicht A, *tertium non datur*, dem logischen Werkzeug der Naturunterwerfung und des gesamten damit verbundenen industriellen Produktionsprozesses. Das geht bis hin zu den Rechenautomaten, die, mit wechselndem Ein- und Ausschalten von Strömen, die Produktion und vor allem den Konsum lenken, unter Strom setzen, und die im *tertium non datur* zumindest als Negation noch mitschwingende Gleichzeitigkeit von A und nicht A endlich aus Denken und Praxis ausschalten. Ein letzten Endes komplexe Erfahrungen ausschließendes Abstraktionsbedürfnis kommt schon im wissenschaftlichen Experiment zum Ausdruck, dessen Interesse, alle Störfaktoren zu verbannen, es zugleich von der Erfahrung der übrigen Welt isoliert. Diese Tendenz, von der irritierenden Realität abzuheben, hin zur Reinheit, korrespondiert mit dem Bedürfnis nach reiner Klangwelt, wie sie etwa durch die Compact Disc vermittelt wird. Ihr störungsfreier Klang, vielleicht noch gesteigert durch den Kitsch musikalischer Klangteppiche, etwa eines Philip Glass – er hat anscheinend die sich ständig wiederholende, ornamentale Figur der »Selbstähnlichkeit«, die die Chaos-Forscher Chaos-Gebilden zuschreiben, in Musik übersetzt –, ist imstande, den musikalischen Analphabeten in einen Rauschzustand zu versetzen, der mit einem Drogenrausch durchaus verglichen werden kann. Auch hier wird der reine Stoff verlangt. Ist erst einmal die verarbeitende Erfahrung, die Spannung – in der Musik zwischen Konstruktion und Empfindung – ausgeschaltet, bleibt die reine Rührung, in der das Individuum sich wie im Drogenrausch vergessen kann. Das *Cry Baby* der Blues-People ist endlich der Aufschrei der Ohnmächtigen, die mit der Losung *Let's get lost* als Objekte nur noch weinend in der Regression dokumentieren können, daß sie eigentlich etwas anderes wollten, das aber nicht mehr oder noch nicht zu haben ist.

Mit Blick auf Ernst Blochs Ontologie des Noch-Nicht-Seins hat Klaus Heinrich mit der Metapher des Sogs, die er der Bewegung der Sucht gegenüberstellte, die Sucht als Versuch beschrieben, diesem Sog zu entkommen. »Der Sucht, die ins Leere geht (und der die Gegenstände nur noch Vorwand sind, sie wegzuwerfen), entspricht auf der anderen Seite eine Bewegung, die auch ins Leere geht (und der die Gegenstände schließlich nur noch Vorwand sind, sich ihnen anzuschließen): die Bewegung des ›Sogs‹. Sie zureichend zu beschreiben, ist die Aufgabe einer Ontologie, die ihm selbst nicht schon soweit verfallen ist, daß sie das Erschrecken vor ihm in die von ihm geschenkte Gnade umkehrt.[1] Das zehrende Nicht des Nicht-Habens in der ›Sucht‹ endet nicht weniger im ›Nichts‹ als das saugende Nicht des Nicht-Gehabt-Werdens im ›Sog‹. Doch während die Sucht betrügt, indem sie ein gesteigertes Leben vortäuscht, hat Sog den offenen Aspekt des Todes. – Viele Bewegungen unserer Zeit lassen sich als ›Sucht‹ beschreiben. Doch es ist die Frage, ob sie nicht verzweifelte Versuche sind, einem ›Sog‹ zu entkommen.«[2] Nicht auszuschließen ist jedoch, daß die Akkumulation der Suchtbewegungen gerade in diesem Sog kulminiert, nämlich die Totalregression in einen quasi anorganischen Zustand anstrebt.

1 Oder etwa, wie Martin Heidegger, die Geschichte als bloßes *So-Sein* zugunsten der Faszination am Totalopfer der Gattung im *Sein* verwirft. (H. K.)

2 Klaus Heinrich, *Versuch über die Schwierigkeit nein zu sagen*, Frankfurt a. M. 1964, S. 136f.

Die Bewegung der marktgerechten Sucht wird bereits im Kaufrausch vorbereitet, in den Angestellte sich gern fallen lassen, um den Streß abzubauen, der sich durch meist unproduktive Zwangsanwesenheit in Büros angestaut hat. Es sind tranceähnliche Zustände, die schon der halluzinogene Charakter des normalen Supermarktes bei Konsumenten zu erzeugen vermag. Beträgt der durchschnittliche Lidschlag eines Menschen etwa 32 Schläge pro Minute, kann er bei Erregung bis auf das Doppelte steigen und bei Entspannung und in Trance bis auf 14 Lidschläge abfallen. Genau diese Sequenz, die für einen hypnoidalen Trancezustand charakteristisch ist, hat man in den USA bei Kundinnen von Supermärkten gemessen, während sie, von unterschwelliger Musik umdudelt, ihre Einkaufswagen durch die Regalstraßen schieben und, möglicherweise von erotischen Phantasien begleitet, in halbwachem Zustand Waren aus den Regalen ziehen. Es ist eine Tendenz zu Tagträumen, die sich auch bei mechanischer Arbeit am Fließband einstellt, wie Jean-Paul Sartre durch Interviews mit Fabrikarbeiterinnen vor mehr als 20 Jahren herausfand und in *Les Temps modernes* berichtete. Es sind schwache Rauschzustände, in denen sich die Individuen aus der Welt wegtragen lassen, Lustgefühle, die Menschen gelegentlich auch bei der Behandlung im Kosmetiksalon oder beim Friseur empfinden: Streicheleinheiten in halbwachem Zustand. Während die Produktion an den Fließbändern der Fabriken tendenziell durch Automaten ersetzt wird und die Arbeiter sich in Angestellte verwandeln, haben sich auf seiten des Konsums die Konsumenten gewissermaßen in Fließbandarbeiter in den Regalstraßen der Verbrauchermärkte verwandelt[1], was für sie allerdings mit einem nicht unerheblichen Vorlustgewinn verbunden

1 Hans Magnus Enzensberger, *Verbrauchermarkt*, in: *Deutsche Stichworte*, hg. von H. Kurnitzky/M. Schmid, Frankfurt a. M. 1984.

ist. »Wenn die Frauen ihre Wägelchen gefüllt (oder sich sattgekauft) hatten und zur Kasse gingen, steigerte sich der Lidschlag bis zu 25/Min. Das ist noch etwas unter normal. Dann aber, beim Klingeln der Registrierkasse und beim Klang der Stimme der Angestellten, die um den Betrag bat, stieg die Lidschlaghäufigkeit über normal bis zu dem ungewöhnlich hohen Satz von 45 Lidschlägen je Minute.«[1] Durch den Kassenwecker so jäh aus dem Tagtraum gerissen, ist es nur logisch, daß sie dahin wieder zurückkehren möchten, daß sich die Konsumenten wieder und wieder ins Shopping stürzen müssen.

Seit Jahren wird die Kaufsucht – sie entstammt möglicherweise der Kleptomanie (Hermes, der Viehdieb, sic!), ist sozusagen eine disziplinierte Kleptomanie der *shopaholics* – als Massenphänomen untersucht, mit dem Ergebnis, daß Streß und Frustrationen schließlich zur Flucht in die Sucht treiben. Die psychologische Forschung glaubt nachweisen zu können, daß ein unbefriedigendes Sexualleben u. a. schließlich auch Kaufsucht verursachen kann. Kaufsucht führt, ebenso wie Alkohol, Kokain und Medikamente, zur Abhängigkeit, und – das sollte hinzugefügt werden – es ist ja vermutlich diese Abhängigkeit, die Möglichkeit, sich als Subjekt aufzulösen, die auch gesucht wird. Was dem Fixer die Nadel, ist dem *shopaholic* gelegentlich schon der Einkaufswagen im Supermarkt, zumindest als Einstiegsdrogenbesteck. Dabei handelt es sich offenbar um einen *circulus vitiosus*, der scheinbar nur durch Disziplinierung und Unterdrückung des Triebs – so funktionieren bekanntlich die heute propagierten Entwöhnungstherapien – durchbrochen werden kann. Der Wunsch des Süchtigen, der Spannung, unter der er als Subjekt leidet, endlich entfliehen zu können, sein Interesse, als Subjekt in etwas Größerem aufzugehen,

1 Vance Packard, *Die geheimen Verführer*, Frankfurt a. M. 1984, S. 81.

Neue Bücher 1. Halbjahr 1994

Suhrkamp Literatur

Peter von Becker · Fernand Braudel
Bertolt Brecht · Gesualdo Bufalino · Paul Celan
Jacques Derrida · Hans Magnus Enzensberger
Max Frisch · Durs Grünbein · Zbigniew Herbert
Hermann Hesse · Bohumil Hrabal · Denis Johnson
Susanne Kaiser · Bodo Kirchhoff
Wolfgang Koeppen · Uwe Kolbe · Gertrud Leutenegger
Rainer Malkowski · Carmen Martín Gaite
Hans Mayer · Álvaro Mutis · Valeria Narbikova
Bernd Neumann/Uwe Johnson · Andreas Neumeister
Paul Nizon · Cees Nooteboom · Octavio Paz
Marcel Proust · Robert Schindel · Spectaculum
Galsan Tschinag · Martin Walser
Jüdischer Verlag
Bibliothek Suhrkamp · edition suhrkamp
Die Junge Reihe

Jüdischer Verlag

Gershom Scholem
Von Berlin nach Jerusalem

Erweiterte Fassung
Aus dem Hebräischen von Michael Brocke und Andrea Schatz
Mit einem Glossar, Register und Nachwort
Etwa 280 Seiten. Leinen
ca. DM 48,– / öS 375,– / sFr. 48.–
(April 94)

Die erweiterte Fassung von Gershom Scholems Autobiographie, aus dem Hebräischen übersetzt, zieht Wege und Linien von Berlin nach Jerusalem noch deutlicher als die Erstausgabe, macht durch eine Fülle von Daten und Fakten, eine Vielzahl von Porträts die deutsch-jüdische Geschichte in diesem Jahrhundert besonders anschaulich.

Moshe Idel
Abraham Abulafia und die mystische Erfahrung

Ins Deutsche übertragen von Eva-Maria Thimme
Etwa 320 Seiten. Gebunden
ca. DM 48,– / öS 375,– / sFr. 48.–
(April 94)

Dieses Buch zeichnet das Bild eines der rätselhaftesten Gestalten der mittelalterlichen jüdischen Geschichte nach. Abraham Abulafia wurde im 13. Jahrhundert zum Repräsentanten der prophetischen Kabbala, die die mystische Erfahrung in der Ekstase, durch Musik und Bilder zu erreichen suchte.

Stéphane Mosès
Der Engel der Geschichte

Franz Rosenzweig – Walter Benjamin – Gershom Scholem
Etwa 240 Seiten. Gebunden
ca. DM 48,– / öS 375,– / sFr. 48.–
(April 94)

Im Deutschland der zwanziger Jahre entwerfen drei jüdische Denker ein neues Bild der Geschichte, in dessen Mittelpunkt die messianische Utopie steht.

Jüdisches Denken in Frankreich

Gespräche mit Pierre Vidal-Naquet, Jacques Derrida, Rita Thalmann, Emmanuel Lévinas, Léon Poliakov, Jean-François Lyotard, Luc Rosenzweig
Herausgegeben und aus dem Französischen übersetzt von Elisabeth Weber
Etwa 208 Seiten. Kartoniert
ca. DM 44,– / öS 343,– / sFr. 44.–
(April 94)

In sieben Gesprächen wird die Tradition und Gegenwart jüdischen Denkens in Frankreich vorgestellt. Fragen und Antworten erhellen Lebensgeschichten, Sichtweisen, Arbeiten und Denkansätze.

Fotonachweis: Jerry Bauer (Bohumil Hrabal), Martin Fengel (Andreas Neumeister), Irmeli Jung (Paul Nizon), Barbara Klemm (Martin Walser), Giuseppe Leone (Gesualdo Bufalino), Renate von Mangoldt (Uwe Johnson), Isolde Ohlbaum (Peter von Becker, Zbigniew Herbert, Wolfgang Koeppen, Gertrud Leutenegger, Rainer Malkowski, Octavio Paz, Robert Schindel), Peter Peitsch (Uwe Kolbe), Andreas Pohlmann (Hans Magnus Enzensberger, Durs Grünbein), Andrej Reiser (Max Frisch), Simone Sassen (Cees Nooteboom); weitere Nachweise über das Bildarchiv des Suhrkamp Verlags

Suhrkamp Verlag, Postfach 10 19 45, 60019 Frankfurt am Main. Preisänderungen vorbehalten. 1/94 (99602)

wird dadurch jedoch nicht aufgehoben, sondern nur auf eine andere Ebene geschoben: Leben in der stammesartig organisierten Entzugsgruppe, vielleicht als Wohngemeinschaft, und disziplinierte Arbeit heißt ja nur, andere Wege der Regression einzuschlagen. So ist es auch nicht ausgeschlossen, daß eine derartige Regressionsbewegung wieder Suchtcharakter annehmen kann, denn es bleibt das Bedürfnis nach Regression bestehen, das einmal zu welcher Sucht auch immer geführt hat. Diese Tendenz der Suchtbewegung hat Aldous Huxley vermutlich zu der Bemerkung veranlaßt, daß es keine Heilung von der Trunksucht gäbe, außer Gottessucht[1], die gleichermaßen die Aufgabe des Individuums als autonomes Subjekt voraussetzt. Durch die Organisation der Gesellschaft und die aktuellen Formen der Zerstörung des Marktes bedingt, handelt es sich offenbar bei der Bewegung der Sucht um eine Einbahnstraße ohne Umkehrmöglichkeit.

Die durch die Entwicklung des Marktes produzierte Entgegenständlichung der Objekte des Konsums, mitbedingt durch die immer schneller werdende Zirkulation des Kapitals, die es nicht mehr gestattet, sich über den Augenblick hinaus an einem Gegenstand festzuhalten, Kapital und Aufmerksamkeit über den Augenblick hinaus zu binden, und die damit verbundene Vernichtung von Raum und Zeit, zumindest als Kategorien konkreter Erfahrung, veranlaßt die Konsumenten zu Fluchtbewegungen in Erlebnisformen, die dann gestatten, die reale Welt endlich hinter sich lassen zu können: durch Totalregression in die Droge. Vorbereitet durch Werbung und Praxis in der Freizeitgesellschaft, die zum Veranstaltungserlebnis einlädt, wird die Nachfrage nach der Droge durch die Erlebniswerbung auf

1 Aldous Huxley, *Die Geschichte der nervösen Spannung*, in: *Moksha*, München 1983, S. 139.

dem Markt indirekt mitproduziert. Die Tendenz des Marktes in der Freizeitgesellschaft, sich darauf zu beschränken, gewissermaßen nur noch Eintrittskarten für Veranstaltungsereignisse zu verkaufen, die aber als das gesuchte letzte Erlebnis enttäuschen, weil sie als Fluchtvehikel immer wieder versagen, führt notwendig zur Nachfrage nach Drogen, die zumindest temporär das Fluchtbedürfnis besser und nachhaltiger befriedigen als alle Veranstaltungsspektakel.

Wenn die Unterhaltungsbranche und der Drogenmarkt auch scheinbar nur partielle Berührungspunkte haben, etwa im Drogenkonsum von Politikern und Produzenten der Unterhaltungsindustrie, so profitiert die gesteigerte Nachfrage auf dem Drogenmarkt von der Werbung für die halluzinogenen Produkte der Unterhaltungs- und Freizeitindustrie, wodurch sich der Drogenmarkt dann zu jenem expandierenden Markt entwickeln konnte, auf dem das Angebot durch eine täglich gesteigerte reale Nachfrage bestimmt wird. Die Schizophrenie der aktuellen Gesellschaft offenbart sich in dem Widerspruch zwischen der öffentlich geförderten, exzessiven Werbung für Veranstaltungs- und Ereigniserlebnisse – die in letzter Konsequenz auch für den Konsum von Drogen wirbt – einerseits und dem offiziellen Kampf gegen den Drogenmarkt und den Drogenkonsum andererseits.

Drogen hat es immer gegeben, seit sich Menschen zu Gemeinschaften zusammengeschlossen haben. Alle Kulte und Religionen verfügten und verfügen noch immer über Rauschmittel, die unabdingbare Bestandteile von Festen waren, in denen auf Zeit die restriktive Ordnung der Gesellschaft außer Kraft gesetzt wurde. Drogen waren und sind für die Balance einer jeden Gesellschaft absolut notwendig: eine *conditio humana*. Mit ihrer Hilfe konnten die Teilnehmer an den Festen die Spannungen abbauen, die sich durch den inneren und äußeren Zwang der Verfassung der Gesellschaft im Laufe der Zeit angestaut hatten. Sei's nun der Peyote-Kaktus der Cora- und Huichole-Indios Mexikos, der vor Stammesfesten von Jagdgesellschaften in Jagdritualen mit Pfeil und Bogen gewissermaßen erlegt – die Stammesökonomie bildet auch hier den Hintergrund der Veranstaltung – und beim anschließenden Stammesfest gemeinsam verzehrt wird; seine alkalische Substanz Mescalin, die den Konsumenten in farbige Phantasiewelten führt, war zur Zeit des Aussteigerpapstes Timothy Leary Modedroge in den USA. Sei's das orientalische Canabis-Kraut, das als Marihuana oder Haschisch bis heute Alltagsdroge im Orient und seit einiger Zeit auch im Okzident ist. Sei's das seit Jahrtausenden in Asien gerauchte Opium aus dem Saft der Mohnkapsel, eine Alltagsdroge, nach deren Derivat und Konzentrat Heroin heute massenhafte Nachfrage in den Industrienationen besteht. Überwiegend im goldenen Dreieck Hinterindiens produziert, hilft der Stoff dem Konsumenten, beim goldenen Schuß nicht erst im Bermuda-Dreieck, sondern überall aus der Welt verschwinden zu können. Oder sei's die Coca der Andenregion, deren Blätter lange vor Kolumbus von den Indios bei rituellen Festen gekaut, aber auch als Tee in der Medizin benutzt wurden, weil sie auf die Magennerven äußerst beruhigend wirken und außerdem gestatten, die Höhe in den Anden besser zu ertragen. Von den Inka-Herrschern abgeguckt, haben die spanischen Kolonisatoren bald entdeckt, daß die anästhesierende Wirkung der Coca nicht nur Magenschmerzen, sondern auch Hungergefühle zum Verschwinden bringt und dadurch, über die euphorisierende Wirkung hinaus, die Arbeitsleistung der durch die Mita in den Minen zwangsverpflichteten Indios beträchtlich erhöhen läßt.

Aus der Coca, in Spanien und England seit dem 16. Jahrhundert bekannt, hatte der deutsche Chemiker Niemann 1859 das Alkaloid Cocain isoliert, das sich bis Ende des

19. Jahrhunderts steigender Beliebtheit erfreute. Es gab Cocainpillen gegen Zahnweh, und selbst in Coca-Cola – daher stammt der Name – war es bis zu Beginn des 20. Jahrhunderts in geringen Mengen enthalten, und es ist bis heute für die medizinische Lokalanästhesie unentbehrlich. Vor Entwicklung der eigentlichen Psychoanalyse hatte Freud mit Cocain experimentiert. Von ihm stammen umfangreiche Aufzeichnungen, in denen er über seine Erfahrungen mit Cocain berichtet. Er schreibt, daß es die motorischen Kräfte, vor allem die Arbeitsfähigkeit steigert und in einen euphorischen Zustand allgemeinen Wohlbefindens führt[1], und hatte es darum aller Welt empfohlen. Schon das Kauen von Coca versetzt den Konsumenten in einen Zustand gesteigerter Wachheit, den man durchaus euphorisch nennen kann, der aber das Individuum zugleich von vielen Realerfahrungen, störenden, insbesondere taktilen Gefühlswahrnehmungen isoliert, in eine gesteigerte, abstrakte innere Welt versetzt, in gewisser Weise anästhesiert, nämlich gegen viele äußere Reize fühllos und unempfindlich macht, eine Funktion, die Cocain heute, neben Alkohol, bei Managern und vor allem Politmanagern zur bevorzugten Droge hat werden lassen.

In der Psychiatrie wurde Cocain zu jener Zeit als Mittel gegen Depressionen bei Morphium- und Opiumentzug angewendet. Eine Tendenz, die bis heute den Drogenkonsum mit dem allgemeinen Konsum verbindet: auch die Opiate müssen ständig ersetzt werden, weil auch sie, wie jede Ware, letzten Endes das Bedürfnis, das sie zu befriedigen versprechen, doch nicht befriedigen können. Das führt zu jener Bewegung von Drogenersatz zu Drogenersatz, aus der herauszukommen nur möglich sein wird, wenn die zugrundeliegenden Fundamente der gesellschaftlichen Synthesis erkannt und Organisations- und Sozialformen, Formen der

1 Sigmund Freud, *Cocain Papers*, London 1974, S. 108.

Bedürfnisbefriedigung gefunden werden, die weniger auf Triebverzicht aufbauen, weniger Opfer fordern als die bisher herrschenden Möglichkeiten und Formen der Bedürfnisbefriedigung auf dem Markt. Veranlaßt durch den Triebkonflikt, der einmal zur Konstitution der Gesellschaft geführt hat und der im Laufe der Geschichte zwar modifiziert, aber nicht gelöst, sondern weiter transportiert und in gewisser Weise noch verschärft wurde, erscheint auch die kollektive Regressionsbewegung der Sucht als historisches Produkt einer Gesellschaft auf der Suche nach der Lösung des immerselben fundamentalen Konfliktes zwischen unmittelbarem, radikalem Triebwunsch und der gesellschaftlich geforderten, ebenso radikalen Einschränkung seiner Befriedigung.

»Verbunden mit der Abscheu gegen das geliebte Selbst«, schreibt Aldous Huxley, »ist bei allen Menschen der Drang, das Ich zu überschreiten, aus dem Gefängnis der Persönlichkeit zu entkommen, ein Verlangen, etwas Anderes, Größeres zu werden als dieses allzuvertraute Ich, eine Sehnsucht nach einer Welt, die der lähmenden und quälenden Alltagswirklichkeit überlegen ist oder zumindest anders als diese. Der religiöse Mensch schreibt dieses allgemeine Bedürfnis nach Ich-Transzendenz einer eingeborenen und tief verwurzelten starken Sehnsucht nach dem Göttlichen zu. Der Biologe sieht die Sache etwas anders: für ihn entspringt dieser Wunsch des Menschen, sich selbst zu überschreiten, seinem angeborenen Herdentrieb.«[1] Allerdings verrät die immer wieder propagierte, mit dem Konsum von Drogen angeblich einhergehende Bewußtseinserweiterung eher eine Wahrnehmungsstörung, eine typische Begleiterscheinung bei übermäßigem Genuß von Drogen, weil eben die Vermittlung zur Realität streckenweise ausfällt. Sie wird über

1 Aldous Huxley, *Die Geschichte der nervösen Spannung*, a.a.O., S. 137.

Partialsinne geleistet, die oft durch Drogen anästhesiert werden. Hinzuzufügen wäre noch, daß dieser von Huxley erwähnte Herdentrieb, eine Erbschaft des Menschenaffen aus prähumaner Zeit, als die Wiederkehr der schlecht verdrängten und bislang nicht in andere humane Sozialformen sublimierten Urhorde zu lesen ist. In diesem Zusammenhang sind auch Drogen für die vereinigende Funktion des Marktes und seine Vorläufer seit alters her ein wesentlicher Bestandteil gewesen. Schon für die antiken Erinnerungsfeste auf dem Markt bzw. seiner Vorformen wollte die euphorische Stimmung der ersten Revolution nicht von selbst wieder aufkommen, es mußten Rauschmittel her.

Die in regelmäßigen Abständen veranstalteten Massenräusche in Verbindung mit Festen hatten die Tendenz und Funktion, alles auszulöschen, was bis dahin zur Akkumulation der Spannungen beigetragen hatte, um die Gesellschaft für einen Neuanfang, ein neues Jahr, ein neues Wirtschaftsjahr freizumachen, gewissermaßen wieder Ursprungssituationen zu schaffen, die die kollektiv oder individuell gemachten Erfahrungen einer Angstsituation zu überwinden halfen, dem Ich erlaubten, in die Horde zurückzutauchen. Keine andere Funktion hat die Vereinsbildung, verbunden mit Wochenendbesäufnissen für die Angestellten heute, überhaupt für alle Objekte des Marktes und in gesteigertem Maße für die, die von ihm ausgeschlossen sind. Nach Michael Balint ist das Sehnen nach einem Gefühl von Harmonie die Ursache jeder Form von Süchtigkeit. »Ein höchst bedeutsamer Zug in diesem Zustand von Harmonie, in den sich der Betrunkene eingehüllt fühlt«, schreibt er, »ist die Empfindung, daß es in dieser Welt des Rausches keine Liebes- und Haßobjekte gibt, vor allem nichts, was Ansprüche an ihn stellt.«[1] Harmonia aber

1 Michael Balint, *Therapeutische Aspekte der Regression*, Reinbek 1973, S. 68f.

ist die Tochter des griechischen Kriegsgottes Ares, deren gütige Harmonie sich über die Leichen auf dem Schlachtfeld ausbreitet. Sie bürgt mit ihrem Namen zugleich für jenen harmonischen, spannungslosen Zustand, der sich nach dem Bettkampf – so nannten die Griechen auch den Beischlaf – einstellt und in den die Werbung auf dem Markt den Konsumenten direkt zu versetzen verspricht. Letzten Endes ist es die vermutete Gefahr einer herannahenden Katastrophe, permanent vor, ja schon in einer Katastrophe zu stehen, die das Individuum in den Rauschzustand flüchten läßt, um der Gefahr zu entgehen. Aldous Huxley schreibt, daß im Angelsächsischen der Begriff der Katastrophe, der Panik, das Äußerste an Grauen und Unheil durch ein Wort vermittelt wird, dessen eigentliche Bedeutung der Entzug von Met[1] ist, also Alkohol, *die* okzidentale Droge, ohne die das Abendland niemals zu dem geworden wäre, was es heute ist.

Das Rauschmittel dient als Vehikel, der Katastrophe, der Angstsituation zu entkommen. Daß das bei jeder Gruppenbildung einer gewissermaßen natürlichen Tendenz entspricht, hat Nick Martensz von der Universität Oxford bei der Untersuchung des Gruppenverhaltens von Zwergmeerkatzen herausgefunden, deren endokrine Drüsen im Hirn bei andauernder Unterdrückung durch den Hordenführer Beta-Endorphin, eine natürliche morphiumähnliche Substanz, herstellen, um mit Hilfe dieses Opiates die Frustration ertragen zu können, die sie durch die soziale Spannung erleiden. Auch hier ist es nicht so, daß das Rauschmittel sie konkurrenzunfähig macht, sondern daß die mörderische Konkurrenz schon die Primaten zu Opiaten treibt. Der Neuropsychologe Eric Keverne von der Universität Cambridge hat darüber hinaus bei der Unter-

1 Aldous Huxley, *Die Geschichte der nervösen Spannung*, a.a.O., S. 141.

suchung des Hirnstoffwechsels von Affen festgestellt, daß es bereits bei der gegenseitigen Körperpflege, dem Lausen der Affen, zur Ausschüttung von Beta-Endorphin kommt, die Injektion von Endorphin blockierenden Substanzen zu vermehrter Lausetätigkeit führt und die Verabreichung geringer Dosen von Morphium die Lausetätigkeit sofort erlahmen läßt, was die Vermutung nahelegt, daß Rauschmittel und soziale Interaktion in Beziehung zueinander stehen und daß das Bedürfnis nach Rauschmitteln auch als Hinweis auf das Fehlen sozialer Interaktion gelten kann. Das ist bedeutungsvoll und drängt, übertragen auf die menschliche Gesellschaft, die Einsicht auf, daß die Zerstörung des Marktes oder die Vertreibung der einzelnen Gesellschaftsmitglieder vom Markt, dem Ort des Austauschs, der Konfliktlösung und Vereinigung – was sich z. B. im Ausschluß von der konkreten Beteiligung an der Politik und in der Verflüchtigung sozialer Interaktionsmöglichkeiten äußert –, daß die tendenzielle Liquidation der Demokratie also das Bedürfnis nach Drogen automatisch wachsen läßt.

Hat die Gefahrsituation zur natürlichen Erzeugung von Rauschmitteln wie zur Gesellschaftsbildung geführt, so nötigt die Bedrohung des Individuums, auch wenn sie von der Gesellschaft selbst stammt, das Individuum immer wieder zum Rauschmittel, um der Gefahrsituation zu entgehen. Diese Fähigkeit, Gefahrsituationen mit Hilfe von im Gehirn selbst produzierten Opiaten wie Endorphin sozusagen im Rausch zu meistern, ist auch beim Menschen nachgewiesen worden und möglicherweise ein Grund, der manchen veranlaßt, sich immer wieder in Gefahrsituationen zu begeben: ein Motiv für Abenteurer aller Art, Extrembergsteiger wie S-Bahn-Surfer, um den leichten Rausch, der sich in der Gefahrsituation einstellt, wiederzuhaben. Der von Freud konstatierte Todestrieb, der seiner Meinung nach auch in die Kriegseuphorie treibt, korrespondiert der regressiven Tendenz der Sucht, die den Untergang des Individuums im Vollrausch anstrebt. Die auf Jahrmärkten bekannte Achterbahn dient noch dem kleinen Mann als Rauschmaschine. Wenn die Wagen mit ihren Passagieren durch die Erdanziehung auf den Schienen schnell nach unten in den Abgrund gleiten, wird eine Gefahrsituation simuliert, die dann im Gehirn zur Ausschüttung von Endorphin und zu einem leicht euphorisierenden Rausch führt, in dem die Passagiere im beschleunigten Wagen wieder auf die nächste Anhöhe geführt werden, um das Spiel zu wiederholen, den Rausch wiederzuhaben. Als Modell der Konsumbewegungen in der Leistungsgesellschaft dient die Achterbahn auf dem Jahrmarkt als Simulationsmaschine auch für die Bewegung von Befriedigungsersatz zu Befriedigungsersatz, von Rausch zu Rausch.

Es sind die auf dem Markt und durch die Marktmechanismen produzierten und immer wieder enttäuschenden Formen der Bedürfnisbefriedigung, die zu allen Regressions- und Suchtbewegungen und zu deren ständiger Wiederholung Anlaß geben. »Der Süchtige ist süchtig«, sagt Klaus Heinrich, »nach dem, was ihn von seiner Sucht befreit ... Was ihn von seiner Sucht befreit ist der Sog, in den er hineinzukommen hofft. Von ihm angesogen, braucht er sich nicht mehr die ununterbrochene, ständig sich multiplizierende Suchtbewegung zu verordnen. Er tut es mit einem Ziel: es ist nicht die Sucht, die ihr Ziel *in sich* trägt, sondern der Sog, von dem er erfaßt werden will – also der große Sog, der schließlich letal endet, als ein insgeheim angestrebtes Ziel. Aber der Sog, von dem ich da erfaßt werden will, ist nur *ein* Ausdruck für das, was mich aus der ununterbrochenen Spirale von Suchtbefriedigung, Katzenjammer herausbringen kann, es muß noch andere Ziele geben. Der großen Entlastungsfunktion des Sogs nähern wir uns, wenn wir sehen, wie die Metaphern, die ihn charakterisieren, durch die Geschichte der Gattung hindurch immer wieder mir Ursprungsmäulern verknüpft worden sind, die die weibliche Seite der Geschlechterspannung zu einem großen verschlingenden, faszinierenden und bedrohlichen Schoß stilisiert haben. Wenn man dies miteinbezieht in die Überlegung, dann sieht man, wie in diesen Sogphänomenen eine unendlich hilflose Rückkehr, so etwas wie eine Totalregression angestrebt wird – wie diese Totalregression ein Rücktauchen in einen Zustand anstrebt, wo nicht einmal mehr die Mühe des Saugens erforderlich ist, sondern das Gesogen-Werden sie sozusagen als ihre Umkehrung ersetzt: eine hilflose große Kinderphantasie. Und in dem Augenblick, wo etwas von dieser Kinderphantasie gewahr wird beim Süchtigen, in dem Augenblick kann die Frage noch einmal gestellt werden: Warum wollte ich nicht erwachsen werden, warum wollte ich keinen Schritt aus diesen Phantasien heraus tun? In dem Augenblick kann die kleine Analyse und die große Analyse – ich meine die der Gattungsgeschichte – noch einmal auf einen Punkt gebracht werden, der das nicht verarbeitete einzelne Leben und den nicht verarbeiteten Gattungsprozeß tatsächlich hier in diesen Phänomenen miteinander identifiziert.«[1]

Diesem durch die Sucht vermittelten Sog, mitsamt dem ihn letzten Endes provozierenden ödipalen Konflikt, hat Gottfried Benn[2] ein expressionistisches Gedicht mit dem Titel *Kokain* gewidmet, jener heute wieder aktuellen Modedroge, die in den zwanziger Jahren schon einmal in der Künstlerszene weit verbreitet war:

KOKAIN

Den Ich-Zerfall, den süßen, tiefersehnten,
Den gibst Du mir: schon ist die Kehle rauh,
Schon ist der fremde Klang an anerwähnten
Gebilden meines Ichs am Unterbau

1 Klaus Heinrich, *Sog*, in: *Niemandsland* 3, Berlin 1987, S. 90f.
2 Gottfried Benn, *Sämtliche Werke*, Bd. I, Gedichte 1, Stuttgart 1986, S. 45.

Nicht mehr am Schwerte, das der Mutter Scheide
Entsprang, um da und dort ein Werk zu tun
Und stählern schlägt --: gesunken in die Heide,
Wo Hügel kaum enthüllter Formen ruhn!

Ein lautes Glatt, ein kleines Etwas, Eben –
Und nun entsteigt für Hauche eines Wehns
Das Ur, geballt, Nicht-seine Beben
Hirnschauer mürbesten Vorübergehns.

Zersprengtes Ich – o aufgetrunkene Schwäre –
Verwehte Fieber – süß zerborstene Wehr –:
Verströme, o verströme Du – gebäre
Blutbäuchig das Entformte her.

Benn beschreibt hier den Sog der Sucht, das Bestreben, das lästige *Ich* endlich hinter sich lassen zu können, um in die zeitlosen »Gebilde des Unterbaus« eine Mischung aus Unbewußt und Bauch, nämlich in einen Zustand süßer, tiefersehnter Bewußtlosigkeit zerfallen zu können. Endlich ist der Süchtige im Rausch den Konkurrenzdruck los, aus der phallisch-ödipalen Situation entlassen, braucht er doch nicht mehr das Schwert, das »der Mutter Scheide entsprang«, zu führen – was vermutlich eine Umkehrung ist, denn der mit dieser Metapher umschriebene Phallus wollte ja im Grunde in die Scheide erst eindringen. Die Tabuierung erst veranlaßt ihn, mit seinesgleichen um Ersatzobjekte zu konkurrieren. Kein Werk, kein Fetisch, keine Ersatzbildungen für die Mutter sind mehr notwendig. Das ist nun vorbei, wo er sich doch mit Hilfe der Droge in ihren Bauch, »wo Hügel kaum enthüllter Formen ruhn«, total zurücksimulieren kann. Beschrieben wird der Weg der Regression als Todessehnsucht, als Totalregression ins Anorganische, der Weg einer jeden Leiche, ins Hünengrab in der Heide womöglich, das als Grab ja den Bauch, den Ort des Entstehens immer zum Vorbild hatte, wie Gräber mitsamt ihren Beigaben seit Menschengedenken beweisen. Eine damit verbundene, über die Geburt zurückgehende Bewegung im Rausch, »gebäre blutbäuchig das Entformte her«, verbindet Bauch, Geburt und Chaos, sozusagen als friedliche Simulation einer Katastrophe, hinter dic er regrediert und über die er sich zugleich hinaus simuliert, was ihm gestattet, die soziale Ordnung, überhaupt jede Ordnung, indem er sich selbst auflöst, zu verlassen. Es ist kein Vulkan oder Mahlstrom, in den er sich stürzt, eher ein stiller See, in den er eintaucht: platsch, »Ein lautes Glatt, ein kleines Etwas«, die Übermutter, die ersehnte Schicksalsmacht, deren mythisches Bild, »Das Ur«, lautlos, wie der nächtliche Mond, über dem See aufsteigt. Die unerträgliche Spannung ist vorbei, kein »Fieber« mehr, »zerborstene Wehr«, nun verströmt sich der Berauschte in eine andere, entformte Welt.

Es sind gewissermaßen Notizen aus dem Jenseits, zumindest aus dem Jenseits der Sprache, zu dem die expressionistische Sprache eine Brücke schlägt. Darin kommt das Bedürfnis zum Ausdruck, den logischen Sprachraum zu verlassen, das uns bei anderen Autoren gelegentlich auch als Flucht in die totale Sprachlosigkeit begegnet. »Das Erkennen erkannte sich als eine grenzenlose Abwesenheit innerhalb einer anderen grenzenlosen Abwesenheit, die nicht einmal Gewahrsein besaß.« Das stammt nicht von Martin Heidegger, sondern aus Aldous Huxleys Roman *Zeit muß enden*[1], eine Reportage aus dem im Drogenrausch simulierten Jenseits. Was ihn mit Heidegger verbindet, ist die Sucht nach Zeitlosigkeit, beim Drogenkonsumenten in der Totalregression im Rausch, bei Heidegger in der Katastrophenfaszination im Totalopfer, denn nichts anderes bedeutet ja Heideggers Seinsbegriff: Zeit muß enden. Daß die Situation nach

1 Aldous Huxley, *Zeit muß enden. Eine unendliche Bwußtlosigkeit*, in: *Moksha*, München 1983, S. 32.

der Katastrophe ebensowenig wie die Situation in der Totalregression im Rausch mit der Sprache erfaßt werden kann, ist nur logisch, wo die Sprache seit dem ersten gestammelten Wort immer vom Interesse geleitet war, erinnernd Ordnung ins Chaos zu bringen und kommunizierend das Getrennte wieder zu vereinigen, eine Realisierung des Triebs auf neuer Ebene zu ermöglichen, um die tabuierten Triebwünsche in verwandelter Form doch noch zu befriedigen. Darum läßt die Bibel die Welt durch das Wort entstehen, wie auch Kindern mit Hilfe der Fibel die Sprache, die Erinnerung der Gattung, vermittelt wird. Die heute verbreitete Sprachlosigkeit in der Werbung, der kommerzielle Jargon der Straße, verbindet den Markt mit der Faszination am Chaos, durch das zu gehen den Eintritt in eine andere Welt verspricht, und weist so wiederum jede Werbung auf dem Markt *au fond* als Werbung für Drogen aus.

Im Rausch wird der Weg hinter eine erfahrene Katastrophe zurück und zugleich ein Sprung über eine gefürchtete zukünftige Katastrophe hinaus simuliert, um in einen Zustand nach der Katastrophe zu gelangen: »das Ur, *geballt*, Nicht-seine Beben«, in einen Zustand jenseits des Urknalls, der sich fürs Individuum in einer Kette von Katastrophen manifestiert. Ihnen zu entgehen und eine nicht wieder Katastrophen produzierende, sondern Bedürfnisse befriedigende und Konflikte versöhnende Lösung zu finden ist weder dem Individuum noch der Gesellschaft bisher gelungen. Die Sehnsucht nach dem Chaos, dem Entformten, dem Ur, entspringt der Sehnsucht nach dem weiblichen Schoß, der verdrängt und unerreichbar ist, dessen Rache gefürchtet wird und der nun in der verzerrten Form des Entformten wiederkehrt. Assoziiert mit der Katastrophe, die vermeintlich schon einmal die Begehrlichkeit der Geschlechter ausgelöst hat – Vertreibung aus dem Paradies, Inzesttabu, Ödipus' Schicksal –, erscheinen Katastrophenfaszination,

Suchtbewegungen, Sog und Untergangsphantasien als Negativbesetzungen, die in der Negation an einem uralten Traum der Gattung festhalten und den Geschlechterkonflikt als bisher ungelöst und in der aktuellen Konstitution des Marktes als eher verschärft ausweisen.

VIII.

Wie jede Kultur über spezifische Drogen verfügt, um ihre ökonomischen und sozialen Reproduktionsformen zunächst im Kult, anläßlich von Festen zu balancieren, um die Angst und den durch sozialen Zwang produzierten Streß wenigstens auf Zeit zu neutralisieren, so ist die unbestrittene Hauptdroge des Abendlandes der Alkohol. Als Destillat seit dem 8. Jahrhundert im Abendland bekannt – die Chinesen kannten ein Verfahren, Reisbier zu brennen, schon seit vielen tausend Jahren –, stammt das Wort aus dem Arabischen. Es kam nach Europa aus dem ehemals arabischen Andalusien, wo in der Stadt Jerez de la Frontera zum ersten Mal Wein destilliert und der später berühmte Sherry – unter Zusatz von Weinalkohol – hergestellt wurde. Alkohol, *al cohol*, heißt soviel wie das feinste, reinste Wesen einer Sache, also ihr *Geist*, ein Rauschmittel, das seit langem seinen Siegeszug durch die Alte und Neue Welt angetreten hat. Ohne Alkohol hätte sich die abendländliche Zivilisation nie zu dem entwickelt, was sie heute ist. Die Entwicklung der gesamten Kultur, ihre sozialen Kommunikationsformen, die Entwicklung der Speisen und nicht zuletzt die Entwicklung von Kunst und Literatur sind zu einem nicht unwesentlichen Teil mit dem Genuß, der Kultivierung und Verfeinerung berauschender alkoholischer Getränke verbunden. Wie sie ihren Dienst als soziales Bindemittel leisten, beflügeln sie auch die Phantasie und wirken nicht selten katalytisch auf alle Sinne, wenn es darum geht, unterdrückte Triebwünsche wenigstens zu Teilen in Kulturprodukten oder in der Illusion zu befriedigen.

Natürlich sind vergorene alkoholische Getränke sehr viel älter als das Destillat. Sie werden in den Mythen der Völker immer wieder erwähnt. Der dem Traubenwein vergleichbare Honigwein Met z.B. war im 4. Jahrhundert v. Chr. den Griechen und Römern lange bekannt – Getränk der Götter im Olymp – und nach Pytheas das gewöhnliche Getränk der im Norden lebenden Völker. Chinesen, Japaner, Ägypter tranken Bier, aber auch die Phrygier und Thraker, die Lybier und die iberischen Stämme seit vorrömischer Zeit. Ein im Gärverfahren aus Kornfrüchten hergestelltes, berauschendes alkoholisches Getränk kannten im Grunde alle Völker, und es gibt heute nur wenige Länder in der Welt, in denen die Bierbrauerei nicht einen wesentlichen Anteil an der nationalen Wirtschaft hat. Zu Strabos Zeit wurde der Gerstenwein, Zythos, in Alexandria ganz allgemein getrunken. Diodor berichtet, daß die Stadt Pelusium, südlich vom heutigen Port Said, um 200 v. Chr. das Zentrum der ägyptischen Braustätten gewesen sei. Die Beliebtheit des Bieres reicht bis in die ältesten mythischen Zeiten Ägyptens zurück: Osiris soll den Ersatz des Weins durch Bier gelehrt haben. Herodot und Plinius weisen darauf hin, daß der Mythos Osiris als Überbringer der Bierbraukunst ausweist. Die Konkurrenz der Kulte als Artikulation mythologisch begründeter, mythologisierter Wirtschaftsformen schlägt sich in der Antike schon in der Konkurrenz der spezifischen, zu den Kulten gehörenden Drogen nieder.

Mehr noch als das Bier spielte der aus Kleinasien stammende Wein im Kult und in der Praxis der Kultivierung und vor allem bei der Entwicklung der Kultur im frühen Abendland eine herausragende Rolle. Als Ursprungsland des Weinstocks wird das älteste Siedlungsgebiet der semitischen Stämme südlich des Kaspischen Meeres vermutet, wo die Weinrebe schon vor fast 8000 Jahren bekannt gewesen sein soll. Mit den Wanderungen der Semiten hat sich der Weinanbau an den unteren Euphrat und in die Paradiese des Südwestens und von Syrien über ganz Kleinasien verbreitet.

Auch in Ägypten war er zur Zeit des Pyramidenbaus bereits bekannt. Über den Norden Griechenlands und vor allem über den phönikischen Handel und die phönikischen Siedlungen auf Kreta soll der Weinbau dann auf die griechische Halbinsel und in die Ägäis gelangt sein. Das griechische Wort *oinos*, Wein, stammt aus dem antiken Kreta.

Zur Zeit Homers – ihm war bereits die Trockenbeerenauslese aus Kythera bekannt –, Hesiods und Hippokrates' – letzterer hatte die Bedeutung des Weines als medizinisches Heilmittel erkannt – galt der Wein schon lange als natürliche Gabe des Landes. Als *Geschenk* von Hermes' Halbbruder Dionysos durfte er bei den orgiastischen Festen nicht fehlen, die mit dem Namen des Weinstifters verbunden waren. Wie alle Zivilisationsheroen, so mußte auch Dionysos erst sterben – er wurde von den Titanen zerrissen –, um von der Natur, nämlich Muttergöttinnen, wieder zusammengesetzt zu werden. Die Vorstellung des sterbenden und regelmäßig wieder auferstehenden Gottes weist ihn, über das Katastrophenmanagement des Todes hinaus, als Vegetationsgott aus, und die häufig vorkommenden Phallen bei Festen in seinem Namen bezeugen, daß er auch als Fruchtbarkeitsgott verehrt wurde. Die mythische Erzählung, daß er als Knabe ausgesetzt und in der Fremde bei Nymphen aufwuchs, deutet nicht nur auf die Herkunft des Weins aus der Fremde, sondern macht ihn erst zu jenem Zivilisationsheros, der, nun mit Naturpotenz der Fremde ausgestattet, von Zeit zu Zeit wiederkommt und Fremdes, der Gesellschaft Entfremdetes, nämlich ihre eigenen unterdrückten Triebwünsche vermittelt. Als passagerer Heros am Übergang vom Mutterrecht zum Vaterrecht, der den Geschlechterkonflikt als Kampf zwischen Mutterrecht und Vaterrecht darstellt – er soll mit Hilfe der Amazonen die Titanen besiegt und später dann auch den Amazonen den Garaus gemacht haben –, bewahrt er in seinem Kult ein Überleben des Chaos unzivilisierter Natur. Immer am Rande des Wahnsinns, von einer wilden Horde von Satyrn und Mänaden umgeben, steht er, d. h. sein volkstümlicher Kult, für die orgiastische Realisierung sonst unterdrückter Triebwünsche ein. Die Geschichte mythologisiert die Verbreitung des Weinbaus, mit dessen Produkt Triebwünsche im Rausch realisiert oder wenigstens die Spannungen abgebaut wurden. Aber er hat auch Übersetzungsarbeit geleistet, denn er soll nicht nur neue Gesetze geschaffen haben, sondern er wird auch als Stadtgründer erwähnt und hat so ein weibliche Element in Zivilisation übersetzt, ist doch die Stadt der Ort, in dessen schützenden Mauern Austausch- und Vereinigungsbedürfnisse im Verhältnis der Bürger zueinander und auf dem Markt auf einer neuen Ebene realisiert werden können.

Graves weist darauf hin, daß Dionysos ursprünglich der Mondgöttin Semele untergeordnet und ihr vorbestimmtes Opfer gewesen sei[1], also einem einmal mutterrechtlich organisierten Fruchtbarkeitskult entstammt, und er erwähnt, daß Jane Ellen Harrison vermutet habe, Dionysos, der Weingott, sei eine spätere Ersetzung von Dionysos, dem Biergott, gewesen. Sie schlug darum vor, »das Wort Tragödie nicht, wie Vergil, von *trágos*, Ziege, abzuleiten, sondern von *trágos*, Dinkelweizen, eine Getreidesorte, die in Athen zum Bierbrauen verwendet wurde.«[2] Bei der dramatischen Darstellung des unentrinnbaren, die Gemeinschaft erschütternden Schicksals sollen die Mitglieder des Chors in Bocksfellen als Satyrn verkleidet aufgetreten sein. Darauf bezieht sich die Meinung, daß die Tragödie einem Bocksgesang entstammt. Folgt man jedoch Jane Ellen Harrison, so geht die Tragödie über den Bocksgesang auf einen Biergesang zurück. Dieser Hinweis ist insofern bedeutungsvoll,

1 Robert von Ranke-Graves, *Griechische Mythologie*, Bd. I, Reinbek 1965, S. 94.
2 Ebd., S. 95.

als er für die Entstehungsgeschichte der Tragödie über den Mysterienkult des Fruchtbarkeitsgottes hinaus ein Rauschmittel als Namensgeber und damit den Rausch als fundamentales Element des Trauerspiels ausweist. Die dramatische Darstellung der Notwendigkeit des Opfers reichte offenbar nicht aus, um die gefürchtete Katastrophe – vermittelt durch voraufgegangene Katastrophenerfahrungen, Inzestwunsch, Inzesttabu und den Zwang zur Reproduktion durch Opfer unmittelbarer Triebwünsche – emotional zu verarbeiten oder wenigstens die Angst vor der Katastrophe allein durch rationalisierende Darstellung des unausweichlichen Schicksals zu nehmen. Versammelten sich die Bürger auf dem Marktplatz oder einem anderen Kultplatz zum Mysterienspiel, so war das durch Rauschmittel beflügelte, orgiastische Fest integraler Bestandteil der Veranstaltung. Es löste auf Zeit den Zwang auf, den die gesellschaftliche Ordnung ihren Mitgliedern auferlegte, und gestattete ihnen, bier- oder weinselig in einen paradiesisch vorgestellten, gesetzlos ungezwungenen Ursprung zurückzutauchen.

»Das Fest«, schreibt Roger Caillois, »erscheint in der Tat als eine Aktualisierung der Frühzeit des Universums, der Urzeit (Orig. deutsch), der eminent schöpferischen Ära, in der sich alle Dinge, das Sein, alle Institutionen in ihrer traditionellen Form herausgebildet haben.«[1] Es fungiert gewissermaßen als Brücke zwischen Chaos und Ordnung, indem es den Übergang von der Natur zur Gesellschaft immer wieder markiert. In der mythischen Erinnerung wird das Chaos von der Utopie des Goldenen Zeitalters überlagert, dem grünen Paradies kindlicher Liebe, von dem imaginierten, zeitlosen Reich des Kronos, wo es noch keine Kriege und keinen Handel gab, wo Sklaven und Privat-

1 Roger Caillois, *Théorie de la fête* (I), in: *La Nouvelle Revue Française*, Nr. 315, Paris 1939, S. 869.

eigentum noch unbekannt waren. Aber dies einfältige Zeitalter friedfertiger Freuden, einfachen und glücklichen Lebens, war in der mythischen Realität gleichzeitig eine Welt des Schreckens, der Menschenschlächter, eine Zeit, in der derselbe Kronos seine Kinder fraß. Was hier hineinspielt, ist jene *fausse reconnaissance*, die Menschen nicht selten ihre Realerfahrungen, die sie in der Kindheit gemacht haben, schönen und idealisieren, die Kindheit zu einem Wunschbild gestalten läßt, nach dem sie sich zurücksehnen. Das realistische Element der regressiven Wunschbilder offenbart sich in den desexualisierten Paradiesvorstellungen, die oft die realen Schrecken in der Erinnerung ins Gegenteil verklärt haben, verklären konnten, weil die unentwickelte Sexualität der Kindheit in der Tat meist noch relativ geschützt und noch nicht derart den Spannungen ökonomischer Geschlechterbeziehungen ausgesetzt war wie in der Welt der Erwachsenen. Vor allem aber offenbaren sich derartige Bilder als Übersetzungen von unbefriedigten Triebwünschen unter Respektierung der von der Gesellschaft geforderten Triebunterdrückung. Darum ist auch jede Erinnerung ein Versuch der Verarbeitung von Realerfahrungen, verbunden mit dem Festhalten an bislang noch nicht realisierten Wünschen. Triebwünsche und Realerfahrungen sind das Ausgangsmaterial, auch oder gerade wenn die Erinnerung die Realerfahrung in ihr Gegenteil verklärt. Das weist auf die Dynamik der unbefriedigten Wünsche und nötigt die Erinnerung, die Geschichte nach jeder neuen Erfahrung wieder von neuem zu formulieren. So verändert sich das Geschichtsbild mit jeder historischen Erfahrung, weil es ja vor allem auch eine Antwort auf die unbefriedigende Gegenwart ist.

In der mythischen Überlieferung ist erst der Inzest für das Erschrecken verbreitende Chaos charakteristisch. Durch ihn wurden, wie der Mythos erzählt, immer wieder kosmische Katastrophen entfesselt, wie vermutlich zunächst einmal kosmische Katastrophen von ungeheuerem Ausmaß zur Einführung des Inzesttabus und die es begleitenden und artikulierenden Kulte geführt haben. Daran knüpft das Fest an. Roger Caillois begreift es als einen psychisch-physischen Anfall der Gesellschaft. »Das Fest«, schreibt er, »könnte als Paroxysmus der Gesellschaft begriffen werden, der sie reinigt und erneuert zugleich. Entscheidend ist nicht allein der religiöse, sondern auch der ökonomische Gesichtspunkt. Es ist der Moment der Zirkulation der Reichtümer, der ansehnlichsten Märkte, der fabelhaften Verteilung akkumulierter Schätze.«[1] Dieselbe Erneuerungsfunktion hatten die dionysischen Orgien, reinigten sie doch die Gesellschaft, neutralisierten die Spannungen, die sich durch die immer unbefriedigende, Triebwünsche unterdrückende Organisation der Gesellschaft aufgestaut hatten, und schafften wieder eine Ursprungssituation.

In dem Maße, wie sich die Feste in der Neuzeit vom Markt gelöst haben, der Markt nicht mehr der Ort der bewußten, aktiven gesellschaftlichen Synthesis ist, die Komitien längst nicht mehr auf dem Forum abgehalten werden und die Gesellschaft sich zugleich fraktioniert und uniformiert, Fremdes tendenziell ausschließt und sich vor allem vom lebendigen, Bedürfnisse vermittelnden Markt oder der Markt sich von ihr entfernt hat, ist nicht etwa die Anspannung, die Furcht vor der Katastrophe gewichen, die einmal zu den dionysischen Anfällen geführt hat. Auch die Entdramatisierung des Theaters bedeutet ja nicht, daß es keine gesellschaftlichen Spannungen mehr gibt. Ganz im Gegenteil, die schmerzenden Spannungen sind so groß geworden, die Situation ist derart unbefriedigend, daß sie zur Flucht

1 Roger Caillois, *Théorie de la fête (fin)*, in: *La Nouvelle Revue Française*, Nr. 316, Paris 1940, S. 57.

aus der Realität Anlaß gibt. Roger Caillois[1] hat noch die Ferien (Messe!) als Nachfolger des Festes gesehen, geht das Wort Ferien doch auf mit dem Markt verbundene Feste zurück. Es bezieht sich also auf eine Zeit, die die geregelte Arbeit unterbricht, freie Aktivitäten gestattet, eine Zeit der Verschwendung und eine von gesellschaftlichem Zwang befreite Zeit. Diese Sicht hatte auch schon Marx dazu verleitet, die Freizeit als eine vom Zwang gesellschaftlicher Reproduktion befreite Zeit zu sehen, in der der Mensch allererst zum Menschen werden könne. Die aktuell sich ausbreitende Freizeitgesellschaft hat diese Utopie allerdings längst ad absurdum geführt.

Caillois stellt sich darum auch die Frage, ob nicht bereits das Wort *vacances* auf eine Leere deutet, zumindest auf eine Verlangsamung des aktiven gesellschaftlichen Lebens. Natürlich folgt für ihn daraus nicht, zum antiken Wechsel von Fest und Arbeit, Ekstase und Herrschaft zurückkehren zu wollen, die alljährlich die Wiedergeburt von Ordnung und Chaos, den Reichtum der Verschwendung und die Stabilität fördernde Entfesselung hervorbrachten. Aber er fragt sich, ob nicht eine Gesellschaft ohne Feste zum Sterben verurteilt sei, ob nicht die flüchtigen Vergnügen in der Freizeit nur darüber hinwegtäuschen, daß sich die Gesellschaft in Agonie befindet. Das reflektiert jedoch noch nicht die Funktion des ekstatischen Ausbruchs. Denn das Fest hat ja gerade die Einschränkung der Triebwünsche, die die gesellschaftliche Organisation charakterisiert, zur Voraussetzung und die Funktion, den durch Katastrophen verursachten und immer wieder Katastrophen produzierenden Triebkonflikt auf Zeit zu neutralisieren. Der Konflikt ist damit nicht aufgehoben, sondern lediglich aus dem Bewußtsein verdrängt worden.

Vermutlich hat diese Spannung u. a. zur Integration des

1 Ebd., S. 59.

Rauschmittels in den Alltag und zur Entwicklung der Weinkultur im Abendland geführt, d. h., daß der Markt selbst die Funktion des ekstatischen, mit Hilfe von Rauschmitteln zur Abfuhr von Spannungen führenden Festes dadurch transformiert hat, daß er wohl die Rauschmittelproduktion gesteigert, den Konsum aber weitgehend in zivile Bahnen gelenkt hat, indem er den Alkohol, Hermes sei Dank, vom Rauschmittel in ein Genußmittel verwandelte. Daß Alkohol trotzdem immer noch Massenbesäufnissen oder einsamen Herzen als Rausch- und Fluchtmittel dient, tut der Sache keinen Abbruch; es weist nur auf das Fortbestehen des Triebkonfliktes, der ungelöst auch zur Steigerung der Spannung beigetragen hat und weiterhin beiträgt. In weit größerem Maße als etwa Bier oder Brände nimmt der Wein unter den alkoholischen Rauschmitteln eine Sonderstellung ein. Über Griechenland, Rom und insbesondere Gallien breitete sich der Weinbau schon sehr früh über ganz Süd- und Mitteleuropa aus. In Gallien soll der Weinbau bereits 600 v. Chr. durch die Phokäersiedlung Massilla (Marseille) eingeführt worden sein, und Strabo berichtet, daß die Erfinder des hölzernen Weinfasses (vordem wurde er in Tonkrügen, Amphoren, aufbewahrt), nämlich die Gallier, ihre Weinfässer so groß wie ihre Häuser gebaut hätten. Die Kultivierung und Verfeinerung, die Verwandlung vom Rauschmittel in ein Genußmittel, hat ihn insbesondere in den klassischen und entwickeltsten europäischen Weinländern, Italien und Frankreich, in ein von der Küche nicht zu trennendes und in allen sozialen Beziehungen unverzichtbares Genußmittel erhoben, und das vor allem, weil der Genuß von Wein gerade nicht primäre Sinne wie Gefühl, Geruch, Geschmack schwächt, sondern im Gegenteil zur weiteren Entwicklung auch dieser Sinne und damit zur Befriedigung von immerhin fundamentalen, wenn auch partiellen Triebwünschen beiträgt.

Die dem Kult und den mit ihm verbundenen Orgien und Mysterien entstammenden Drogen wie Wein, Bier, Schnaps etc. haben auch zur Entfaltung des zivilisatorischen Prozesses beigetragen und die Notwendigkeit, durch Orgien und Exzesse immer wieder Ursprungssituationen zu schaffen, reduziert. Indem die Alkoholika in die allgemeinen psychisch-physischen Reproduktionsprozesse der Gesellschaft integriert, in gewisser Weise demokratisiert, in Geselligkeits- und Kommunikationsformen aufgenommen und zur Veredelung von Speisen verwendet wurden, haben auch sie ihren Beitrag zur Humanisierung der Gesellschaft geleistet. Das natürlich nur tendenziell, war die zivilisierende Funktion der Rauschmittel doch abhängig davon, ob der Markt die Leidenschaften in zivile, allseitig bedürfnisbefriedigende Bahnen gelenkt hat. Die Frage ist also, ob der Markt sich tendenziell auch für alle Gesellschaftsmitglieder geöffnet, universalisiert und Fremdes inkorporiert und keine Monopolbildung und ökonomische Herrschaft über Schwache zugelassen hat, ob er wahrhaft demokratische Prozesse gestattet und der historischen Erinnerung, nämlich einem Geschichtsbewußtsein Raum gegeben hat, um Krisen in Zukunft vermeiden zu können. Zweifellos wurde diese auf dem Markt geborene Utopie durch denselben Markt auch wieder zunichte gemacht, der im Geschlechterkonflikt verkörperte Triebkonflikt nicht gelöst, sondern nur auf andere Ebenen verschoben, wodurch er sich, dem Bewußtsein entzogen, sogar noch verschärft hat.

Albert Hirschman hat in seinem Essay *Leidenschaften und Interessen* den Abstraktionsprozeß der Ökonomie untersucht und gezeigt, wie in der Diskussion der Ökonomen vor dem »Sieg des Kapitalismus«, als die Ökonomie noch eine politische Wissenschaft war, die sich auch mit den sozialen und psychischen Verhältnissen auf dem Markt aus-

Argonauten Jason mit Kolumbus assoziiert. Denn Medea hatte, wie die Sage berichtet, Jason zum »Goldenen Vlies«[1] verholfen. Was Kolumbus mit Jason verbindet, ist also, daß beide Abenteurer, Schatzsucher und Seefahrer waren und dadurch, vielleicht unbewußt, zur Entwicklung des Handels beigetragen haben. Auch hier: die zivilisierende Funktion des Handels, die alle Schranken niederreißt und die Natur humanisiert. Am Ende des zweiten Akts läßt Seneca den Chor verkünden:[2]

> Nun hat sich schon das Meer ergeben und duldet alle Gesetze: nicht mehr muß, von Pallas' Hand gefügt, ruhmvoll die Ruder von Königen tragend, ein Argo gesucht werden – jeder beliebige Kahn durchirrt die hohe See; alle Grenzsteine sind entfernt, und die Städte haben ihre Mauern in einem neuen Land errichtet; nichts ließ am Ort, wo es gewesen, der den Schiffen nun überall zugängliche Erdkreis: der Inder trinkt den eisigen Araxes, die Elbe trinken die Perser und den Rhein – kommen werden in späteren Zeiten Jahrhunderte, in welchen Oceanus die Fesseln der Elemente lockern und ein ungeheures Land sich ausbreiten und Tethys neue Erdkreise bloßlegen und unter den Ländern nicht mehr Thule das äußerste sein wird.

Zumindest hat die Sehnsucht nach Reichtum, Frauen und Gold schließlich auch die Amerikafahrer angetrieben und

1 Sowjetische Archäologen haben den realgeschichtlichen Hintergrund der Sage vom Goldenen Vlies nachgewiesen. Auf dem Gebiet des antiken Kolchis, dessen Goldreichtum auch von Herodot gepriesen wurde, hat man in den letzten Jahrzehnten über 2500 goldene Gefäße und Schmuckstücke gefunden. Der Namen des Goldenen Vlies' (goldenes Fell) geht auf ein besonderes Goldgewinnungsverfahren zurück: Schaffelle wurden so lange in das Wasser der Flüsse gehalten, bis sich genug Goldstaub in den Haaren festgesetzt hatte. Das Goldene Vlies ist ein Synonym für Reichtum, für einen Schatz. In der Antike wurde auch Barrengeld aus Bronze in Form dieser Schaffelle gegossen. Das Schaf gehörte, neben Rind und Schwein, zu den Hauptopfertieren der Antike.

2 Seneca, *Medea*, in: *Sämtliche Tragödien*, Bd. I, Übers. v. Theodor Thomann, Zürich u. Stuttgart 1961, Vers 365-379, S. 265 ff.

die Legende von Atlantis im sagenhaften Eldorado oder in der Geschichte von der peruanischen Goldinsel, der »Isla de Jauja«, wiedererstehen lassen. Kann die gesellschaftliche Entwicklung auf den mächtigen Triebwunsch als Antrieb auch nicht verzichten, so überführt erst seine Vermittlung auf und durch den Markt, seine Sublimierung in vielfältigen Ersatzformen die Gattung in eine möglicherweise humane Gesellschaft.

Midas ist eine mythische Figur, die jede Vermittlung ablehnt, die über keine differenzierten Sinne und keine differenzierte Sinnlichkeit verfügt. Wie er durch seine Goldfaszination jede Vermittlung auszuschalten suchte – Gold bringt nur Glück, wenn es das Maß nicht überschreitet, sagt Artemidor[1] –, so erwies er sich bei anderer Gelegenheit auch als unfähig, die Sublimierung von Triebwünschen in Musik zu würdigen: Er soll bei einem musikalischen Wettkampf zwischen Apollon und Pan Apollon mit dem Spiel der von Hermes erworbenen Lyra nicht als Sieger anerkannt haben. Dafür wurde er mit Eselsohren gestraft, also als unzivilisiertes Triebtier abgestempelt. Der Esel galt im Altertum als Fruchtbarkeitssymbol und Triebtier. Während des Mittelalters wurden erotische Narrenfeste als sogenannte Eselsmessen abgehalten, die das Messerritual auf den Kopf gestellt haben, und Ehebrecherinnen sollen im Mittelalter wegen des tabuverletzenden Sexualverhaltens zur Strafe rückwärts auf Esel gesetzt und durch die Städte getrieben worden sein. Esel waren auch die Reittiere der wilden Horden des Dionysos, deren Eselsgeschrei selbst die Titanen in die Flucht schlug. Kein Wunder, daß der spätere König der Phrygier die Verehrung des Dionysos unterstützt haben soll.

1 Artemidor von Daldis, *Traumbuch*, Basel 1965, S. 131.

IX.

Sind die Mythen auch so alt wie die in ihnen dargestellten Konflikte, so weist das Verschwinden der antiken Mythenwelt keinesfalls auch darauf, daß die in den Mythen artikulierten phylogenetischen wie ontogenetischen, ökonomischen wie psychischen Konflikte etwa gelöst seien. Im Gegenteil: Drachentöter treten im Weltraum wie in der gesamten *science-fiction* auf, und die Angst vor der Katastrophe, vor dem Chaos, wird nicht nur im Drogenrausch vertrieben, sondern es wird auch versucht, sie durch Abwehrzauber zu bändigen. Die heute in Mode gekommene Chaos-Forschung z. B., der es mit Hilfe digitaler Zauberwelt gelang, das Chaos als endlose Wiederkehr »selbstähnlicher« Formen, den sogenannten Apfelmännchen der Mandelbrot-Menge, auf den Bildschirm zu bannen, verbindet die Faszination am Chaos mit dem Versuch, das gefürchtete katastrophale Chaos, wenn auch nicht in eine geschlossene Theorie, so doch wenigstens in ein quasi strukturalistisches Bild zu verwandeln. Daß es sich dabei möglicherweise nur um das selbst produzierte Chaos der Informatik handelt, der die Übersicht über die eigenen, von ihr produzierten Zahlenmengen abhanden gekommen ist, wird dabei ebensowenig thematisiert wie die Faszination am Ornamentalen, dessen gewebte Vorläufer seit alters her auf jenes Schamhaargewebe zurückgingen, das die tabuierte sexuelle Faszination an der Mutter mit der geordneten Herrschaft über sie verband. Auch das: ein offenbar unzureichendes Katastrophenmanagement, das bis heute außerstande war, die Geschlechterbeziehungen für beide Teile befriedigend zu organisieren. »Da die Anderen als sexueller und sozialer Horizont praktisch verschwunden sind,« schreibt Jean

Baudrillard, »beschränkt sich der geistige Horizont des Subjektes auf den Umgang mit seinen Bildern und Bildschirmen.«[1]

Aber es ist nicht bloß eine Flucht aus der Realität, die nicht mehr greifbar scheint. Die Videosucht verführt zu einem *salto mortale* in die Welt der Zeichen, die sich dem Süchtigen als faszinierend gefürchtetes, nun scheinbar ungefährliches ornamentales Ursprungsmaul anbietet. »Die Video- und Stereokultur erzeugt nämlich kein narzißtisch Imaginäres, sondern ist ein Effekt äußerster, verzweifelter Selbstreferenz, ein Kurzschluß, mit dem das Gleiche ans Gleiche unvermittelt angeschlossen wird; ein Effekt, der damit zugleich seine Intensität an der Oberfläche und seine Bedeutungslosigkeit in der Tiefe bezeugt.«[2] Das derart ungefährlich gemachte Monster lädt nun zum Spielen ein. Es ist nicht nur das Subjekt, dem, als Objekt mit seinesgleichen vernetzt, sein Objektstatus gar nicht erst bewußt wird, obgleich es sich natürlich dahin sehnt; verschwunden ist auch die Schnittstelle zwischen Realität und Fiktion (Joseph Weizenbaum). Treten Politiker z. B. als Gastschauspieler in einer Fernsehserie auf, so verwischt sich die Differenz von Realität und Fiktion, und dem Zuschauer vermittelt sich Politik als Videospiel. Das Imaginäre erscheint ohne jede Differenz zur Realität auf dem Bildschirm; Realität und Irrealität gehen ineinander über. Da der Bildschirm für den Benutzer der oder die andere, jeder andere ist, ist zugleich der Geschlechterkonflikt gleichsam weggezaubert, oder anders gesagt: der Bildschirm ist nun zu einem einen Sog ausübenden Ursprungsmaul stilisiert worden, der Computer, wie Jean Baudrillard schreibt, eine Junggesellenmaschine, eben jenes imaginierte Geschlecht der Mutter, in das

1 Jean Baudrillard, *Videowelt und fraktales Subjekt*, in: *Aisthesis, Wahrnehmung heute oder Perspektiven einer anderen Ästhetik*, Leipzig 1990, S. 252f.
2 Ebd., S. 257.

der kleine oder große Ödipus sich stürzt, um sich darin aufzulösen und zu verschwinden.

Durch die Art medialer Vermittlung tritt so die Gesellschaft anscheinend geschlossen die Flucht aus ihrer historischen Vermitteltheit, aus der eigenen Geschichte, vor allem auch aus der Wahrnehmungsgeschichte ins Unriechbare, Unfühlbare, Unhörbare und letzten Endes auch Unsehbare – Zeichen sind keine Bilder –, ins Nichts an, das im Rausch der Flimmerbilder vorbeihuschender Schatten und vermeintlicher sphärischer, außerirdischer Klänge im Ohr an die Stelle des ersehnten Paradieses getreten ist. Andererseits können die Zeichen der Flimmerbilder sehr wohl Bilder im Kopf des Betrachters evozieren – der Film entsteht im Kopf, wie Alexander Kluge sagt. Sie tun es vermutlich auch, aber als Halluzinationen, wie die allgemeine Faszination am Video zu belegen scheint. Die Frage ist nur, wie vermittelt sich durch die Junggesellenmaschine Realität, oder: wie kann die produktive Geschlechterspannung allein durch den Bildschirm vermittelt werden? Steht dem nicht eine logische und praktische Unmöglichkeit entgegen? Durch den Bildschirm sicher abgeschirmt von der Welt da draußen, wieder in der Höhle Platons, sind es nicht mehr die Schatten der realen Welt, denen ja immerhin noch etwas Körperliches anhaftet, wie der Fotografie, sondern die elektronischen Zeichen, die die Welt vermitteln – aber vermitteln sie, wiewohl Teil der realen Welt, wirklich noch die reale Welt, wo ihnen doch kaum etwas die partialen Sinne Bewegendes mehr anhaftet, das als Brücke zur realen Welt dienen könnte?

Dem korrespondiert eine Flucht aus der Realität durch die Aktion. In einem Interview[1] hat der Extrembergsteiger Reinhold Messner in faszinierend luzider Weise die Motive

1 *Die Zeit*, Nr. 49, vom 30. 11. 1990, S. 65 f.

erläutert, die ihn zu seinen Unternehmungen veranlassen. Er sagt: »Mein Ausweg ist die Aktion«. Die Fluchtbewegung – »okay, ich fliehe« –, die ihn aus der Welt treibt, ist durch eine Regressionsbewegung bestimmt. Das Ziel: die Mutter, die in seiner Jugend bedingungslos für ihn da war, zu der er zurück will. »Daraus folgt, daß die Mutter, durch die wir geboren sind, eine göttliche Bedeutung bekommt.« Keine Frau kann sie ihm ersetzen, weil er im Gegenzug von allen Frauen verlangen würde, daß sie bedingungslos für ihn da seien. Er sei ein Narr, wird er zitiert, der mit seiner Sehnsucht nach Liebe und Zärtlichkeit auf die kalten Berge läuft. Der Opferaspekt der Tragödie ist es, der ihn fasziniert: »Zum Abenteuer gehört die physische Todesnähe.« Und die andere Seite des Opferkults: »Die größte schöpferische Möglichkeit des Menschen ist das Austragen, Gebären und Großziehen von Kindern.« Hier schießt die Regressionsbewegung mit der Todessehnsucht zusammen: »Das Sterben wird mein wichtigstes Abenteuer.« Verbunden mit einem starken Inzestwunsch – »in der Antarktis ist es (die Ejakulation) mir zweimal passiert« –, ist das Motiv, in den Mutterschoß zurückzuwollen und schließlich im Nichts aufzugehen: »Ich erlebe das Nichts am ehesten auf einem Achttausender.« Was hier jedoch noch in schöner Klarheit bewußt artikuliert wird, nämlich das Bedürfnis, vorwärtsschreitend mit einem Salto rückwärts in den alles verschlingenden Ursprung zu springen, dringt dem regredierenden, am Ereignis-Erlebnis fixierten Unterhaltungssüchtigen oder dem *computer freak* erst gar nicht ins Bewußtsein.

Verliert der Markt seine Vermittlungsfähigkeit, seine Fähigkeit, Interessen auszugleichen, wahrhaft Bedürfnisse zu befriedigen und nicht zu verdrängen, verliert er seine demokratische Basis und damit seine eigene Intention aus dem Auge. Büßt die Gesellschaft ihre für sie konstitutive, lebenswichtige Kommunikationsfähigkeit ein, so geraten das Austauschbedürfnis und der es verursachende mächtige Trieb in eine Zwangssituation, die zu Eskapismen aller Art nötigt. Einen Ausweg suchend, treibt es die Menschen in die Flucht, sei's in die Droge, sei's in die Aktion. So steigen sie aus der Welt und aus der eigenen Geschichte aus. Daß diese Fluchtbewegungen selbst wieder als Elemente desselben Marktes in den Handel eingehen, zeigt einmal, daß es nicht so leicht ist, wirklich aus der Welt auszusteigen, zeigt aber auch, daß ohne die Vermittlung über den wenn auch fast bis zur Unkenntlichkeit verzerrten Markt oder dem, was davon übrig ist, daß also ohne die wenn auch oft ins Gegenteil verzerrte Erinnerung an damit verbundene, unbefriedigte Bedürfnisse, auch diese Ausstiegsbewegung nicht möglich wäre. Viele derartige, als neues Lebensgefühl oder als scheinbar epochemachende charakteristische neue kulturelle Erscheinungen sind darum nichts anderes als Übersetzungen der Bewegungsgesetze und oft auch verkehrten Intentionen des Marktes.

Wenn Paul Virilio[1] z. B. die zunehmende Geschwindigkeit gesellschaftlicher Kommunikationsmöglichkeiten im elektronischen Zeitalter beschreibt, die Raum und Zeit längst hinter sich gelassen zu haben glauben, um mit dem »letzten Fahrzeug«, mit dem Computer das Gesetz der Ungleichzeitigkeit – die Unmöglichkeit, an zwei verschiedenen Orten gleichzeitig sein zu können – zu überwinden, um Vergangenheit und Zukunft in der Gegenwart, in »Echtzeit« zu erleben, so übersetzt er damit auch die zunehmende Geschwindigkeit des zirkulierenden Geldes. Da die Zirkulationszeit für das Kapital immer Verlust bedeutet, ist es nur logisch, daß der Akkumulation eine Tendenz innewohnt, die Zirkulationszeit zu reduzieren, wenn möglich zum Verschwinden zu bringen. Die Dynamik der Akkumulation

1 Paul Virilio, *Das letzte Fahrzeug*, in: *Aisthesis*, a.a.O., S. 265.

und der ihr innewohnende Herrschaftswille über die Natur – das angesammelte Geld repräsentiert doch nichts anderes als Ersatz für ebenso viele Triebobjekte – spiegelt sich auch in der Utopie von der Omnipräsenz von Zeit und Raum. Um die Realität dieser Utopie auszuweisen, zitiert Virilio Ernst Mach, dem zufolge »das Universum auf mysteriöse Weise an jedem Ort und in jedem Augenblick der Welt gegenwärtig« erscheint. Das jedoch ist nur eine virtuelle Realität. Das Licht, das die Gestirne und Galaxien am Himmel vor unserem Auge in eine Konstellation bringt, ist ja zu unterschiedlichen, oft weit voneinander entfernt liegenden Zeiten ausgesendet worden, so daß wir nie sicher sein können, ob die vom Auge erzeugte Realitätsvorstellung so noch existiert oder überhaupt jemals so existiert hat. Und aktuell Neues erfahren wir unter Umständen erst in tausend oder Millionen Jahren, weil dann erst das Licht, das uns das Ereignis vermittelt, hier eintrifft.

Natürlich tangiert das nicht die Realität des Universums; nur die Vorstellungen, die wir uns von ihm machen, bleiben eine Illusion, weil das Universum selbst, gerade wegen des Faktors Zeit, den die Lichtgeschwindigkeit als Mauer vor der gewünschten »Echtzeit« bislang vor uns aufbaut, die Realerfahrung beschränkt. Möglicherweise hat aber gerade der romantische Blick aufs gestirnte Firmament mit zur Utopie eines fernen Paradieses beigetragen, in dem es keine Vergangenheit und Zukunft mehr gibt, in dem alle Zeiten gegenwärtig sind und damit auch der durch die Zeit bestimmte Raum. In der Kunst sind derartige Utopien immer wieder formuliert worden, etwa in Bildern von Giacomo Balla, wo er Bewegungsabläufe in ein Bild gebannt hat, den Film sozusagen gleichzeitig machte, oder wenn die Kubisten Braque und Picasso Ansichten eines Körpers von verschiedenen Blickpunkten aus in eine Ebene übertrugen und so unterschiedliche Zeit- und Raumerfahrungen in eine Erfahrung zusammenzogen. Das waren aber immer Formulierungen von Utopien, die die Realerfahrung nicht ausgeschaltet, sondern die Differenz festgehalten haben. Was Virilio dagegen beschreibt, ist nur eine Projektion der immer schneller werdenden Zirkulation und wie sich diese als Geschwindigkeit in den avanciertesten Produktionstechniken spiegelt. In ihnen fallen Realität und Irrealität in eins. So bleibt das Paradies diesseits oder jenseits gesellschaftlicher Realität weiterhin ein imaginäres Paradies, in das virtuell fliehen zu können der aktuelle Markt als Fluchtvehikel »das letzte Fahrzeug« bereitstellt: die elektronisch* Simulationsmaschine. »Hier gehen wir«, schreibt Virilio, »in der Banalität unseres Alltagslebens von der extensiven Zeit der Geschichte über zur intensiven Zeit einer Augenblicklichkeit ohne Geschichte, die durch die Technologie des Augenblicks ermöglicht worden ist.«[1] Überdies sind Zeit und Ra]m Abstraktionen von Erfahrungen, von Katastrophenerfahrungen, aber auch von Erfahrungen der Körperlichkeit, von Empfindungen: Zeit und Raum sind Bewegungsräume der Partialtriebe. Werden Zeit und Raum zum Verschwinden gebracht, so bedeutet das nicht, daß auch die Triebe verschwunden wären. Getragen vom immer noch mächtigen, jetzt regressiv gewendeten Inzestwunsch, mit Todessehnsucht aufgeladen, suchen sie einen Ausweg in der Aktion, im Krieg, im Bandenwesen oder in der Unmittelbarkeit von *sex and crime* in der Boulevardpresse.

Offenbar im Bewußtsein, daß mit den elektronischen Rauschmitteln und den mit ihrer Hilfe organisierten Fluchtbewegungen aus der Realität ins Paradies der Omnipräsenz von Zeit und Raum auch eine Regressionsbewegung verbunden ist, geht Virilio noch einen Schritt weiter: »Wir gehen rückwärts, und das immer schneller«, so beschreibt er

1 Paul Virilio, a.a.O., S. 275.

die allgemeine Regressionsbewegung der Gesellschaft, indem er, über die Lichtgeschwindigkeit rückwärts hinausgehend, wie ein in sich zusammenfallender Stern Materie und Ausdehnung negierend, die »Ankunft vor der Abreise« als notwendiges Ingredienz der Suchtmaschine beschreibt. Der Salto rückwärts in eine Zeit, in der es ontogenetisch wie phylogenetisch noch keine Differenzierung der Sinne wie der Sinnlichkeit, noch keine Zeit gab, ist offenbar auch hier das bestimmende Element des ökonomischen Fortschritts in die Regression.

Immer hat der Markt aus sich selbst heraus politische und soziale Bewegungen produziert, die als Antworten auf die Unzulänglichkeiten des Marktes zu interpretieren sind und die, zumeist rückwärtsgewandt, eine dem Markt vermeintlich oder real innewohnende Utopie zu realisieren versuchten, aber eben weit zurückgingen und z. B. das ungemein wichtige städtische und vereinigende Element des Marktes, seine kosmopolitische Basis, Handel und Demokratie, verdrängten. So etwa die kommunistische Weltbewegung, die eben eines der wesentlichsten Elemente des Marktes ignorierte, nämlich die unabdingbare Demokratie, ohne die Interessen und Bedürfnisse nicht zu vermitteln sind. Sie mußte notwendig scheitern, weil sie den Markt lediglich auf das Problem von Produktion und Verteilung reduziert und das Vereinigungsbedürfnis unter polizeilicher Kontrolle in Verwaltungshierarchien verdrängt hat. Auch die Bezugsfigur der kommunistischen Urgesellschaft, mitsamt deren mehr phantasierter als realer Form von Stammesdemokratie, war ja bereits als Modell untauglich. Denn sie hatte ja weniger Fremdes vermittelt und inkorporiert als gerade quasi rassistisch ausgeschlossen, indem sie, wie jede Stammeskultur, alles Fremde nur als unzivilisierte Natur verstanden hat, die gegebenenfalls zu unterwerfen sei. Deswegen ist der Name vieler Volksstämme einfach mit Mensch zu übersetzen, alles andere bleibt Natur, Wildnis. Und last but not least nahm die Geschichtskonstruktion des historischen Materialismus, so wie sie praktiziert wurde, nicht jede Erfahrung in die Rekonstruktion der Geschichte auf. Sie war vielmehr eine feststehende logische Figur, nach der sich die Gesellschaft vom Niederen zum Höheren entwickeln sollte, um dann irgendwann in die Zielgerade Sozialismus einzulaufen, in das irdische Paradies, in dem jeder seine Bedürfnisse frei zu entfalten und zu befriedigen die Gelegenheit haben wird. Dementsprechend wurde die dialektische Figur des historischen Materialismus nur mit passendem historischem Material gefüllt, sie hatte mit der Verarbeitung konkreter Erinnerung nur wenig zu schaffen. Vor allem wurde die ständig wirksame Gegenbewegung, die sich unter anderem in populistischen und faschistischen Strukturen manifestierte und darin, wenn auch bis zur Unkenntlichkeit verzerrt, unbefriedigte, konkrete Bedürfnisse offenbarte, als Bedürfnisse repräsentierendes Symptom nie zur Kenntnis genommen und dementsprechend gewertet. Neben vielen anderen Fehlinterpretationen und der aus ihnen resultierenden Praxis ist die dem Markt innewohnende Utopie der Entwicklung, Befriedigung und des Ausgleichs, nämlich der Vermittlung von Bedürfnissen, sicher durch die Abschaffung der Tauschqualität des Marktes in Verbindung mit autoritärer Herrschaft und Planungsgigantismen in ihr Gegenteil verkehrt worden. Und doch war bereits diese Tendenz nicht von außen in die Gesellschaft verpflanzt, sondern ein ihr inhärentes Element, eine Regressionsfigur des Marktes selbst, denkt man nur an die mit der Akkumulation verbundene Tendenz zur Monopolbildung.

In diesem Sinne sind auch faschistische Bewegungen und Sozialformen, so schrecklich sie für einzelne auch immer gewesen sein mögen, als regredierend auf eine Scheinerinnerung, nämlich als jedes Geschichtsbewußtsein zerstörende

Antworten auf reale Probleme des Marktes zu verstehen. Sie haben sozusagen regressiv die eine Seite des ödipalen Triebkonfliktes, die Tendenz zur Hordenbildung und Aktion, in ein sozialdarwinistisches Modell übertragen. Wenn z. B. die Vorväter des italienischen Faschismus, die Futuristen, die Geschwindigkeit verherrlichten, dann kann auch das bereits als Übersetzung zunehmender Zirkulationsgeschwindigkeit des Kapitals interpretiert werden. Darüber hinaus war es aber auch eine Metapher der sozialen Bewegung, der die Bewegung alles, das Ziel aber nichts ist – im wörtlichen Sinne, nämlich eine Bewegung in das Nichts, die Auslöschung von Geschichte und Gesellschaft zugunsten der Wiederkehr der quasi zeitlosen Horde, mit allen Verzerrungen, die das wiedergekehrte Verdrängte immer aufweist. Historisch wäre die Aufhebung der Nationalstaaten anzustreben gewesen, die sich bereits zu Beginn dieses Jahrhunderts als Anachronismen erwiesen hatten. In ihren Manifesten und Texten haben die Futuristen immer wieder, anstatt die Auflösung der Nationalstaaten anzustreben, mit Hilfe der Nationalstaaten die Zerstörung der Gesellschaft anvisiert, und das mit der Gewalt und der zur Verfügung stehenden Technologie. So etwa Marinetti in seinem *Manifest des Futurismus*[1] von 1909: »Wir erklären, daß sich die Herrlichkeit der Welt um eine neue Schönheit bereichert hat: die Schönheit der Geschwindigkeit. Ein Rennwagen, dessen Karosserie große Rohre schmücken, die Schlangen mit explosivem Atem gleichen ... ein aufheulendes Auto, das auf Kartätschen zu laufen scheint, ist schöner als die *Nike von Samothrake*.« Oder: »Wir wollen den Krieg verherrlichen – diese einzige Hygiene der Welt –, den Militarismus, den Patriotismus, die Vernichtungstat der Anarchisten, die schö-

1 F. T. Marinetti, *Manifest des Futurismus*, in: Christa Baumgarth, *Geschichte des Futurismus*, Reinbek 1966.

nen Ideen, für die man stirbt, und die Verachtung des Weibes.« Und: »Wir wollen die Museen, die Bibliotheken und die Akademien jeder Art zerstören und gegen den Moralismus, den Feminismus und gegen jede Feigheit kämpfen, die auf Zweckmäßigkeit und Eigennutz beruht.«

Im Gegensatz zur aktuellen kollektiven Fluchtbewegung über die Konsumdrogenwelt in die reale Drogenwelt, die Auslöschung des Subjektes im Rausch, verbunden mit der Neutralisierung aller Realitätssinne und auch der sie konstituierenden Geschlechterspannung, hatten die faschistischen »Bewegungen« noch den realen Opferaspekt der physischen Vernichtung im Sinn. Das kam in der Verherrlichung des Krieges zum Ausdruck, ein Element, das auch den deutschen Graben-Nationalsozialismus bestimmte und die Gefahrenfaszination z. B. Ernst Jüngers stimulierte. Der Opferaspekt zeigte sich in der Verachtung und dem Wunsch, die Frauen zu unterwerfen, und schließlich manifestierte er sich in der Vernichtung der historischen Erinnerung – Museen, Bibliotheken, Akademien – und den mit dieser Erinnerung verbundenen Utopien von einer opferfreien Gesellschaft. Es war ein sozialdarwinistisches, archaisierendes Naturunterwerfungskonzept, das auch die eigene Natur mit einbezog und schließlich in der Opferideologie der Deutschen seine schärfste Ausprägung erfuhr: Kohortenbildung, Leibesübungen, Wehrübungen, gesunde Körper, Geister und Wälder – eine Naturtümelei, die Natur als ideologische Folie benutzte und opferte, was sie zu verehren vorgab. Von der ursprungsmythischen Ereignisphilosophie Martin Heideggers und anderer Opferapologeten ausgehend bis in die Praxis der Führer- und Gefolgschafts-Organisationsformen in Wirtschaft und Gesellschaft, hatte der Opferkult der deutschen Nazigesellschaft nicht nur die Tendenz, alles Fremde, dem Nazistammtisch Widersprechende physisch zu vernichten, sondern darüber hinaus auch immer die Selbstopferung, die eigene Götterdämmerung als Ziel des gesamten Unternehmens im Auge. Die gegen die Wirtschaft und vor allem gegen den Handel durch ihre Aktion scheinbar Aufbegehrenden hatten, so könnte man sagen, lediglich den Wirtschaftsdarwinismus jener Zeit, nämlich die sich ungehindert ausbreitenden Monopole – man denke nur an die IG-Farben, die alle anderen Teilnehmer am Markt hemmungslos vernichtete – auf die Gesellschaft übertragen und damit die Bewegung in den auch eigenen kollektiven Untergang inszeniert. Die Aktion offenbart allerdings ein körperliches Bedürfnis, das über den Markt nicht realisiert werden konnte und darum in der perversen, nur noch zerstörerischen, auf Selbstvernichtung ausgerichteten Aktion einen Ausweg suchte.

So gesehen waren Sozialismus und Faschismus zwei gesellschaftliche Symptome des 20. Jahrhunderts – ihre Wurzeln reichen weit bis ins 19. Jahrhundert zurück –, in denen sich das Ungenügen der Gesellschaftsmitglieder an der Entwicklung des Marktes artikulierte. Das Verschwinden der Vermittlungsfähigkeit des Marktes, die als Ziel nie in einem für die Gesellschaft befriedigenden Sinne erreicht wurde, veranlaßte die Protagonisten dieser »Bewegungen«, jenen radikalen Ausweg anzuvisieren, der mit der Negation der historischen Intentionen des Marktes zugleich zu einem kollektiven Ausstieg aus Gesellschaft und Geschichte führte. Die faschistische Ausstiegsbewegung hatte das Motiv selbst in ihrer Philosophie und in ihren regressiven Gesellschaftsmodellen artikuliert. Es ist darum auch kein Zufall, daß sich insbesondere das nationalsozialistische Deutschland am Mittelalter und an ständischen gesellschaftlichen Organisationsformen orientierte. Die »realsozialistische« Konzeption der Gesellschaft hatte sich, mit der Reduzierung der Geschichte auf eine starre, den Triebbedürfnissen der Individuen unzugängliche Logik und mit der Reduktion von sozialen Austauschbedürfnissen auf eine paternalistische, administrative Organisation von Produktion und Verteilung, auf ein hierarchisches, obrigkeitsstaatliches Gesellschaftsmodell bezogen, dessen Vorbild eher im zaristischen Rußland als im revolutionären Frankreich zu suchen wäre. Hatte der Faschismus den Wirtschaftsdarwinismus zur gesellschaftlichen Maxime erhoben und damit zugleich der Konzentration wirtschaftlicher Macht und der Monopolbildung den sozialen Rahmen geschaffen, so hatte die »realsozialistische« Alternative die Tendenz wirtschaftlicher Monopolbildung auf die Gesellschaft selbst übertragen, die ganze Gesellschaft gewissermaßen zu einer frühkapitalistischen Firma gemacht, in der die Mitarbeiter der Firma Pflichten, aber keine Rechte und schon gar nicht das Recht auf eigene Meinungs- und Willensbildung, eigene Lebensgestaltung und Austausch untereinander hatten, sie waren sozusagen Leibeigene des Firmenchefs.

Nun hat der Markt sie wieder, die verlorenen Söhne, die sich als schlechte Aussteiger erwiesen haben. Weder hat der faschistische Schlachtruf »Es lebe der Tod« noch die Warteschlange aufs kommunistische Paradies die Menschen wirklich überzeugen können. Da schon eher der reichlich aus der Balance geratene Markt, bietet er doch immerhin tagtäglich virtuelle Ausstiegsmöglichkeiten, die direkte Flucht ins Paradies mit Hilfe von Drogen an und befriedigt das Bedürfnis nach Unmittelbarkeit mit der Möglichkeit, unmittelbar aus der für viele unerträglichen gesellschaftlichen Realität aussteigen zu können. Die Entwicklung der Industrienationen zur sogenannten Zweidrittel-Gesellschaft, deren Dynamik immer größere Teile der Gesellschaft marginalisiert, steigert naturgemäß die Nachfrage nach Drogen. Die Leute steigen aus oder werden hinausgeworfen, marginalisiert, wie auch ganze Regionen in der Welt ihren Zusammenhalt über den Markt verlieren, oft gerade wenn sie, etwa durch plötzliche

Ölfunde, erst in den Weltmarkt eintreten. Mit ihrer ökonomischen Nischenexistenz ist es dann vorbei. Der erzwungene Freihandel zerstört die heimische Produktion und den regionalen Markt und mit ihm die Reste meist kolonialer Sozialgefüge. Vor allem hat der Neoliberalismus, insbesondere jener der sogenannten Chicagoer Schule, in den 80er Jahren einer gesellschaftlichen Verwilderung Vorschub geleistet, die weltweit das Anwachsen sozialdarwinistischer Strukturen vor allem in den Ländern der sogenannten Dritten Welt begünstigte.

In diesen Sog geraten auch zunehmend die verfallenden Gesellschaften Osteuropas. Das politische Vakuum und der einsetzende Wirtschaftsdarwinismus produzierten zunächst einmal wirtschaftliches Elend in der Gesellschaft und mit ihm als Konsequenz und Reaktion das Anwachsen nationalistischer, chauvinistischer und rassistischer Tendenzen, eine politische Regressionsbewegung, die die Situation in der Zeit vor dem sozialistischen Experiment noch übertreffen könnte. Die Anziehungskraft der vom Westen in den Osten strahlenden Marktwirtschaft könnte zudem, bei fortschreitender Verelendung der Gesellschaften Osteuropas, imstande sein, eine Völkerwanderung in den goldenen Westen in Gang zu setzen, die alles bisherige in den Schatten stellt. 100 Millionen Menschen sind derzeit auf der Flucht vor Krieg und Hunger, auf der Suche nach besseren Lebensbedingungen. So könnte das 21. Jahrhundert dann das 20. Jahrhundert als Jahrhundert der Flüchtlinge noch übertreffen: zu den Flüchtlingen aus der Peripherie in die Metropolen der Dritten Welt gesellte sich dann noch ein Millionenheer von Flüchtlingen, die aus dem Osten in den Westen fliehen. Werden sie auch immer als Wirtschaftsflüchtlinge hingestellt, so sind sie doch auch politische Flüchtlinge, nämlich Menschen, die ein anderes Leben wollen, wie ehemals die Amerikafahrer, die aus den Elendsgebieten Europas auswanderten, um zu überleben und nach Glück zu streben.

Seiner eigenen, inhärenten Utopie zufolge kann der Markt, die Marktwirtschaft, nicht die Rolle eines Naturgesetze exekutierenden Supersubjektes beanspruchen, dem man nur zu folgen, dem man sich in neuem Aberglauben nur zu unterwerfen hat, ganz im Gegenteil: er ist der utopische Ort des gesellschaftlichen Austauschs, der Vermittlung von Fremdem, der Konstitution von Gesellschaft und Welt, mithin des demokratischen Ausgleichs von Interessen und der Realisierung von Bedürfnissen. Die aus ihm selbst entwachsene Demokratie ist seine Basis und *das* Kriterium für die Funktionsfähigkeit des Marktes. Ohne Demokratie in allen seinen Institutionen ist der Markt als wahrhafter Markt nicht lebensfähig. Nimmt man seine Triebgeschichte ernst, versteht ihn zugleich als den Ort des Ausgleichs und der Realisierung von Triebbedürfnissen der Geschlechter, so ist der Markt ohne Geschlechterdemokratie, ohne gleichberechtigte Realisierungsmöglichkeit beider Geschlechter, zwar ein Ort des Austauschs und der Verteilung, bleibt aber zugleich ein Ort der Herrschaft.

Eine den historischen Intentionen des Marktes entsprechende Marktkultur entwickelt sich darüber hinaus erst, wenn der Markt die Fähigkeit besitzt, immer wieder Fremdes und Fremde gleichberechtigt zu inkorporieren und in neue Formen der Bedürfnisbefriedigung zu verwandeln, verkörpern sie doch immer auch verdrängte und unterdrückte Wünsche der Gesellschaftsmitglieder, deren Realisierung die gesellschaftliche Organisation bis dato nicht zugelassen hat. Nicht eine multikulturelle Gesellschaft, in der unterschiedliche Stämme auf dem Marktplatz ihre Zelte aufschlagen und ihre Kulte pflegen, sondern die Aufnahme verschiedener Kulturen, die sich untereinander austauschen und möglicherweise in einer neuen Kultur verschmelzen, könnte das Ziel einer humanen Marktwirtschaft unter dem Schutzpatron des Marktes sein, einer Marktwirtschaft, die endlich auch den Rassismus überwindet. Von der Unterdrückung des weiblichen Geschlechts aus gesehen ist der Rassismus Folge und Ersatz, wenngleich auch Rassismus und Patriarchalismus nebeneinander fortbestehen. Das Verschwinden von Rassismus und Antisemitismus kann schließlich als Schlüssel für die Einlösung der eigenen Utopie des Marktes angesehen werden.

Eine Wirtschaftswissenschaft, die ihr Interesse von der Gesellschaft abwendet, indem sie die Gesellschaft nicht mehr zu ihrem Gegenstand macht, die die Sozialwissenschaften, die Psychologie, die Psychoanalyse und vor allem auch die Geschichte, die Erinnerung, nicht als Bausteine der Ökonomie begreift, sondern Ökonomie auf Buchhaltung, Betriebswirtschaft und Anlageberatung, also Techniken reduziert, hat sich selbst auf eine quasi magische, nämlich jede Aufklärung über soziale Zusammenhänge ignorierende Wissenschaft herabgestuft, wenn man das überhaupt noch Wissenschaft nennen kann. Sie ist zu einem Werkzeug auch für die Ökonomen undurchschaubarer Interessen geworden, sie nimmt Teil an Realitätsfluchtbewegungen und macht sich selbst zum Vehikel der allgemeinen Weltfluchtbewegung, sie steht der Astrologie, möglicherweise der Meteorologie – beschreibt sie doch allenfalls, wenn auch unzureichend, Erscheinungen – näher als einer Wissenschaft vom Menschen und der Natur und deren wechselseitigem ökonomischen Verhältnis. Der Glaube an die Selbstregulierungsfähigkeit des Marktes, der man sich getrost überantworten könne, macht den Markt zu einem überirdischen Supersubjekt. Es ist an die Stelle Gottes oder einer primitiven Kultfigur getreten, wie sie etwa in der Eingangshalle des Internationalen Währungsfonds in Washington steht, die, wie man hofft, schon für ausreichend fruchtbaren Geldregen sorgen wird. Dies letzten Endes der Akkumulation wirtschaftlicher Macht dienende schamanistische Verfahren korrespondiert einer gesellschaftlichen Sogbewegung, die die Individuen mit Hilfe von Drogen, im Rausch, ins halluzinierte Ursprungsmaul zurücktreibt.

Der aktuelle, geradezu hysterische weltweite Kampf der Regierungen gegen Drogenproduktion, -handel und -konsum verrät nicht nur Blindheit gegenüber den durch den Markt selbst produzierten Bedürfnissen nach Rauschmitteln, er verrät auch den eigentlich dahinterstehenden Kampf um Märkte und Marktbeherrschung überhaupt. Denn der maßvolle, in die sozialen Kommunikationsformen integrierte, kultivierte Konsum von Drogen schadet kaum mehr als der Konsum jedes anderen Lebensmittels, im Gegenteil, er ist lebensnotwendig. Die Wirkung von Drogen hängt weniger von den Drogen selbst als von den Formen ihres Gebrauchs und von der Verfassung ihrer Benutzer ab. Erst der letzten Endes durch das soziale und psychische Elend verursachte exzessive Gebrauch von Drogen und kriminelle Begleitumstände können lebensbedrohlich werden, wie der exzessive Konsum von Coca-Cola und Hamburgern auch. Aber es kommt noch etwas hinzu. Nach dem Versagen von Religionen und anderen Heilsbewegungen, inklusive der kommunistischen Heilslehre, versprechen nun weltweit die Drogen den Eintritt in die mit ihrer Hilfe produzierten künstlichen Paradiese, da andere Paradiese anscheinend nicht mehr in Aussicht stehen und fundamentale Bedürfnisse über den allgemeinen Markt längst nicht mehr oder noch nicht zureichend zu befriedigen sind, ganz zu schweigen von der Befriedigung der Partialsinne wie Schmecken, Riechen und Fühlen.

Befriedigende gesellschaftliche Organisationsformen, vermittelt über einen alle sich entwickelnden Bedürfnisse befriedigenden Markt, hätten gerade auch Drogen eher zu integrieren und zu kultivieren als sie auszuschließen, gehören doch Drogen und Drogenkonsum seit den Tagen der ersten menschlichen Organisationsformen unabweisbar zur menschlichen Gesellschaft, sind Teil der *conditio humana*. Auch sie machen die Gesellschaft menschenwürdig. Sie ertränken oder verflüchtigen nicht nur die Katastrophenangst, sie verflüchtigen auch, wenigstens auf Zeit, psychische Konflikte, Konflikte der Leidenschaften, und machen für viele ein Weiterleben erst möglich.

Solange aber die Strategen der Marktwirtschaft diese Intention des Marktes ignorieren, schaffen sie, bewußt oder unbewußt, nur den Boden für soziale Desaster: einen neuen Nationalismus, wie er sich weltweit, insbesondere in Osteuropa, abzuzeichnen beginnt, das Wiedererstehen fundamentalistischer, chauvinistischer und rassistischer Tendenzen in der Gesellschaft und Fluchtbewegungen in die Aktion, ins Bandenwesen, in faschistoide soziale Organisationsformen, möglicherweise in den Bürgerkrieg, die allesamt nur Konsequenzen eines unkontrollierten Wirtschaftsdarwinismus sind, die sich unter dem Banner unkontrollierter Marktwirtschaft immer weiter ausbreitet. Um das zu verhindern, wäre eine demokratische, politische Kontrolle des Marktes, eine Marktordnung unbedingt notwendig, die auch die schwachen Teilnehmer am Markt, die jetzt Ausgeschlossenen und die Fremden, schützt. Erst sie böte die Garantie und Voraussetzung für Konkurrenz und Austausch, für die Realisierung der Bedürfnisse der Marginalisierten und marginalisierter Bedürfnisse. Das betrifft auch den Weltmarkt. Solange es nicht gelingt, eine Weltmarktordnung zu schaffen, die wenigstens für relative Chancengleichheit sorgt, werden die Elenden nur weiter ins Elend abstürzen.

Vermutlich wird sich im 21. Jahrhundert nicht die Geschichte des 20. Jahrhunderts wiederholen, wohl aber werden neue soziale Bewegungen auf dem Markt und durch den Markt entstehen, die als Reflex auf die mangelhafte und unbefriedigende Form des Marktes und die über ihn vermittelten Organisationsformen der Gesellschaft zu interpretieren sind. Es wird weiterhin Kriege und Bürgerkriege geben, solange nicht eine für alle Gesellschaftsmitglieder und alle Gesellschaften befriedigende Form der Vermittlung von Konflikten, vor allem von Triebkonflikten, in der Gesellschaft gefunden und der ihnen zugrundeliegende Geschlechterkonflikt nicht wenigstens ansatzweise in wirklich zivile, humanisierende, demokratische Formen der Konfliktlösung transformiert wird.

Dank

Die »Stiftung zur Förderung der Philosophie« hat meine Arbeit an diesem Essay mit einem Stipendium unterstützt. Ich möchte ihr an dieser Stelle dafür danken.

H. K.

edition suhrkamp
Eine Auswahl

Abelshauser: Wirtschaftsgeschichte der Bundesrepublik Deutschland 1945-1980. NHB. es 1241
Achebe: Okonkwo oder Das Alte stürzt. es 1138
Adorno: Eingriffe. es 10
– Gesellschaftstheorie und Kulturkritik. es 772
– Kritik. es 469
– Ohne Leitbild. es 201
– Stichworte. es 347
Bachtin: Die Ästhetik des Wortes. es 967
Barthes: Kritik und Wahrheit. es 218
– Leçon/Lektion. es 1030
– Mythen des Alltags. es 92
– Semiologisches Abenteuer. es 1441
– Die Sprache der Mode. es 1318
Beck: Gegengifte. es 1468
– Die Erfindung des Politischen. es 1780
– Risikogesellschaft. es 1365
Becker: Warnung vor dem Schriftsteller. es 1601
Beckett: Endspiel. Fin de Partie. es 96
– Flötentöne. es 1098
Benjamin: Das Kunstwerk im Zeitalter seiner technischen Reproduzierbarkeit. es 28
– Moskauer Tagebuch. es 1020
– Das Passagen-Werk. es 1200
– Versuche über Brecht. es 172
Bernecker: Sozialgeschichte Spaniens im 19. und 20. Jahrhundert. NHB. es 1540
Bernhard: Der deutsche Mittagstisch. es 1480
Biesheuvel: Schrei aus dem Souterrain. es 1179
Bildlichkeit. Hg. von V. Bohn. es 1475
Bleisch: Viertes Deutschland. es 1719
Bloch für Leser der neunziger Jahre. es 1827
Bloch: Abschied von der Utopie? es 1046
– Kampf, nicht Krieg. es 1167
Boal: Theater der Unterdrückten. es 1361
Böhme, G.: Natürliche Natur. es 1680
Böhme, H.: Prolegomena zu einer Sozial- und Wirtschaftsgeschichte Deutschlands im 19. und 20. Jahrhundert. es 253
Bohrer: Die Kritik der Romantik. es 1551
– Der romantische Brief. es 1582
Bond: Gesammelte Stücke. 2 Bde. es 1340
Botzenhart: Reform, Restauration, Krise. NHB. es 1252
Boullosa: Sie sind Kühe, wir sind Schweine. es 1866
Bourdieu: Rede und Antwort. es 1547
– Soziologische Fragen. es 1872
Bovenschen: Die imaginierte Weiblichkeit. es 921
Brandão: Kein Land wie dieses. es 1236
Brasch: Frauen. Krieg. Lustspiel. es 1469
– Lovely Rita. Rotter. Lieber Georg. es 1562

316/1/6.93

edition suhrkamp
Eine Auswahl

Denken, das an der Zeit ist. Hg. von F. Rötzer. es 1406
Derrida: Das andere Kap. Die aufgeschobene Demokratie. es 1769
– Gesetzeskraft. es 1645
Dieckmann: Glockenläuten und offene Fragen. es 1644
– Vom Einbringen. es 1713
Digitaler Schein. Hg. von F. Rötzer. es 1599
Dinescu: Exil im Pfefferkorn. es 1589
Ditlevsen: Sucht. es 1009
– Wilhelms Zimmer. es 1076
Dorst: Toller. es 294
Drawert: Spiegelland. es 1715
Dröge / Krämer-Badoni: Die Kneipe. es 1380
Duerr: Traumzeit. es 1345
Duras: Eden Cinéma. es 1443
– La Musica Zwei. es 1408
– Sommer 1980. es 1205
– Vera Baxter oder Die Atlantikstrände. es 1389
Eco: Zeichen. es 895
Ehmer: Sozialgeschichte des Alters. NHB. es 1541
Eich: Botschaften des Regens. es 48
Elias: Humana conditio. es 1384
Norbert Elias über sich selbst. es 1590
Engler: Die zivilisatorische Lükke. es 1772
Enzensberger: Blindenschrift. es 217
– Einzelheiten I. es 63
– Einzelheiten II. es 87
– Die Furie des Verschwindens. es 1066
– Landessprache. es 304
– Palaver. es 696
– Das Verhör von Habana. es 553
Eppler: Kavalleriepferde beim Hornsignal. es 1788
Erste Einsichten. Hg. von Ch. Döring und H. Steinert. es 1592
Esser: Gewerkschaften in der Krise. es 1131
Evans: Im Schatten Hitlers? es 1637
Ewald: Der Vorsorgestaat. es 1676
Federman: Surfiction: Der Weg der Literatur. es 1667
Feminismus. Inspektion der Herrenkultur. Hg. von L. F. Pusch. es 1192
Fernández Cubas: Das geschenkte Jahr. es 1549
Feyerabend: Erkenntnis für freie Menschen. es 1011
– Wissenschaft als Kunst. es 1231
Fortschritte der Naturzerstörung. Hg. von R. P. Sieferle. es 1489
Foucault: Psychologie und Geisteskrankheit. es 272
– Raymond Roussel. es 1559
Denken und Existenz bei Michel Foucault. Hg. von W. Schmid. es 1657
Spiele der Wahrheit. Hg. von F. Ewald und B. Waldenfels. es 1640
Frank: Einführung in die frühromantische Ästhetik. es 1536
– Gott im Exil. es 1506
– Der kommende Gott. es 1142

316/3/6.93

edition suhrkamp
Eine Auswahl

Frank: Motive der Moderne. es 1456
– Die Unhintergehbarkeit von Individualität. es 1377
– Was ist Neostrukturalismus? es 1203
Frevert: Frauen-Geschichte. NHB. es 1284
Frisch: Biedermann und die Brandstifter. es 41
– Die Chinesische Mauer. es 65
– Don Juan oder Die Liebe zur Geometrie. es 4
– Frühe Stücke. es 154
– Graf Öderland. es 32
García Morales: Die Logik des Vampirs. es 1871
– Das Schweigen der Sirenen. es 1647
Gedächtniskunst. Hg. von A. Haverkamp und R. Lachmann. es 1653
Geist gegen den Zeitgeist. Hg. von J. Früchtl und M. Calloni. es 1630
Geyer: Deutsche Rüstungspolitik 1860-1980. NHB. es 1246
Goetz: Festung. 5 Bde. es 1793-1795
– Festung. es 1793
– Krieg. 2 Bde. es 1320
– Kronos. es 1795
– 1989. 3 Bde. es 1794
Goffman: Asyle. es 678
Gorz: Der Verräter. es 988
Goytisolo: Die Quarantäne. es 1874
Grassmuck / Unverzagt: Das Müll-System. es 1652
Gstrein: Anderntags. es 1625
– Einer. es 1483
Habermas: Eine Art Schadensabwicklung. es 1453
– Legitimationsprobleme im Spätkapitalismus. es 623
– Die nachholende Revolution. es 1633
– Die Neue Unübersichtlichkeit. es 1321
– Technik und Wissenschaft als Ideologie. es 287
– Theorie des kommunikativen Handelns. es 1502
Hänny: Zürich, Anfang September. es 1079
Hahn: Unter falschem Namen. es 1723
Handke: Die Innenwelt der Außenwelt der Innenwelt. es 307
– Kaspar. es 322
– Phantasien der Wiederholung. es 1168
– Publikumsbeschimpfung und andere Sprechstücke. es 177
Happel: Grüne Nachmittage. es 1570
Henrich: Konzepte. es 1400
– Nach dem Ende der Teilung. es 1813
– Eine Republik Deutschland. es 1658
Hensel: Im Schlauch. es 1815
Hentschel: Geschichte der deutschen Sozialpolitik 1880-1980. NHB.
es 1247
Hettche: Inkubation. es 1787
Die Hexen der Neuzeit. Hg. von C. Honegger. es 743
Hijiya-Kirschnereit: Was heißt: Japanische Literatur verstehen? es 1608

316/4/6.93

edition suhrkamp
Eine Auswahl

Hodjak: Franz, Geschichtensammler. es 1698
– Siebenbürgische Sprechübung. es 1622
Holbein: Der belauschte Lärm. es 1643
– Ozeanische Sekunde. es 1771
– Samthase und Odradek. es 1575
Huchel: Gedichte. es 1828
Irigaray: Speculum. es 946
Jahoda / Lazarsfeld / Zeisel: Die Arbeitslosen von Marienthal. es 769
Jansen: Reisswolf. es 1693
Jasper: Die gescheiterte Zähmung. NHB. es 1270
Jauß: Literaturgeschichte als Provokation. es 418
Johnson: Begleitumstände. es 1820
– Das dritte Buch über Achim. es 1819
– Der 5. Kanal. es 1336
– Ingrid Babendererde. es 1817
– Jahrestage 1. es 1822
– Jahrestage 2. es 1823
– Jahrestage 3. es 1824
– Jahrestage 4. es 1825
– Mutmassungen über Jakob. es 1818
– Porträts und Erinnerungen. es 1499
– Versuch, einen Vater zu finden. Marthas Ferien. es 1416
Über Uwe Johnson. es 1821
Jones: Frauen, die töten. es 1350
Joyce: Finnegans Wake. es 1524
– Penelope. es 1106
Judentum im deutschen Sprachraum. Hg. von K. E. Grözinger. es 1613
Junior: Jorge, der Brasilianer. es 1571
Kenner: Ulysses. es 1104
Kiesewetter: Industrielle Revolution in Deutschland 1815-1914. NHB. es 1539
Kipphardt: In der Sache J. Robert Oppenheimer. es 64
Kirchhoff: Body-Building. es 1005
Kluge, A.: Gelegenheitsarbeit einer Sklavin. es 733
– Lernprozesse mit tödlichem Ausgang. es 665
– Schlachtbeschreibung. es 1193
Kluge, U.: Die deutsche Revolution 1918/1919. NHB. es 1262
Köhler: Deutsches Roulette. es 1642
Koeppen: Morgenrot. es 1454
Kolbe: Bornholm II. es 1402
– Hineingeboren. es 1110
Konrád: Antipolitik. es 1293
– Die Melancholie der Wiedergeburt. es 1720
– Stimmungsbericht. es 1394
Krechel: Mit dem Körper des Vaters spielen. es 1716
Krippendorff: Politische Interpretationen. es 1576
– Staat und Krieg. es 1305
– »Wie die Großen mit den Menschen spielen.« es 1486
Kristeva: Fremde sind wir uns selbst. es 1604

316/5/6.93

edition suhrkamp
Eine Auswahl

Kristeva: Geschichten von der Liebe. es 1482
– Die Revolution der poetischen Sprache. es 949
Kritische Theorie und Studentenbewegung. es 1517
Kroetz: Bauern sterben. es 1388
– Bauerntheater. es 1659
– Furcht und Hoffnung der BRD. es 1291
– Mensch Meier. Der stramme Max. Wer durchs Laub geht … es 753
– Nicht Fisch nicht Fleisch. Verfassungsfeinde. Jumbo-Track. es 1094
– Oberösterreich. Dolomitenstadt Lienz. Maria Magdalena. Münchner Kindl. es 707
– Stallerhof. Geisterbahn. Lieber Fritz. Wunschkonzert. es 586
Krynicki: Wunde der Wahrheit. es 1664
Laederach: Fahles Ende kleiner Begierden. es 1075
– Der zweite Sinn. es 1455
Lang / McDannell: Der Himmel. es 1586
Lehnert: Sozialdemokratie zwischen Protestbewegung und Regierungspartei 1848-1983. NHB. es 1248
Lem: Dialoge. es 1013
Lenz, H.: Leben und Schreiben. es 1425
Leroi-Gourhan: Die Religionen der Vorgeschichte. es 1073
Leutenegger: Lebewohl, Gute Reise. es 1001
– Das verlorene Monument. es 1315
Lévi-Strauss: Das Ende des Totemismus. es 128
– Mythos und Bedeutung. es 1027
Die Listen der Mode. Hg. von S. Bovenschen. es 1338
»Literaturentwicklungsprozesse«. Die Zensur der Literatur in der DDR.
Hg. von E. Wichner und H. Wiesner. es 1782
Llamazares: Der gelbe Regen. es 1660
Löwenthal: Mitmachen wollte ich nie. es 1014
Lüderssen: Der Staat geht unter – das Unrecht bleibt? es 1810
Lukács: Gelebtes Denken. es 1088
Maeffert: Bruchstellen. es 1387
de Man: Die Ideologie des Ästhetischen. es 1682
Marcus: Umkehrung der Moral. es 903
Marcuse: Ideen zu einer kritischen Theorie der Gesellschaft. es 300
Maruyama: Denken in Japan. es 1398
Mattenklott: Blindgänger. es 1343
Mayer: Gelebte Literatur. es 1427
– Versuche über die Oper. es 1050
Mayröcker: Magische Blätter. es 1202
– Magische Blätter II. es 1421
– Magische Blätter III. es 1646
Meckel: Von den Luftgeschäften der Poesie. es 1578

316/6/6.93

316/7/6.93

316/8/6.93

edition suhrkamp
Eine Auswahl

Streeruwitz: New York. New York. Elysian Park. es 1800
– Waikiki-Beach. Sloane Square. es 1786
Struck: Kindheits Ende. es 1123
– Klassenliebe. es 629
Szondi: Theorie des modernen Dramas. es 27
Techel: Es kündigt sich an. es 1370
Thiemann: Schulszenen. es 1331
Thompson: Die Entstehung der englischen Arbeiterklasse. es 1170
Thränhardt: Geschichte der Bundesrepublik Deutschland. NHB. es 1267
Todorov: Die Eroberung Amerikas. es 1213
Treichel: Liebe Not. es 1373
Tugendhat: Ethik und Politik. es 1714
Vargas Llosa: Gegen Wind und Wetter. es 1513
– La Chunga. es 1555
Vernant: Die Entstehung des griechischen Denkens. es 1150
Veyne: Foucault: Die Revolutionierung der Geschichte. es 1702
Vor der Jahrtausendwende: Berichte zur Lage der Zukunft. Hg. von P. Sloterdijk. es 1550
Walser: Ein fliehendes Pferd. es 1383
– Geständnis auf Raten. es 1374
– Selbstbewußtsein und Ironie. es 1090
– Über Deutschland reden. es 1553
– Wie und wovon handelt Literatur. es 642
Weiss: Abschied von den Eltern. es 85
– Die Ästhetik des Widerstands. es 1501
– Fluchtpunkt. es 125
– Das Gespräch der drei Gehenden. es 7
– Notizbücher 1960-1971. es 1135
– Notizbücher 1971-1980. es 1067
– Rapporte. es 276
– Rapporte 2. es 444
– Rekonvaleszenz. es 1710
– Der Schatten des Körpers des Kutschers. es 53
– Stücke I. es 833
– Stücke II. 2 Bde. es 910
– Verfolgung ... Marat/Sade. es 68
Sinclair (P. Weiss): Der Fremde. es 1007
Die Wiederkehr des Körpers. Hg. von D. Kamper und Ch. Wulf. es 1132
Wippermann: Europäischer Faschismus im Vergleich 1922-1982. NHB. es 1245
Wirz: Sklaverei und kapitalistisches Weltsystem. NHB. es 1256
Wittgenstein: Tractatus logico-philosophicus. es 12
Zoll: Alltagssolidarität und Individualismus. es 1776
Der Zusammenbruch der DDR. Hg. von H. Joas und M. Kohli. es 1777

316/9/6.93